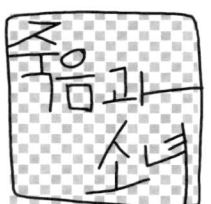

Ariel
Dorfman

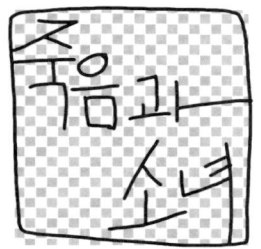

아리엘 도르프만 희곡선

김명환·김알리사 옮김

창비

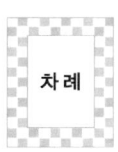

차 례

WIDOWS

과부들

어떤 강은 넓고 고요하고, 초록빛이고 부드러워, 어떤 강은 가파르고 높고, 산에서부터 맑은 물로 떨어져 흐르지, 그리고 우리의 강은 얕고, 차갑고, 거무스름하고, 우리 남자들을 데리오지, 거친 돌 강바닥을 넘어, 힘겹게 굴러서 집으로 끌고 오지, 그러나 아직도 사라지거나 죽은 남자들이 너무 많아서 강이 이 많은 사람들을 다 데려올 수가 없지. 강한테는 너무 많은 이야기들이라, 너무 많은 이야기들이라, 하나만을 가져다주었지, 그리고 불경한 그놈들이 태워버렸지, 그래서 또다른 하나를 데리고 왔지, 언덕에 묻으라고, 강은 시선을 굴리고 굴려, 그 온전한 모습이 다 뭉개질 때까지……

| 등장인물 |

푸엔떼스 가족

쏘피아 푸엔떼스	할머니
알렉산드라	쏘피아의 며느리이자 에밀리아노의 아내
야니나	쏘피아의 며느리이자 알론쏘의 아내
피델리아	알렉산드라의 딸
알렉시스	알렉산드라의 아들
알론쏘	쏘피아의 아들

계곡의 여자들

떼레싸 쌀라스

까떼리나

로싸

마릴루스

아만다

루씨아

라모나

군인들

대위

중위

엠마누엘	전령

의사

병사들

쎄씰리아 싼히네스	엠마누엘의 여자친구
펠리뻬 까스또리아	지역 유지
베아뜨리쎄 까스또리아	펠리뻬의 아내
펠리뻬의 동생	
가브리엘 신부	교구 목사

———

계곡의 여자들은 좀더 많을 수도 있고 적을 수도 있다. 적어도 세 명은 있어야
한다. 대사 없는 병사들은 적어도 두 명 이상 필요하다. 몇몇 인물은 일인 이역
도 가능하다. 계곡의 여자가 베아뜨리쎄 까스또리아와 까스또리아의 동생 역
을 맡을 수도 있고, 한 배우가 의사, 가브리엘 신부, 펠리뻬 까스또리아, 그리
고 알론쏘 역을 맡을 수도 있다.

1막

1장

여자들, 강가에서 빨래를 하고 있다.

떼레싸 애가 아직도 말을 안해?

야니나 한마디도요.

떼레싸 애가 몇살이지?

야니나 말을 할 때가 됐죠.

까떼리나 말 없으면 좋지, 문제 일으킬 일도 없을 테고.

떼레싸 그래도 할 때가 되면 말을 해야지……

까떼리나 저한테 이로운 게 뭔지 알면 말을 안하려 들걸.

로싸 오늘 강물이 좀 이상한 것 같아.

알렉산드라 그 말을 매일 하시네요.

로싸 빨래가 하나도 깨끗해지지 않잖아.

마릴루스 아기한테 한번 속삭여줘봐.

알렉산드라	로싸에게 그건 그냥 빨래를 빡빡 빨지 않으시기 때문이라구요.
마릴루스	속삭여봐. 귀에다 대고.
까떼리나	아기가 아빠를 보고 싶어하는 거야.
야니나	얘는 제 아빠를 본 적도 없어요.

사이.

피델리아	제가 속삭여줄게요.
떼레싸	매일 조금씩, 네 손가락으로 애 혀를 움직여줘.
야니나	피델리아가 얘기를 들려주고 있어요.
알렉산드라	하라는 일은 안하고.
피델리아	엄마……
로싸	정말이야, 오늘 강물이 이상해.
야니나	애가 슬픈 것 같아요.
까떼리나	네 생각엔 애가 제 아빠가 그렇게 된 걸 알기라도 한다는……
떼레싸	쉿……
야니나	내가 아는 건 애도 알아요.

사이. 가브리엘 신부, 숨가쁘게 등장한다.

가브리엘 신부	다들 이리 와요. 이제 시간이 됐어요. 시간이!

12

가브리엘 신부 퇴장한다.

쎄씰리아   등장하면서 지프가 방금 도착했어요. 대위가 새로 왔대
요……

여자들, 쎄씰리아를 바라본다. 얼음장 같은 고요.

쎄씰리아   아주 큰 지프예요.

쎄씰리아, 퇴장한다.
여자들, 빨랫감을 내려놓고 젖은 옷들을 쥐어짜서 전부 빨
래바구니에 넣고는, 서로에게 작은 목소리로 얘기하면서 퇴
장한다. 쏘피아, 혼자 남아 강가에 앉아 있다. 피델리아, 다시
등장한다.

피델리아   할머니, 보고 싶지 않으세요……?

알렉산드라, 알렉시스를 잡아끌면서 다시 등장한다.

알렉산드라   알렉시스에게 너는 할머니 옆에 있어.
알렉시스   나도 새 대위가 보고 싶어요. 어떻게 생겼나 보고
싶단 말이에요.
알렉산드라   나는 그 대위가 네가 어떻게 생겼는지를 안 봤으면
좋겠단 말이다. 나는 똑똑한데, 내 애들은 왜 이 모

양일까? 피델리아……

피델리아   할머니, 그 대위가 중요한 소식을 가지고 왔대요. 가서 뭔지……

알렉산드라   피델리아, 이리 와. 쏘피아에게 어머님 때문에 모든 것이 엉망이에요. 사람들은 어머님이 미쳤다고 하고 애들은 이제 제 말을 들으려고 하지도 않아요.

알렉산드라와 피델리아, 퇴장한다. 사이. 알렉시스, 무엇인가를 기다리듯 말 없이 강을 바라보는 할머니를 본다.

알렉시스   할머니……?
    할머니는 미쳤어요?

쏘피아   그래.

알렉시스   언제 그렇게 되었는데요?

쏘피아   내가 무서운 게냐?

알렉시스   아니요.

쏘피아   아이구, 내 강아지.

알렉시스   아니에요. 나도 남자라고요.

쏘피아   아직은 아니란다. 다행히도.

대위, 측량용 지도를 보면서 걸어 들어온다. 계획서와 도안이 든 플라스틱 통들을 팔에 끼고 있다.

대위   알렉시스에게 거기, 꼬마야, 여기가 어딘지……

14

알렉시스, 도망친다.

대위   이리 돌아와, 난…… 젠장.
쏘피아에게 실례합니다, 부인…… 에…… 저는 지
금……

쏘피아, 그의 존재를 깨닫지 못하는 듯하다.

대위   여기가 마을 여자들이 빨래를 하는 강굽이인가요?
옷가지 하나를 집어올린다. 틀림없군.
나무들이 더 우거져 있을 줄 알았는데. 여기다 지
을 생각입니다. 대규모의 공장을요. 비료 공장 말입
니다.

늙은 여자, 치마를 고쳐 입으며 혼잣말로 뭔가를 중얼거린다.

대위   뭐라고요? 저…… 할머니도 여기 토박이이신가요?
남편이 비료 공장 얘기를 안하시던가요? 이곳이 얼
마나 불모지인지 좀 보세요…… 땅이 척박해요. 그
러니까…… 아니, 남편한테서 신식 비료가 필요하
다는 얘기 들어보지 못하셨나요?

쏘피아   못 들었소.

대위   아, 그렇군요. 제 생각엔 말입니다, 비료가…… 도움이 될 겁니다. 군대가 여기에다 큰 공장을 지으면 남편분도 뭐가 부족했던 것인지 알게 되실 겁니다. 할머니 남편요. 수확량도 늘고. 수출도 하고. 그런데, 할머니…… 여기서 뭐 하고 계세요? 누굴 기다리시나요?

쏘피아 그래요.

대위 본인 소개를 한다. 저는……

쏘피아 내 아버지를 기다리고 있다오.

대위 아버지를요?

쏘피아 내 남편도.

대위 아버님 연세가 어떻게 되시는데요?

쏘피아 그리고 내 아들들을.

대위 아버님은 아무래도……

쏘피아 나이가 많으시지.

대위 여기서 기다리신 지 꽤 됐나요?

사이. 쏘피아, 대위를 본다.

쏘피아 다른 사람들은. 다들 마을로 달려갔어요. 당신을 보려고.

쏘피아가 웃는다. 작은 소리의, 냉담하면서도 은밀한 웃음이다. 처음에는 불편해하던 대위가 따라 웃는다. 그러자 쏘피아가 웃음을 거둔다.

16

쏘피아   우리 모두. 우리는 기다린 지 오래됐어요.

2장

대위와 엠마누엘.

엠마누엘   강굽이를 찾으셨습니까, 대위님?

대위   물론 찾았지. 지도에 나와 있는 대로. 강을 따라가는 게 뭐 어려운 일이라고.

엠마누엘   제가 모셔다드려야 했습니다, 그게 제 일인걸요.

대위   너는 내가 시키는 일만 하면 된다, 전령.

엠마누엘   예, 알겠습니다.

대위   나는 내가 걷고 싶을 때는 걷는다. 알았나?

엠마누엘   예, 알겠습니다.

대위   좋아. 너도 여기 사람이라던데, 맞나?

엠마누엘   저 고개 너머에서 살고 있습니다, 대위님. 한 60킬로미터쯤 떨어져 있죠.

대위   그럼 이곳 사람들에 대해서도 잘 알고 있겠군.

엠마누엘   그렇다고 할 수 있습니다, 대위님.

대위   그렇다고 할 수 있다. 우르꾸에따 대위 말로는 자네가 이곳 사정을 속속들이 잘 알고 있다던데.

엠마누엘   저는 여기 사람들하고는 좀 다릅니다, 대위님. 까스또리아 씨 밑에서 일했기 때문에 좀더 분별력이 있습니다. 허락해주신다면, 대위님, 저는 여기서 평생 살지는 않을 겁니다. 언젠가는……

대위 　아까 어떤 노파를 만났네. 강단 있는 할망구였어. 강가에서. 누군가를 기다리는 것 같더군…… 누가 뗏목이라도 타고 금방이라도 내려올 것처럼 말이야……

엠마누엘 　쏘피아입니다. 푸엔떼스네 여자죠.

대위 　아는 사람인가?

엠마누엘 　하루종일 강가에 나와 앉아 있습니다. 몇달 동안 그래왔죠. 아마, 머리가 좀…… 미쳤다는 표시를 한다. 자기 집안 남자들을 기다린다고 하지 않던가요?

대위 　별말은 하지 않았네만, 뭐, 자기 아버지, 남편, 또……

엠마누엘 　자기 아들들이죠. 이 계곡의 남자들이 대부분…… 없어졌거든요.

대위 　없어졌다고.

엠마누엘 　사라졌습니다.

대위 　체포되었나?
　　　몇명이 사라졌다는 건가?

엠마누엘 　전부 다요.

대위 　전부? 전부 다?

엠마누엘 　제…… 생각에는 중위님께 물어보시는 것이.

대위 　마을 남자 전부 다라고? 브리핑 때 이런 얘기는 없

었는데. 사이. 내가 맡았던 다른 구역에서는 이런 일
에 대해서는 절대 보안을 유지해왔는데— 그런 식
으로 남자들을 사라지게 하다니— 그건 좋지 않
아. 여자들을 미치게 하지. 손가락이라도 하나씩 줘
서 장례를 치르게 해줘야 해. 그렇지 않고 아무것도
없으면…… 여자들은 미치지. 그러면, 마을 전체가
같이 미쳐버린다고.
힘든 시기로군.

엠마누엘 맞습니다.

대위 그 노인네 콧수염이 조금 났던데.

엠마누엘 네에?

대위 난 콧수염 있는 여자는 질색이야. 창밖을 본다. 그 집안
남자 전부라고?

엠마누엘 남자 전부입니다.

대위 그렇다면, 우리가 그 노인네…… 노인네의 콧수염
을 너그럽게 이해해줘야겠지. 안 그런가?

가브리엘 신부 등장하면서 이제야 도착하셨군요, 반갑습니다, 대위.
길을 잃으셨다면서요.

대위 누가 그러던가요, 신부님?

가브리엘 신부 우리 마을 까마초에서는 뭐든 알게 돼 있죠. 부인들
이 다들 기다리고 있습니다.

대위 부인들이 기다린다. 그런 일은 원하지 않소.

3장

대위, 여자들 앞에서 연설중이다. 무대 위에서 혼자 관객들을 향해 말한다.

대위　전쟁은 끝났습니다. 도시에서, 산에서, 그리고 이 계곡에서. 이제 우리가 해야 할 국가적 과제는 진정한 평화의 시대를 건설해나가는 것입니다, 번영을 가져올 평화. 그러나, 어떤 이의 기억 속에서는 아직도 전쟁이 계속되고 있습니다.

엄하고 혹독한 대책들이 요구되어왔습니다. 우리 모두 엄청난 비극을 경험했습니다, 여러분과 군대 모두 다.

용기와 결단력이 있는 우리들은 미래를 위해서 과거를 뒤로 할 준비가 되어 있습니다. 여러분들이 우리의 단호했던 모습을 잊고 얌전히 지내려 한다면 우리도 여러분들의 불복종을 용서하겠습니다. 우리와 함께하고 과거를 잊을 준비가 되어 있다면 그동안의 상처는 아물기 시작할 것입니다. 민주주의와 새로운 기술이 여러분들의 뒤떨어진 생활방식에 변화를 가져올 것입니다. 비료 공장, 가축 사육, 농약, 그리고…… 그리고 도서관. 새로운 국민을 위한 새로운 국가. 협조만 하신다면 여러분의 슬픔과 외로움에 종지부를 찍겠습니다.

4장

쏘피아 홀로 강가에 있다.

쏘피아 강에게 나에게 무엇을 주려는 게냐? 나는 이제 늙었어. 더 오래 기다릴 수가 없어.

피델리아, 뛰면서 등장한다.

피델리아 사람들이 돌아와요, 사람들이 돌아와요!

알렉산드라 등장하면서 어머님, 알렉시스는 어디 있어요?

사이.

알렉산드라 어머님, 알렉시스는……

쏘피아 어리둥절한 표정으로 주위를 본다. 모르겠다, 여기 있었는데, 집에 갔나보지.

알렉산드라 어머님, 애를 보고 계셨어야죠.

피델리아 알렉시스가 할머니를 돌봐야 하는 것 아니었어요?

알렉산드라 넌 가만히 있어. 알렉시스! 그의 이름을 부르면서 퇴장한다. 알렉시스!

피델리아 아버지가 집으로 돌아온대요, 할머니. 다들 흥분해서……

떼레싸, 옥수수 껍질을 벗기며 등장한다. 그녀는 딴생각에 정신이 팔려 있다.

떼레싸 피델리아, 거짓말 하지 마.

피델리아, 멈춰서서 떼레싸를 바라본다. 그러더니.

피델리아 거짓말 하는 게 아니에요. 새로 온 대위가 마을 남자들이 돌아올 거라고……

떼레싸 그럴 수도 있다고 했지, 우리가 얌전히 지낸다면……

까떼리나 옷을 기우면서 등장한다. 말썽을 안 피우면.

야니나, 등장한다.

피델리아 하지만, 우린 이미 얌전히 지내잖아요. 우리가 하는 건 그것뿐이잖아요, 우린……

떼레싸 쏘피아는 아니지.

까떼리나 하루종일 강가에 나와 앉아서……

떼레싸 쏘피아는 얌전히 지내지 않아.

야니나 피델리아, 아기 좀 받아다오. 팔 떨어진다.

야니나, 아기를 피델리아에게 준다.

알렉산드라	멀리서 부른다. 알렉시스!
야니나	어머님도 우리와 같이 가실걸 그랬어요. 새로 온 대위가 와서 연설을 했는데요……
떼레싸	과거를 잊으래.
까떼리나	과거를 묻어버리래.
로싸	냄비를 저으면서 등장한다. 죽은 사람들은 잊으래.
떼레싸	그 말은 안했어.
까떼리나	죽었다는 얘기는 전혀 안했어.
야니나	대위가 우리에게 약속을 했어요, 어머님. 우리가 협조를 하면, 그 사람이…… 그자가 한 말을 다 믿을 수는 없겠지만요, 어머님이 거기 계셨다면, 그 사람을 보셨다면, 어떻게 생각하시는지 말씀해주실 수……
쏘피아	봤다.
로싸	저 말하는 것 좀 봐. 손녀보다 거짓말을 더 잘해요.
쏘피아	웬 참견이야.
로싸	참견이라니, 얌전히 있으라잖아.
쏘피아	비료 공장 얘기를 했어. 그 사람이 뭐라고 했는지 알고 있다구.
야니나	하지만, 계속 여기 계셨잖아요. 어머님이 어떻게 아세요?
쏘피아	집으로 가거라, 야니나. 어두워지는데. 가서 망으로 바구니를 씌워놓지 않으면 메뚜기가 기어나와서 있

	는 곡식을 다 먹어치울 게야.
야니나	벌써 해놨어요.
피델리아	저도 도왔어요, 할머니. 저희가……
쏘피아	아마 제대로 안했을 거야. 너희들이 바구니를 덮어 놓으면 메뚜기가 꼭 들어오더라.
까떼리나	아는 것도 많고, 모두 성에 안차지. 그러는 자기는 한달 새 아무것도 한 게 없으면서. 쏘피아, 스스로 를 좀 챙기시죠. 나잇값도 좀 하고……
떼레싸	거기 앉아서……
로싸	강가의 바위처럼……
까떼리나	고집불통에다 비통해하는 묘석처럼……
로싸	누구를 질책이라도 하듯……
떼레싸	우리가 그들을 잊어버리기라도 한 것처럼……
로싸	성호를 그으며 쉿.
떼레싸	그러니까 이렇게 죽치고 앉아 있으면 안된다고. 그 러다간 정신을 놓고 말지. 돌로 변해버릴 거야.
알렉산드라	여전히 멀리서 부른다. 알렉시스!
로싸	그들이 우리 땅을 빼앗고 담을 쌓아올리는 것을 우 린 지켜봐야 했고…… 웃어야 했지. 그때 쏘피아, 네가 나한테 약속이라도 하듯 속삭였잖아, 그래도 우리 인생은 계속될 거라고, 이 대지처럼, 무슨 일 이 있어도. 이제 그만 일어나.
쏘피아	일어날 수가 없어. 나는 지금 우리 집안 네 남자의 무게를 지고 있다구. 내게는 아버지가 있고, 남편이

있고, 두 아들이 있지. 어디에 있어? 하나하나가 다 무거워. 배는 고프지 않은지, 목이 마르지는 않은지, 춥지는 않은지, 생각이 날 때마다 무거워져. 나는 돌덩어리야. 어디에 있는 게야? 내 남자들은 어디에 있는 게야? 보고 싶은 마음이 너무 간절하니까 다른 모든 것은 잊어버렸어. 밥을 어떻게 짓는지, 땅을 어떻게 일구는지, 어떻게 걷는지, 서 있는지. 난 움직일 수가 없어. 내가 여기서 기다리고 있는 이유는……

알렉산드라, 알렉시스를 잡아끌며 등장한다.

피델리아   할머니, 이유는…… 요?

쏘피아   난 기다리고 있어. 왜냐하면 더이상 기다릴 수가 없기 때문이야.

알렉산드라   그만 좀 하세요. 집에 가요.

피델리아   할머니.

알렉산드라   그냥 거기 계시라고 해. 땅바닥에 있는 짐승처럼. 쏘피아에게 그들이 지켜보고 있다는 것 어머님도 아시죠. 어머님은 그들이 신경을 쓰게 만들고 계세요. 우리 모두에게요.

알렉산드라, 피델리아와 함께 퇴장한다. 알렉시스, 쏘피아와 얘기를 하기 위해 남아 있으려 애를 쓴다.

알렉시스 쏘피아에게 저는 도망가야 했어요, 엄마가 그 사람들이 날 보면 안된다고……

알렉산드라, 알렉시스를 끌어당겨 야니나와 피델리아와 함께 퇴장한다. 쏘피아 혼자 앉아 있다. 떼레싸만 남고 여자들이 모두 퇴장한다.

쏘피아 뭔가 느껴지지 않아?
떼레싸 뭐가?
쏘피아 뭔가가 오고 있어.
떼레싸 아니야.
쏘피아 뭔가가 있어.

사이.

떼레싸 내 남편이 돌아오면 그이한테 내가 밭을 일구고 있거나, 애들 밥을 먹이고 있거나, 농사지은 걸 팔러 장에 가 있는 모습을 보이는 게 나아. 나도 남편을 기다리고 있지만 이런 식으로는 아니야. 쏘피아, 이런 식은 아니야.

떼레싸, 퇴장한다.

쏘피아	강물에 손을 담근다. 뭔가가 있어. 거의 다 왔어.

5장

쎄씰리아와 엠마누엘, 강가에 있다. 엠마누엘이 쎄씰리아의
몸을 더듬으려 하고 있다.

쎄씰리아	여기서는 안돼.
엠마누엘	난 여기가 좋아. 이 풀빛이.
쎄씰리아	난 풀빛이 싫어.
엠마누엘	널 알기도 전에, 이 곳은 널 떠올리게 했어. 난 언젠 가 여기 너와 함께 있을 것이란 걸 알고 있었어.
쎄씰리아	여긴 그와 함께 오곤 하던…… 말을 멈춘다.
엠마누엘	누군지 말해.
쎄씰리아	가자.
엠마누엘	떼오. 그녀를 놀리듯이 그 이름을 부른다. 이것봐, 떼오!
쎄씰리아	그만해. 돌아올 거야. 모두가 그렇게 말해……
엠마누엘	병신 같은 여편네들.
쎄씰리아	새로 온 대위가 그랬어. 나도 들었는걸.
엠마누엘	돌아온다는 말은 한 적이……
쎄씰리아	여자들 모두, 잠자리를 준비하고 있어.
엠마누엘	그럼 썰렁한 방에서 실망하는 여편네들 많이 생기

겠구만. 내가 아는 이쁜 여자 한 사람만 빼고. 그 여
자는 운이 좋거든.

엠마누엘이 그녀를 더듬지만 그녀는 밀쳐낸다.

쎄씰리아 그 마녀 같은 여편네들. 우리가 사랑에 빠졌다고 나
를 미워해. 떼오한테 일러바칠 거야.

엠마누엘 너는 내가 보호해.
자기 군복을 손으로 잡고 이게 뭔지 알아?
자기 총을 손으로 잡고 이게 뭔지 알아?
네 남편은 뭐가 있는데? 설사 돌아온다 해도 뭘 할
수 있겠어? 저 나무들 보여?

쎄씰리아 응.

엠마누엘 난 저 나무들이 사랑스러워. 저 나무들의 과일에 손
이라도 대면 보이지 않는 어딘가에서 총소리가 나
면서 팔이 떨어져나갈 거야. 까스또리아 씨의 초록
빛 땅. 보호받는 곳. 내가 어렸을 때 여길 오곤 했
어, 여섯 시간을 걸어서. 지켜보곤 했지. 새들을.

쎄씰리아 담 넘어서 과일을 훔치기도 했어?

엠마누엘 아니. 난 새들을 쳐다보다가, 새들이 과일을 따먹으
려고 하면 돌을 던져서 쫓아버렸지. 나는 이 땅을
지키게 되리라는 것을 그때도 알고 있었어── 이
일을 하기 위해 내가 태어났다는 것을. 까스또리아
씨는 나라는 사람이 있는 줄도 몰랐고 만약 내가 담

28

을 넘었다면 총으로 쏴버렸겠지만 나는 그의 땅을 지키는 것이 자랑스러웠어.

집에 오면 아버지는 그러는 나를 죽도록 패곤 했지. 내가 어디에 있다가 오는지를 알고 계셨거든.

쎄씰리아 가엾어라.

엠마누엘 넌 전쟁이 뭔지 알아?

쎄씰리아 알지. 알아.

엠마누엘 각자 한쪽에 서서 자기가 편든 쪽이 지면 인생 조지는 거야. "그놈들이 우리 땅을 빼앗아갔어" 아버지가 허리띠로 날 패면서 하는 말이었지. "그놈들이 우리를 산으로 내몰았어" 하면서 허리띠로 후려쳤어, "이제 우리는 그놈들의 과일을 따고 있다구," 그러더니 아버지는…… 나를 패는 건 당연했어. 내가 당신의 적이라는 것을 아버지는 알고 있었거든. 그러던 어느날 나는 집으로 돌아오지 않았지. 까스또리아 씨가 크고 흰 말을 타고 대문을 나서다 나더러 자기 밑에서 일하지 않겠냐고 물었어. 그가 뭐라고 했는지 알아?

쎄씰리아 아니.

엠마누엘 "과일을 쪼아먹는 새들은 총으로 쏴죽여버려야 돼. 그래야 다시 돌아오지 않지"라고 했어. 그리고 내게 총을 줬지. 아버진 손에 허리띠를 쥐고 지평선을 보면서 하루종일 날 기다렸을 거야. 난 다시는 집으로 돌아가지 않았어.

대위와 중위, 근처 산 위에 서 있다.

중위   대위님, 제가 이곳을 사랑하는 이유를 아십니까?
이곳은 시간이 정지되어 있어요. 한 사람이 여기 이
먼지구덩이 속에서 농부로 태어나면, 그의 아들도
농부, 그의 아들의 아들도 농부가 돼요. 이 진실을
인정하면, 거기에서 오는 깊은 만족감, 편안함을 느
낄 수 있죠. 이쪽, 푸르고 기름진 이쪽은 대를 이어
땅을 물려받았죠. 제 아버지, 아버지의 아버지……
십사대, 사백년 동안 땅과의 소중한 인연을 지켜왔
어요. 너그럽고 순응하며 모두를 위해 생산할 수 있
도록 하는. 이 세상에는 뿌리 깊은, 필연적인 구조,
말하자면 성스러운 구조가 있죠. 먼지 투성이 사람
들이 이 기름진 땅을 탐내는 것은 당연하다고 할 수
있겠죠. 그들이 이 초록의 땅을 빼앗기로 마음먹으
면, 초록의 땅을 차지할 수 있다고 생각하게 된다면
모든 것이, 올바르고, 아름답고, 문명화된 모든 것
이 흙먼지를 뒤집어쓰게 되죠. 우리가 지난 팔년 동
안 보아온 것과 마찬가지로요.

대위   이런 얘기를 하는 이유는?

중위   어제 마을 여인네들에게 하신, 제가 뭐 실례를 범하
자는 것은 아닙니다만, 그 연설 아주 훌륭했습니다.
민주주의, 비료 공장.

대위   내가 요즘 연설을 좀 했지. 꽤 잘하는 편이지.

중위   훌륭한 연설이었습니다. 그러나, 저라면 그런 연설은 하지 않았을 겁니다. 제가 대위님이라면요, 그러나 저는 대위님이 아니지요.

대위   만약 중위가 나라면…… 흙먼지에 대해서 말했겠나?

중위   어느정도는요. 저라면 이렇게 말했을 겁니다. "축하한다. 아직까지 살아 있군. 계속 살고 싶지?" 대위님, 우리가 약한 모습을 보이면 안됩니다.

사이.

대위   중위, 몇년 전 나는 치뽀따에서 공터에 모여 있는 마을 사람들을 향해 발포하라는 명령을 받았네. 그리고 명령을 내렸지. 나는 옆에 서서 지켜보고 있었어. 날이 어두워진 후 손전등을 들고 공터에 널려 있는 시체들을 살펴봤지. 피가 얼마나 흥건했는지 내 군화 속으로 스며들 정도였어. 한 아홉살쯤 돼 보이는 아이가 있더군. 아주 어린. 아이 팔이…… 알겠지. 나는 거기 서서 그 아이가 죽어가는 것을 지켜봤어. 한 시간쯤 지났나. 내가 지켜보는 동안 군화는 말랐고, 손전등도 나갔지.
약한 자들은 그런 밤에 죽지. 나는 약하지 않아. 그러나…… 피곤은 하지. 전쟁은 끝났어.

중위   끝났죠.

저 아래 강굽이에 뭔가 보이시죠. 파리똥같이 보이지만 실은 어떤 노인네죠.

대위   푸엔떼스네 할망구로군.

중위   저 노파에게도 전쟁이 끝났다고 생각하십니까? 가서 말씀해주시죠. 갈 땐 꼭 총을 가지고 가시고요.

질서를 다시 잡기까지 팔년이 걸렸습니다. 질서를 다시 잡아야 하는 일이 없도록 하는 것이 우리의 의무입니다. 그래서 그런 어린 아이가 죽어가는 것을 지켜보는 일은 다시는 없어야 합니다. 제가 지금까지 보아온 것을 다시 봐야 하는 일은 절대 없어야 해요.

대위   발전 없이 질서는 있을 수가 없지.

질서를 유지하기 위해서는 그들을 가난으로부터, 흙먼지로부터 구제해야 해. 우리는 앞으로 나아가야 하네.

중위   그러면 대위님은 다시 이 자리로 돌아오는 처지가 되실 겁니다. 초록의 땅과, 흙먼지와, 저 노파를 보면서요. 시간이 멈춘 곳. 대위님, 과거가 대위님을 기다릴 겁니다.

쎄씰리아   시대가 변하고 있어, 엠마누엘. 아마 당신 가족을 만나러 가도 될 거야. 아버님하고도 화해하고.

엠마누엘   아버지는…… 아버지는 실패자야.

상관없어.

쎄씰리아 왜? 나한테는 상관있어.

엠마누엘 그 인간도 잡혀갔어. 사라졌지. 떼오처럼. 그리고 다시는 돌아오지 않아.

6장

늦은 밤 강굽이. 쏘피아, 피델리아, 알렉시스가 나와 있다.

쏘피아 여기, 강물이 이쪽으로 흐를 것처럼 하더니 저쪽으로 가버리는 곳 ── 여기서 다들 죽었지.

알렉시스 누가 죽였는데요?

쏘피아 너도 알고 있잖니?

**피델리아와
알렉시스** 다시 얘기해주세요, 할머니.

쏘피아 스페인 놈들이. 내 고조할아버지의 아버지와 어머니를. 고조부의 어머니는 무서운 분이셨지. 스페인 놈들은 그 양반이 적의 눈알을 빼먹는다고 믿고 있었어……

피델리아 정말이에요?

쏘피아 그랬으면 좋겠구나.
그분들의 가엾은 영혼을 위해서 이 촛불을 켜는 거란다. 이 강물이 그들이 죽는 것을 보았거든. 이 강은 모든 것을 지켜보고, 온갖 데로 흘러가서, 내가 길을 잃거나 무엇을 잃어버리면, 다시 찾게 해준단다. 너는 강물에게 어떻게 물어봐야 하는지를 배워야 해.

쏘피아, 성냥을 그어 촛불을 하나씩 켠다.

쏘피아 이제 이 가엾은 영혼들이 나를 지켜줄 게야, 너희들은 집에 가서 자라. 어서 가, 네 어미가 깨서 너희들이 없어진 것을 알기 전에……

캄캄한 어둠속에서 촛불이 보인다. 촛불은 떠다니는 것처럼 보인다.

알렉시스 할머니, 저기……
쏘피아 쉿. 거기 누구요? 누가 있소?

강물 소리가 커진다.

떼레싸 등장하며 다들 여기 나와 있으면 내가 잠을 잘 수가 없잖아. 자꾸 지켜보게 된다구……
쏘피아 여기서 가까운 데 사는 것도 아니면서.
떼레싸 창가에서, 문 옆에서 인기척이 나서 보니까 안또니오였어. 안또니오인 줄 알았어. 꿈이었지. 네가 여기 나와 있기 시작한 뒤부터 매일 같은 꿈이야. 남편을 보았는데, 그이가 나한테는 말을 걸지 않는 거야. 너 때문이야, 쏘피아. 네가 그이를 괴롭히고 있는 거야. 그들이 어디로 그를 데려갔든, 집에 가, 나도 좀 쉬게.

까떼리나   등장하면서 로베르또가 나를 부르는 소리에 대문 밖으로 뛰어나갔는데 아무도 없고 이 촛불들만 보이는 게 아니겠어. 쏘피아, 나 잠 좀 자게 해줘요. 꿈에 시달리지 않고 자게 해줘. 밤을 좀 내버려둬요.

쏘피아   나도 꿈을 꾸지.

꿈에서 내 손이 보이고, 내 손엔 바늘이랑 실이 들려 있고 나는 뭔가를 꿰매고 있어. 뭔가 해서 내려다보니까, 내가 꿰매고 있는 건 사람 입이야. 나는 그 입을 꿰매고, 눈도 꿰매고, 귀도 꿰매고 있는데 왠지 익숙한 느낌이야. 바늘에도 실에도 그리고 내 손에도 피는 없는 거야…… 그래서 보니까 내가 그 사람을 한 보따리로, 그것도 단단하고 하얀 보따리로 꿰맸는데 그가 나를 부르는 거야. 그 사람 목소리가 들리는데, 나는 그가 죽었을 것 같아 무서워하는 거야. 오 하느님, 제발 그 사람이 살아 있게 해주세요.

강물 소리가 아주 크게 들리기 시작한다. 로싸, 등장한다.

로싸   물이 왜 이러는 거야? 강물이 왜 이래? 왜 이런 엄
         청난 소리가 나는 거야? 쏘피아, 무슨 짓을 한 거
         야? 무슨 짓을 하고 있는 거냐구! 네가 강물을 흐려
         놓고 있어. 빨래도 깨끗해지지 않고. 강물을 내버려
         둬……

피델리아   할머니, 무슨 일이에요? 강물이 왜 이래요?

떼레싸   물에 뭔가가 있어. 물에 뭔가가 있다구. 나무때기나
         뭐 갈고리라도 가져와봐.

로싸   애들을, 애들을 강에서 물러서게 해……

쏘피아   알렉시스, 피델리아, 강에서 물러서……

여자들, 걸어서 강으로 들어간다. 강물 소리는 더 커지고 있
다. 여자들이 아래 대사를 속삭일 수도 있고 테이프에 녹음
된 다급한 속삭임을 들려줄 수도 있다.

떼레싸   조심, 조심해. 미끄러지지 않게. 저 사람……

로싸   소매를 잡아당겨, 소매를……

쏘피아   저 바위에, 저 바위에 걸려 있네. 끌어당겨. 끌
         어……

떼레싸   끌어당겨, 끌어당겨……

쏘피아   이제 올리고. 조심해서.

물에 흠뻑 젖은 여자들, 강에서 시체를 끌어올린다. 갑자기
강물 소리가 점점 낮아지고, 조용해진다.

쏘피아	오. 오. 오…… 이럴 줄 알았어.

침묵. 마릴루스가 등장하고 그녀 뒤로 다른 여자들도 등장
한다.

마릴루스	오 하느님. 오 하느님, 이게……
떼레싸	누군지 전혀 모르겠어.
쏘피아	난 알아. 알아……
로싸	애들은 보지 마라. 쏘피아, 그럴 리 없어…… 얼굴이 없잖아.

사이.

쏘피아	피델리아, 신부님을 부르거라. 삽도 가져오고.
알렉시스	할머니, 누구예요?
쏘피아	내 아버님.
떼레싸	아니야, 쏘피아…… 그럴 리 없어.
쏘피아	맞아.
떼레싸	저걸 묻을 수는 없어.
쏘피아	여기서는 안되지. 어머님 곁에 모셔야지. 저 언덕위에.
로싸	허가가 있어야 해.
쏘피아	이 일엔 필요 없어.

떼레싸	대위가 행동 조심하랬잖아.
아만다	제발, 쏘피아, 허가가 있어야 한다는 걸 잘 알잖아.
루씨아	지금은 문제를 일으키면 안돼.
로싸	우리 남자들이 그들 손에 있어.
피델리아	할머니, 아빠가…… 만약 아빠가……

사이.

쏘피아	문제 없어. 그래. 허가를 받아야 한단 말이지.
	이건 내 아버지야.

그녀는 일어나 가려고 한다.

알렉시스	할머니, 같이 가요.

사이.

쏘피아	무섭지 않니?
알렉시스	안 무서워요.
쏘피아	무서워해야 한단다.
	가자.
로싸	애를 데리고 가면 어떡해, 미쳤어?
피델리아	할머니, 엄마가 화낼 거예요, 만약……
쏘피아	이렇게 해야 하는 법이다. 네 아버지라도 나와 같

이 갔을 거야. 에밀리아노 말이야. 그 애가 여기 있
었다면. 이게 푸엔떼스 집안이 장례를 치르는 방식
이야.

까떼리나 푸엔떼스 집안은 자식들을 보호해야 해.

쏘피아 이젠 이 애를 아무도 보호해줄 수가 없어.
피델리아, 아무도 이 시체를 건드리지 못하게 해야
한다. 알겠지?

피델리아 네, 할머니.

쏘피아 알렉시스, 가자.
겁먹을 것 없다. 이 대위는 다르더라. 그렇지?

떼레싸 그러길 바라야지.

쏘피아 넌 바라고나 있어. 나는 내 아버지 장례를 치를 테니
까.

그들은 퇴장한다. 남은 여자들은 시체를 지켜본다. 야니나,
등장한다.

야니나 원 잠을 잘 수가 있어야지, 아니……

시체를 본다.

야니나 이게, 이게 뭐야. 오 하느님.

사이.

야니나   누구인 거야?

7장

이른 아침. 의사가 강가에서 담배를 피우고 있다. 여자들, 시체 옆에 무리를 지어 모여 있다. 중위, 군인들을 데리고 등장한다.

중위   사람을 놀라게 하는군, 이 강은. 시체를 옮기지는 않았겠지?

사이.

중위   옮겼어, 안 옮겼어?

여자들, 머리를 흔들어 아니라고 대답한다.

중위   누가 찾았나?

여자들, 몸짓으로 모두가 같이 찾았다고 알려준다.

의사   죽었어요. 확실합니다.

중위 그보다는 더 자세한 정보를 제공해주셔야겠는데요, 의사 선생.

의사, 한 병사에게 손짓을 해 시체를 뒤집으로라고 지시한다. 군인이 시체를 뒤집는다.

중위 떼레싸에게 당신이 시체를 찾았나?

사이.

중위 대답을 해. 당신이야?
떼레싸 맞습니다. 다른 사람들과 함께요.
중위 누군지 알아보겠나?

떼레싸, 대답하지 않고 시체를 바라본다. 중위, 아만다에게 묻는다.

중위 얼굴을 봤나?

아만다, 머리를 흔들어 보이고 뒤로 물러난다.

중위 대답을 해, 대답을. 뭐야, 다들 귀머거리야? 의사에게 바지를 벗겨.
의사 이건 예비검사일 뿐인……

중위	누구인지 밝히는 데 도움이 될 거야.
라모나	우린 그러고 싶지 않았어요.
중위	얼굴을 보고 싶지 않았다는 건가?
라모나	맞습니다.
중위	의사에게 빌어먹을, 바지를 벗기라니까.

사이. 병사들이 시체의 바지를 벗긴다.

중위	그래 어떤가?
의사	화상, 타박상, 골절, 끔찍하네요. 여기다 시체를 내다버리기 전에 심한 고문을 한 것 같습니다. 굶기기도 했고요. 이 갈비뼈 좀 보시죠.
중위	내 생각에는 강물 때문인 것 같은데.
의사	화상은요?
중위	화상은 안 보이는데. 잘 좀 보라구.
의사	저는 제 의견을 말씀드렸습니다. 하지만 제 생각과 다르시다면 뭐……
중위	시체의 신원을 알 만한 것은 없나? 나이는?
의사	나이는 알 수 없습니다. 시체가 해를 못 본 지 몇달 내지 몇년은 된 것 같습니다. 농부 같은데요. 손을 보세요. 물론 다 부러지기는 했지만요…… 뭐 강물 때문에 부러졌겠죠.
중위	바지 주머니에는?
의사	아무것도 없습니다.

중위	여자들에게 거기, 아줌마들. 이 시체 앞을 한사람씩 지나가면서 얼굴을 잘 보도록.
	정식 신원 확인 과정을 시작하겠다.
	이 새 나라의 새 시민을 위해서 모든 것을 깔끔하고 절차에 맞게 시행해야지.

피델리아를 제외한 모든 여자들, 그의 말을 따른다.

까떼리나	제 남동생일 수도 있어요. 사년 전에 체포되었는데.
의사	동생? 확실한가?

사이.

까떼리나	어떻게 확신할 수 있겠어요? 어떻게 이 시체가 제 남동생이기를 바라겠어요?
중위	나라도 싫겠지.
	좋아. 그럼, 사람들이 결정을 했군. 다시 말해 결정을 하지 않기로 결정을 했군.

중위, 군인들에게 시체를 가져가라고 지시한다. 군인들이 시체 쪽으로 가자 피델리아가 먼저 시체 앞으로 달려간다.

중위	그래, 그래. 지원병이 오셨군……
피델리아	우리 증조할아버지예요.

중위, 거리낌없이 성적 관심을 보이면서 피델리아를 오랫동안 바라본다.

떼레싸	신경 쓰지 마세요. 쟤는 머리가 좀 이상해서.
중위	네 증조할아버지라. 어쩐다. 그래, 네 이름은 뭐지?
피델리아	피델리아 푸엔떼스.
중위	에밀리아노의 딸이군그래?
피델리아	맞아요. 그리고 이분은 우리 증조할아버지예요. 까를로스 멘데스.
중위	증조할아버지인 줄 알아볼 수 있었다는 건가, 그렇게 멀리서부터?
피델리아	우리 할머니가 증조할아버지라고 하셨어요.
중위	할머니가 여기 없는 것이 이상하군. 나는 네 할머니가 움직일 수 있는 줄 몰랐는데. 여기에 아주 박혀 있는 분인 줄 알았지. 지금 어디에 계시니? 알고 있니?

피델리아, 대답하기 전에 망설이며 시체 옆으로 가더니, 곁에 앉아 시체의 손을 잡는다.

피델리아	대위님한테 가셨어요. 장례를 치르기 위해 허가를 받으려고요.
중위	시간 낭비야.

사이.

중위 자, 이제 시체에서 떨어져.

사이. 피델리아, 움직이지 않는다.

중위 날 엿먹일 작정이야?

사이. 중위와 군인들이 반응도, 미동도 없는 피델리아를 지
켜본다. 여자들은 그렇게 멀지 않은 곳에 떨어져 서 있다.

떼레싸 신경 쓰지 마세요. 애가 좀 이상하다고 말씀드렸잖
아요.

야니나 피델리아, 이리 오너라.

중위 당신 알론쏘의 아내, 맞지? 나는 사람들 이름을 잘
기억한다구.

야니나 피델리아!

피델리아 우리 할머니는 시간 낭비 안하세요. 그런 걸 하실
분이 아니에요.

중위, 피델리아에게 다가가 두 손으로 어깨를 잡고 번쩍 들
어올린다. 엄청난 힘으로, 완벽하게 제어하면서 피델리아를
들어올려 시체로부터 옮겨놓는다. 그는 난폭하게 피델리아

에게 입을 맞추고 그녀를 놓아준다. 그러더니 손짓으로 병사들에게 지시를 내린다. 병사들은 시체를 들고 퇴장한다.

의사 난 한잔해야겠어요.
중위 저기 강이 있어요. 빠지지나 마세요.

중위, 퇴장한다. 여자들, 움직이지 못하고 그 자리에 서 있다.

8장

대위의 사무실. 대위, 엠마누엘, 쏘피아, 알렉시스.

대위 확실합니까?
쏘피아 네.
대위 익사한 그 변사체가 부인의 아버지다. 확실합니까?
쏘피아 네.
대위 그렇게 나이 드신 어른이 어쩌다 정치에 관여하게 되셨습니까?
쏘피아 그런 일 없었습니다.
대위 체포되었다면서요. 그럼 이유가 뭐죠?
쏘피아 이유는 없었습니다.
대위 부인, 아무 이유 없이 체포될 수는 없습니다, 체포될 때는……

	엠마누엘에게 엠마누엘, 그분을 알고 있었나? 멘데스 씨?
엠마누엘	네, 대위님.
대위	그래?

사이. 엠마누엘. 쏘피아의 눈길에 매우 불편해한다.

대위	조금 조급해하며 전령?
엠마누엘	멘데스 씨, 그러니까 이 부인의 아버님은 마을 사람들 집이나 교회를 찾아다녔습니다. 사람들이 모여서 술 마시고…… 땅에 대해 얘기하는 곳들 말입니다. 다니면서 땅에 대해서 얘기를 했습니다. 까스또리아 씨의 땅 말입니다. 우리가 사람들을 땅에서 이주시키자 그는 몹시 화를 냈습니다. 푸엔떼스 부인의 남편도 분개했죠. 시작을 한 것도, 주동을 한 것도 부인의 아버님이었습니다. 기록에는 출감한 것으로 되어 있네요.
대위	쏘피아에게 부인이 잘못 알고 계신 것 같습니다.
쏘피아	아닙니다.
대위	아버님께서 어디로 도망을 가셨다든가……
쏘피아	아닙니다.
대위	사고를 당하셨다든가, 남자들은 어떨 땐 도망을 가서……
쏘피아	아버님은 걷기조차 힘들어하셨습니다.
대위	여자 때문에 이상한 짓을 하는 남자들도 있지요.

쏘피아	우리 아버님은 여든이었어요.
대위	테러리스트들은 자기네끼리 폭력을 행사하는 경우도 있습니다.
쏘피아	아뇨. 아버님은 폭력적이지 않으셨습니다. 아버님은……
대위	아, 그래도 뭔가를 하셨을 것 아닙니까? 제 얘기를 끝까지 들으세요.

대위가 책상 서랍에서 종이 하나를 꺼낸다.

대위	이게 새로운 사면 명령입니다. 사면이 뭔지 아십니까? 사—면. 부인의 아버님이나 남편……
쏘피아	아니면 내 아들들 말이죠.
대위	누가 됐든지요. 법을 어겼던 자라도 지금은 자수를 할 수 있습니다. 아무 문제가 없어요. 그러니까 숨어 지내던 곳에서 가족의 품으로 돌아올 수 있다는 말입니다. 만약 아버님이 돌아와서 본인 무덤을 보면 뭐라고 하겠어요?

쏘피아는 책상에 놓여 있는 종이를 집어 신기한 물건처럼 이리저리 뒤집어본 뒤 조심스럽게 대위의 책상에 놓는다.

쏘피아	나는 내 아버지 장례 허가를 받으러 왔습니다.
대위	네, 그건 알고 있습니다. 이미 말씀하셨잖아요, 아

니 제가 여태까지 한 말은 하나도 듣지 않으시
고……

쏘피아 아버님이 내게 오신 거예요…… 저승의 세계에서
요. 아버님 시신이요. 내가 당신 장례를 치르기를
원하셨던 거예요. 우리 조상들을 모신 곳에. 저 언
덕 위 조상 묘소에요. 그것을 위해 당신 딸에게 돌
아오신 겁니다. 허가를 해주세요.

문에서 노크 소리가 난다. 중위, 등장한다.

중위 대위님, 말씀드릴 게 있습니다. 저……

대위 어, 그래. 아, 중위, 이 부인을 알고 있나? 그리고
이쪽은 부인의 손자, 이름이……

중위 알렉시스입니다.

대위 알렉시스, 맞아.
부인, 저도 분별이 있는 사람입니다. 만약 정식 부검
을 통해서 증명만 되면, 이 시체가 부인의 아버지,
이름이……

쏘피아 까를로스 멘데스.

대위 만약에 이 시체가 까를로스 멘데스 씨라는 것이 증
명된다면 당연히 허가를 내드리지요. 군대는 국민
을 위해서 봉사하니까요.

쏘피아 기다리겠습니다.

대위 시간이 걸리……

쏘피아   기다리겠습니다.

쏘피아, 알렉시스의 손을 잡고 퇴장한다. 대위, 엠마누엘을
향해 손가락으로 지시를 하고, 엠마누엘은 그들을 안내하면
서 퇴장한다.

대위   눈도 깜짝 안하는군, 저 미친 여편네. 사람을 이렇
          게 불편하게 만들다니. 부검을 한 다음에……
중위   부검이라고요.
대위   시체를 줘버려. 그래야 빨리 떨어져나가지.
중위   지금 농담하시는 거죠?
          부검요? 뭘 주라고요? 농담이시죠?
대위   난 농담할 생각 없네.
중위   그럼 장례식 후에는 어떻게 하실 생각입니까?
대위   장례식 후라구?
중위   알고 싶을 것 아닙니까, 누가 죽었는지.

사이.

중위   증거는 없습니다.
대위   무슨 소리야, 증거가 없다니……
중위   증거는 없습니다.
대위   시체는 어디 있나, 중위?

중위, 재떨이에서 재를 한줌 손에 쥐더니 공기 중으로 불어
버린다.

중위 사라졌습니다.

대위 자네가……

중위 태워버렸습니다.
       죄송합니다.

대위 너…… 네가 태웠다고…… 어떻게 감히, 이 미친 자
       식이 감히, 태워버려? 내 명령은 시체를 여기까지
       가져오는 것이었다. 네 맘대로 태워버려? 이건 상관
       명령에 대한, 그리고 엄격한 군율에 대한 불복종이
       야, 너……

중위 무슨 말씀을 하고 계시는 겁니까? 죄송합니다만,
       대위님, 지금 뭐라고…… 엄격한 군율요?
       지금 뭐라고 했는지 알고 계십니까? 이 나라 어디
       에선가는 아마 대위님의 마지막 명령에 의해 누군
       가 서류를 분실하고, 서명을 지우고 시체를 태우고
       있을 겁니다, 대위님을 보호하기 위해서요. 그럼 대
       위님은…… 절 보호해주셔야 합니다. 그래야 이 새
       민주주의의 낙원에서 군대가 살아남을 수 있습니
       다. 제가 대위님을 엄호하고 대위님은 저를 엄호해
       야 합니다.

대위 중위가 죽였나? 그 노파의 애비를, 자네가……

중위 제가 체포했습니다.

대위   그리고……

중위   그 다음날 풀어줬습니다. 그 뒤 무슨 일이 있었는지
      는…… 우리는 모르는 일이죠.

대위   말도 안돼, 시체를 태워버리다니……
      그 여편네한테 내가 뭐라고 해야 하나, 저 정신 나
      간 여편네하고 바보 같은 애한테, 이런 세상에, 뭐
      라고 할 수 있겠어?

중위   가서 시체는 없다고 하세요. 처음부터 시체는 없었
      다고. 가서 "나가 뒈져버려, 이 미친 여편네야"라고
      하세요.

      대위, 문 쪽으로 가서 문을 열고 노파가 밖에 앉아 있는 것을
      보더니, 도로 문을 닫는다.

대위   아직도 기다리고 있군.

중위   아무 말도 하지 마십시오.

대위   그렇다고 계속…… 기다리게 할 수는 없잖나. 평생
      을 기다릴 거야.

중위   평생이라야, 늙은 할망구입니다. 아마 대위님이 더
      오래 사실 겁니다.

2막
9장

알렉산드라와 야니나. 곡식을 찧고 있고 피델리아, 이것을
자루에 담고 있다.

알렉산드라   천천히 담아. 반은 흘리잖아.

피델리아   흘린 것 없어요.

알렉산드라   엄마한테 말대답하지 마.

야니나   형님이 흘리고 계시잖아요. 너무 세게 내리치니까,
절반이 이쪽으로 쏟아진다구요.

알렉산드라   나는 어머님이 알렉시스를 데리고 갔다는 게 믿기
지 않아. 피델리아에게 그리고 그 따위 것을 지키라고
너를 거기 남겨두고 간 것도 믿기지가 않아. 그리
고, 그걸 네가 만졌다는 것도. 더럽다는 생각도 없
이, 바보같이. 손은 씻었어? 입도 씻고?

피델리아	아까 대답했잖아요. 씻었다고. 소리 좀 그만 질러요. 난……
알렉산드라	위 대사와 겹치면서 아직도 냄새가 나. 깨끗하게 씻지 않아서 그래. 시체 냄새가 곡식에 배겠다……
야니나	위 대사와 겹치면서 애 깨겠어요, 조용히 좀……

쏘피아와 알렉시스, 등장한다. 알렉산드라, 바로 말을 멈추고 곡식을 더 세게 찧기 시작한다. 알렉시스, 집으로 들어가려고 한다.

알렉산드라	알렉시스에게 너, 거기 서.

사이. 곡식 찧는 소리.

쏘피아	알렉산드라에게, 간신히 화를 참아가며 말한다. 너무 세게 찧고 있구나. 알렉산드라, 더 세게 내리친다. 그러다 그릇 깨겠다. 그만 좀 해라……
알렉산드라	어머님. 제게. 아무 말씀. 마세요.
쏘피아	네가 깨려 드는 그 그릇, 그거 내 그릇이다. 너는 그걸 깰……
알렉산드라	여기에 어머님 것은 아무것도 없어요. 이 물건을 가지고 일을 해야 어머님 것이죠. 어머님은 아무 일도 안한 지 한달이 넘었어요. 그러니까 이 그릇도 더이상 어머님 것이 아니라 내 거예요, 이 그릇도, 이 집

54

도, 이 염소도, 닭도, 이 곡식도 내 것이고…… 얘
들은 내 자식이고 어머님은…… 강으로 돌아가서
나하고 내 것들은 가만히 놔두란 말이에요. 이젠 어
머님하고는 상관없잖아요.

쏘피아 아주 조용하게 한달 전에는 염소가 네 마리였는데 지금
은 세 마리밖에 없어. 도대체 촐리또를 얼마에 판
거야?

알렉산드라 제가 어머님을 용서할 수 없는 것이 뭔지 아세요?
그 썩어가는 시체를 할아버님이라고 하시면서 할아
버님의 이름을 욕되게 한 것도 용서할 수 있어요.
어머님이 미친 짓을 하는 것도 용서할 수 있어요.
미친 사람들은 미친 짓을 하게 마련이니까, 그렇지
만, 제가 죽었다 깨어나도 용서할 수 없는 것은, 어
떻게……

쏘피아 얼마를 받고 팔았냐고 물었다.

알렉산드라 간신히 참으면서 뭘요?

쏘피아 그 염소 얼마를 받고 판 거냐?

알렉산드라 조용하게 어머님은 내 딸, 내 아들을 위험에 빠뜨리셨
어요…… 그래도 전…… 제가 믿었던 것은 어머님
이 제 아이들을 돌봐주시리라는 거였어요. 어머님
의 손자, 손녀를요. 어머님이 얘들을 보호해줄 거라
고 생각했어요. 근데 어머님 머릿속에는 죽음밖에
없으세요.

피델리아 아녜요. 엄마, 그렇지 않아요. 할머니는……

쏘피아	피델리아, 내가 강가에서 너한테 뭐라 하던?
피델리아	할머니, 저는……
쏘피아	나는 너한테 내 아버지의 시신을 맡겼다. 그런데 너는 그 불경한 놈들이 아버지 시신을 가지고 가 쓰레기처럼 태워버리게 했어. 넌 그들을 막지 않았어.
알렉산드라	내 딸한테 그런 식으로 말하지 마세요.
쏘피아	그놈들이 아버지 시신을 빼앗는 것을 죽는 한이 있더라도 막았어야 했어. 용서! 난 너희들 모두를 용서 못해! 알렉산드라에게 네 안에는 멘데스의 피도 푸엔떼스의 피도 흐르지 않아서 너는 이해 못한다고 치자. 하지만, 너는 피델리아에게 에밀리아노의 딸이라고 생각했다. 근데 너도 이해를 못했어, 아무도 이해를 못해. 내가 돌아와보니까 너희는 장에 가고 없고, 아버지 시신은, 이 집은 아버지가 지으신 건데, 까만 연기와 재만 남고, 너희는 장에 가고, 너희는 삶도 팔고 죽음도 팔아버리고, 뭐든지 다 팔아버리는 너희를 막을 것은 아무것도 없지, 너희는 곡식이나 찧고, 다들, 이 계곡의 모든 여편네들, 너희들은 남편의 목숨과 기억도 팔아버리는 썩어빠진 창녀 같은 년들이야, 네년들은 다들 돌처럼 강물에 빠져 죽어도 싸. 강에서 옷을 찢으며 울부짖어야 해, 시체를 너희 손으로 묻기 전엔, 해도 달도 바람도 멈춰야 할 거야. 나는, 찾아낼 거야, 그놈들이 우리 아버지를 불태운 곳이 어딘지 찾아내서, 재라도 모으고,

그을은 흙이라도 담아다가 저 언덕 위 묘소로 모셔
갈 거야. 두고봐라, 재 한줌, 뼈 하나라도, 두고봐,
그러면 아마 네년들이 하던 일을 멈추고, 그러면 알
게 될 거야. 그분은 우리 아버지였다는 걸. 미겔은
어디에 있니? 그분은 우리 아버지였어, 에밀리아노
는 어디에 있는 거야? 말을 해봐, 말을. 네 남편은
어디에 있는 거야? 그분은 우리 아버지였어, 야니
나, 네 남편 알론쏘는 어디에 있니? 말해봐, 알론
쏘, 안또니오, 떼오는 어디 있니? 루이스는 어디에
있고, 라울은 어디에 있는 거야? 빠블로, 에르난도,
끌라우디오, 호아낀, 후안은 어디에 있어? 엔리께,
루이스, 라파엘, 빠블로, 아르만도, 베니또, 펠리뻬,
쎄바스띠안, 떼오, 호아낀, 미겔, 미겔, 미겔, 에밀
리아노, 알론쏘, 디에고, 플라꼬, 어디에 있니? 페
데리꼬, 리까르도, 에두아르도, 싸울, 안드레스, 까
를로스, 로렌소, 가브리엘, 끄리스띠안, 어디에 있
니? 쎄군도, 다비드, 훌리오, 어디에 있니? 펠리뻬,
앙헬, 미겔, 로베르또, 마리오, 에르네스또, 쌀바도
르, 에르네스또……

쏘피아는 계속해서 이름을 부른다. 거듭 거듭.

여자들 이름을 부르는 쏘피아에게 이름만은, 그만 해, 이름은 부르
지 마. 저들이 이름을 들으면 어떡해, 이름만은, 들

을 거야, 제발 이름은 부르지 말아줘, 들으면 어떡
해, 그만, 이름은 말하지 마, 이름은 부르지 마……

여자들이 주문을 외우듯 반복적으로 위 대사를 하는 동안
알렉산드라가 말한다.

알렉산드라　쏘피아와 여자들이 이름을 부르는 동안에 곡식을 담아라, 곡식
을 담아. 장에 가야 해. 피델리아, 포대자루 좀 가져
오고, 알렉시스, 수레를 끌고 오렴. 야니나, 아기를
챙기고, 축사 문을 닫아라. 듣지 마. 듣지 마. 빨리
포대자루하고 수레나 가져와. 미친 노인네, 그래요, 어
머님이 가서 그놈들한테 이름을 알려줘요. 가서 일러줘요,
푸엔떼스, 푸엔떼스, 멘데스, 가서 일러주고, 그놈들이 신
경 쓰게 만들어서 어디 다 죽여봐요. 다 죽여보라고요. 아
직도 모르시겠어요, 그놈들 손에 우리 남편 목숨이
달려 있다는 걸.

사이.

알렉산드라　내 남편은 죽지 않았어. 에밀리아노는 죽지 않았어.
안 죽었다구!

그러는 동안 피델리아, 포대자루를 주워 든다. 포대자루의
실이 풀리면서 곡식이 무대 위로 쏟아진다. 완벽한 침묵이

흐른다. 모든 것이 멈춘다. 모두 쏟아진 곡식을 본다.

알렉산드라와 계곡의 여자들, 무릎을 꿇고 곡식을 줍기 시
작한다. 마지막 한톨까지. 모두 아무 말 없이 일을 한다. 쏘
피아도 그들을 지켜보다가 일을 돕는다.
한 여인이 울기 시작한다. 아무도 아는 척을 하지 않고, 우는
여인조차 곡식 줍기를 멈추지 않는다. 그러나 쏘피아, 고통
스러운 듯 천천히 일어난다. 그녀는 손에 모은 한줌의 곡식
을 바닥으로 쏟는다. 우는 여인에게 가서 손을 머리 위에 얹
는다. 그 여인의 우는 소리가 잦아든다. 쏘피아, 퇴장한다.
여자들, 일을 계속한다. 강물 소리가 나기 시작하고 점점 커
지다가 위협적으로 들린다.

10장

어두운 밤이다. 강물 소리가 나기 시작하고 전에 없이 큰 소
리가 난다. 어둠속에서 한 사람이 무엇인가를 끌어내려 하
는 것이 보인다. 그 사람은 강에서 무거운 짐 하나를 끌고 와
힘겹게 앉아서 그것을 꽉 부둥켜안는다. 잠시, 강물과 밤의
소리. 다른 사람이 등장한다. 성냥불이 켜진다. 피델리아, 촛
불과 성냥을 들고 서 있다. 촛불을 켜고, 앉아 있는 사람에게
다가간다. 촛불 아래 쏘피아가 젖은 채 또다른 시체를 안고
있는 것이 보인다. 피델리아, 그녀 곁에 무릎을 꿇고 앉는다.

피델리아가 촛불을 끈다. 그들은 어둠속에 앉아 있다.

11장

지프의 전조등이 먼저 객석을 향한 다음, 마치 차가 산을 훑어보듯이 무대 위를 비춘 뒤 멈춘다. 전조등 불빛에 시체를 부둥켜안고 있는 쏘피아가 보인다. 피델리아, 서 있다가 뒤로 물러선다.

중위   무대 뒤에서 거기! 거기! 뭐야…… 빌어먹을, 어떤 놈이야…… 명령을 내린다. 저쪽으로 돌아, 돌아서 오른쪽을 지켜. 가! 중위가 등장하고 그 뒤로 군인들이 등장한다. 쏘피아, 시체를 더 꽉 부둥켜안는다.

중위   모두 제자리에. 아무도 움직이지 마! 시체에서 떨어져.

알렉산드라, 무대 반대편에서 등장한다.

알렉산드라   피델리아! 피델리아! 이리 와, 이리. 빨리…… 어머니……

반대 방향에서 또다른 전조등 불빛이 보이다가 자갈길을 구르는 타이어 소리가 멈춘다. 대위, 등장하고 그 뒤로 엠마누

60

엘이 등장한다.

대위　　뭐야, 대체 무슨 일이야?

중위　　거기서 떨어져, 이 늙은 년.

대위　　또 뭘 안고 있는 거야, 푸엔떼스 부인, 뭘 하고 계
　　　　신…… 오 맙소사.

중위　　거기서 떨어지라고 했잖아, 역겨운 늙은이.

중위, 자신의 권총집에서 총을 꺼낸다.

대위　　중위, 중위. 총 저리 치워.

중위, 대위의 말소리가 들리지 않는 듯하다. 중위는 총을 장
전한다. 알렉산드라, 중위와 쏘피아 사이에 끼어든다. 다른
여자들, 등장하여 멀리 서서 지켜본다.

야니나　　쏘, 쏘지 마세요.

알렉산드라　　그냥, 나이 드신 할머니세요. 여긴 증인들도 있고,
　　　　　　제발……

대위　　중위, 총 치우고 지프로 가 있게.

대위, 알렉산드라를 밀어내고 중위와 쏘피아 사이에 선다.

대위　　내가 명령을 내리지 않았나. 지프로 가 있어.

중위, 망설이다 총을 내리고 돌아서서 나간다.

대위   여자들에게 집으로 돌아들 가요. 여긴 아무것도 없어
        요. 돌아들 가요.

아무도 움직이지 않는다. 대위가 쏘피아에게 말한다.

대위   부인, 부인, 그 시체에서 떨어져요.
        어디서, 어디서 찾으셨어요, 푸엔떼스 부인?
        부인, 누구인지 한번 볼 수 있게 내려놓으시면……
쏘피아 올려다보지 않고 알렉산드라?
알렉산드라 네, 어머님.
쏘피아 미겔……
대위   뭐라고 하시는……
알렉산드라 어머님이, 아버님이라고 하세요. 그렇게 생각……
쏘피아 여보.

사이.

대위   알렉산드라에게 내 말 잘 들어요. 우리가 시체를 가지고
        갈 거요, 가서……
쏘피아 안돼.
대위   이 시체에 대해서는 내가 책임을 지지요. 정식 부검

을 거쳐서…… 우리도 이 사건에 대해서 염려하고
있는만큼……

쏘피아 당신. 내 말 잘 들어.

나를 먼저 죽여. 알겠지. 나를 먼저 죽이기 전에는
안돼.

대위 자기 주변에 있는 여자들을 본다. 알겠습니다.

뭐, 도움이 필요……

쏘피아 필요 없어.

알렉산드라 저희가 알아서 할게요. 어머님, 어머님, 이리 오세요.

다른 여자들, 쏘피아에게 간다. 강물에 불어 무거워진 시체
를 다같이 들어올린다. 여자들은 시체를 가지고 병사들을
지나쳐 퇴장한다.

대위 어떻게 빌어먹을 시체가 둘씩이나! 둘씩이나! 이건
누군가 나를 덫에 빠뜨리는 거야, 내 이걸……
당장 중위를 이리 불러와. 지금 당장.

엠마누엘, 부르러 간다.

대위 빌어먹을 동네. 이놈의 빌어먹을 동네. 저 강물을
막아버려야 해. 아주…… 호수로 만들어버려야 해.
밑에 씨멘트를 깔고. 깨끗하게. 일요일에 뱃놀이나
할 수 있게. 그게 좋겠어. 바로 그거야.

중위, 등장하고 뒤따라 엠마누엘도 등장한다. 중위와 대위, 서로를 뚫어질 듯 바라본다. 대위, 엠마누엘에게 나가라고 지시한다.

중위   이 시체들이 어디서 오는 거라고 생각하십니까?

대위   중위는 어디서 온다고 생각하나?

중위   제가 먼저 질문을 드렸습니다.

대위   나는 자네 상관이다.

중위   그럼, 저보다 머리가 더 좋으실 것 아닙니까.

대위   그렇지.

중위   그러니 대답을 해주시죠, 대위님.

대위   누군가 나를 궁지에 빠뜨리고 싶어하는 것 같다.

중위   제 생각에는 저를 궁지에 빠뜨리고 싶어하는 것 같습니다.

대위   누가? 누가 그런 짓을 하겠어? 자네처럼 멋진 젊은 이한테.

중위   그런데 어떤 사람들은 그걸 전혀 모르더군요. 공산당. 테러리스트들. 불순분자들. 저 늙은 여편네. 저년이 하는 짓일 겁니다! 저년들이 강에 시체를 던져놓는 걸 겁니다. 대위님을 이용해 저같이 유능한 인재들을 제거하기 위해서요. 장례를 치른 다음에는 누가 죽였냐고 물어볼 것입니다. 그리고 나서는, 누가 체포했냐고 묻고, 그 다음에는 꼬리를 밟아 저를 지목할 것입니다.

대위 말도 안되는 피해망상이군. 네놈 짓이지! 너하고 수완 좋은 네 친구들. 네가 시체를 던져서 그 노파가 찾게 한 다음, 그 노파는 이성을 잃고 나는 내 계획을 포기하고 총질을 하게 된다……

중위 총질이라니요! 대위님, 참 고상하시군요. 대위님의 이 개혁, 이 고상함이 저를 재판정에서 끝장낼 겁니다. 그리고, 대위님도 어디 다른 곳에서의 일로, 마찬가지로 재판정에 서게 되실 거고요. 모르시겠습니까?

대위 재판은 없을 거야. 시체가 계속 강물에 떠내려오면 재판이 필요할 수도 있겠지만. 그러니까, 누가 이 시체들을 버리고 있는지 네놈이 알고 있다면……

중위 저는 모릅니다……

대위 위 대사와 겹쳐지면서 그놈들에게 가서 전해, 머리를 좀 쓰라고, 그들에게 좋은 게 뭔지 물어봐. 왜냐하면, 지금 이 순간…… 내 살길을 도모하기 위해서 내 총이 겨누는 표적은 저 여편네들이 아니라…… 누가 됐든 내 앞길을 막는 자들이니까.

사이.

중위 대위님의 친절하고 중산층다운 조언에 감사드립니다. 제게도 할 말이 있습니다.

우리가 하는 일은 모두 감시받고 있어요. 주요 인사들이 지켜봅니다. 조국의 진정한 수호자들이지요…… 만약, 장례식이 치러지면, 한 시간 후에 대위님은 좌천을 알리는 전화를 받으실 겁니다. 하루이틀 뒤, 다시 수도로 돌아가게 될 것이고 어느날 아침, 사람 많은 길거리에서 차 한대가 총과 실탄을 지닌 남자를 태우고 대위님 옆을 빠른 속도로 지나갈 겁니다.

대위 협박은 아껴두시지, 넌……

중위 그리고 이 지옥의 계곡에서 총은 다시 적들을 향해 겨냥될 겁니다. 대위님은 저를 배신했습니다. 저 쪽 그렁방탱이 편을 들었죠. 마을 여편네들이 다 보는 앞에서.

대위 중위……

중위 진심입니다, 대위님. 장례를 치르게 하면 절대 안됩니다.

중위, 고개를 가볍게 숙인 뒤 나간다.
무대 반대편에서 푸엔떼스 가족들, 시신을 들고 등장한다.
아무 말 없이 시신을 씻기고 장례식 준비를 한다.

대위 혼자 남은 줄 알고 빌어먹을.
너 처음부터 다 듣고 있었나?
엠마누엘?

엠마누엘, 등장한다.

대위 나의 그림자로구만. 그런 짓 하지 않으면 좋겠어.
내 생각엔…… 내가 지나치게 앞서간 것 같아.

엠마누엘 중위님이 흥분하신 것 같습니다.

대위 눈치도 빠르군.

엠마누엘 제가 한말씀 드려도 되겠습니까, 대위님?

대위 해보게. 어쨌든 자네보다 상황을 더 잘 파악하고 있
는 사람은 없겠지.

엠마누엘 대위님은 미겔 푸엔떼스를 모르십니다. 대위님께서
잘못하신 것 같습니다.

대위 잘못했다고.

엠마누엘 다른 누군가가 그 시체를 자기 가족이라고 주장한
다면 어떨까요. 상반되는 주장이 있을 수도 있잖습
니까. 다른 여자의 남편일 수도 있습니다. 사고로
죽은 사람, 그러니까 중위가 체포하지 않은 실종자
도 있습니다. 중위가 걱정을 하지 않아도 되는 사람
들이요.

대위 누구 생각해둔 사람이라도 있나?

엠마누엘 떼오 싼히네스.

대위 자네와 아는……

엠마누엘 그 사람의 아내를 알고 있습니다, 쎄씰리아 싼히네
스. 지금은 제 여자친구죠.

대위	우르꾸에따 말이 맞았어. 너는 너희 패거리의 자랑거리야.
	내 사무실에서 모든 대화를 엿듣고 내 편지까지 읽어보는지도. 너 누구의 첩자야? 누구의 염탐꾼이야? 까스또리아인가?

사이.

엠마누엘	대위님이 허락하시는 한, 저는 될 수만 있다면 이곳을 뜨고 싶습니다. 쎄씰리아도 마찬가지고요. 그렇지만 펠리뻬 까스또리아 씨는 제 생각이 좋다고 여기지 않는 듯합니다.
대위	까스또리아도 시체들에 대해서 알고 있나?
엠마누엘	까스또리아 씨는 종종 말씀하시죠, "내 땅에서는 나뭇잎 하나도 나 모르게 떨어지는 일은 없다"라고.
대위	까스또리아는 중위하고 가까이 지내겠지. 가족끼리 말이야.
엠마누엘	중위는 점심 초대를 종종 받습니다.
대위	음. 그래.
	언제 기회가 되면 까스또리아에게 여기는 내가 통제하고 있다는 것을 상기시켜주는 것이 너한테 이로울 거야. 왜냐하면, 전령, 내가 여기서 성공하면 날 도와준 고마운 이들에게 가만 있지는 않을 테니까. 자, 우리에게 협조할 과부, 이름이……

엠마누엘 싼히네스 부인입니다.

대위 그 부인은 남편이 익사했다는 통보를 받아야 할 거야. 괴로운 일이지. 자네가 잘 위로해주리라 믿네.

엠마누엘 잘 알겠습니다. 그럼, 그 노인네는 어떻게……

대위 쏘피아가 앉아 있던 강둑으로 가서 앉는다. 그 늙은이처럼 앉아 있으면, 나한테도 시체가 떠내려올까?
도대체 어디서, 어디서 이 시체들이 떠내려오는 거야?

사이.

대위 그 늙은이의 손자 말이야, 몇살이라고?

엠마누엘 열셋인가, 열넷인가, 제가 잘……

대위 일어서며 잠시 똥더미들 사이로 우회를 할 수도 있지. 미래를 위해서. 신께서도 기꺼이 그렇게 하실 거야.

12장

쎄씰리아와 엠마누엘.

엠마누엘 그가 돌아오길 원하는군.

쎄씰리아 나한테는 당신뿐이야.

엠마누엘 그럼, 장례를 치러.

쎄씰리아 하지만, 그 사람이 아니야.

엠마누엘	네가 남편이라고 하면 남편인 거야.
쎄씰리아	아냐. 다른 사람이야. 떼오는 돌아올 거야……
엠마누엘	묻어. 그럼 돌아오지 않아.
쎄씰리아	그렇게 간단하다면 좋겠지만.
엠마누엘	간단해. 내 말을 들어. 묻어. 그러면 다시는 돌아오지 않을 거야. 대위를 위해서 이 일을 해준다면 대위가 떼오를 다시는 나타나지 않게 해줄 거야.

사이.

쎄씰리아	그렇게는 못해.
엠마누엘	선택해. 나야, 그놈이야.

사이. 그러고 나서 쎄씰리아가 엠마누엘에게 키스한다.

쎄씰리아	약속해, 우리 도시로 가면 천명도 넘는 아이를 가지겠다고.
엠마누엘	백만명. 천명이 아니라 백만명.
쎄씰리아	다 당신 눈을 가진 아이로.

13장

푸엔떼스 가족들이 시체를 둘러싸고 서 있다. 시신은 깨끗이 씻겨 옷이 입혀진 채 소박한 상여 위에 놓여 있다. 붉은 해가 뜨고, 촛불이 켜져 있다.

쏘피아   내가 어렸을 때, 우리 할머니가 만들어주신 밝은 색깔의 치마를 입고 나하고 언니들하고 마을 봄 축제에 갔었지. 멀리서도 마을 공터 횃불이 보였어, 산 꼭대기에서도. 우린 수레를 타고 갔지…… 공터에 도착했을 때는 많이 늦었는데, 지금은 이 세상에 없는 내 언니들이 마을에 도착하자마자 없어진 거야, 키 큰 농부들 사이로…… 그때 음악이 들리고 뒤에서 그가 내 어깨에 손을 얹어놓았지. 그리고, 돌아보지 말라는 거야. 그러고선, 내 빨간 스카프로 내 눈을 가리고 뒤로 묶었어. 내가 눈을 떠보니까 온 세상이 빨갛게 보였지. 그리고 그는 눈을 가린 채 날 사람들이 춤추는 곳으로 이끌었지.

피델리아   그러고는요?

쏘피아   내가 그 후로 무슨 일이 있었는지 여러 번 얘기해줬잖니. 우리는 춤을 췄지. 나는 그를 볼 수가 없었어. 느낄 수는 있었지. 그는 소년이었고 나도 어렸지. 내가 모르는 이상한 음악이 흐르고 나는 손수건을 풀어달라고 했지. 이 바보야, 앞이 안 보이잖아, 이 춤은 어떻게 추는 건지도 모른다구, 그랬더니 그냥 두래, 자기가 날 가르쳐주겠대, 그래서 나는 앞이 안 보이지만 당신은 볼 수 있지 않느냐고 했더니 자

기도 볼 수가 없다는 거야, 눈을 감고 있어서. 그게
우스웠어. 그래서 난 이 사람은 아마 미친 사람일
거야 하고 생각하면서도 같이 춤을 추었지. 춤이 끝
난 다음 손수건을 풀고 날 보더니, "이렇게 예쁠 수
가" 하는 거야.

피델리아   할머니는 예뻤어요?

쏘피아   아니, 못생겼었지. 그런데, 네 할아버지는 그렇게 말
했어.

그래서, 그 밤 이후로는 난 언제나 네 할아버지를
알아볼 수가 있었지. 눈을 감고, 어두운 밤에도. 나
의 미겔은 언제나 알아볼 수가 있었어.

14장

가브리엘 신부와 대위.

대위   문제가 있습니다. 강에서 떠내려온 시신에 대해서
는 알고 계시겠죠. 누군지 알 수가 없습니다. 한 부
인이 자기 남편이라고 주장하고 있습니다. 그래서,
어렵게 결정을 내리게 됐습니다. 그러니까, 그
게……

가브리엘 신부   인정이 있으시군요.

대위   네, 뭐. 그 부인이 장례를 치르게 하기로 했습니다.

시신이 그 부인의 남편인지 확실치 않은 상태에서
이 장례식을 치르게 하는 것이 죄가 됩니까?

가브리엘 신부 저도 같은 고민을 하고 있습니다, 대위님.

대위 그러시겠죠.

가브리엘 신부 결국 제가 장례식을 주관해야 하니까요, 그리
고……

대위 확실치 않으니까……

가브리엘 신부 저도 시신을 보았습니다. 시신이 그 부인의 남편인
지는 의혹이 일더군요.

대위 그런데요?

가브리엘 신부 지금은 혼란스러운 시기입니다. 여기 여인들은 이
불확실이 끝나기를 원합니다. 생사를 모르고 있는
거야말로…… 견딜 수 없는 일이죠. 가늠할 수 없
는 지옥이라고나 할까요. 만약 장례식이 조금이나
마 위안이 된다면, 저는 기꺼이 제 할 일을 하겠습
니다.

대위 그리고, 신이 우리를 용서하길 믿고요.

가브리엘 신부 우리가 평화의 이름으로 하는 일이니, 그렇지요.

대위 신부님, 그 말씀을 들으니 얼마나 안심이 되는지 모
르겠습니다.

가브리엘 신부 쏘피아 푸엔떼스도 괴로움에서 벗어날 수 있겠지요.

대위 쏘피아 푸엔떼스라니요? 아니 그럼, 아직 소식을
전해 듣지 못하셨군요.

그러니까…… 착오가 있었습니다. 쏘피아 부인께

서 착각을 하셨죠. 그 시신은 쎄씰리아 싼히네스 부인이 확인했습니다.

가브리엘 신부 쎄씰리아요?

대위 자기 남편, 떼오 싼히네스라고요. 칠개월째 소식이 끊겼죠. 술을 많이 마셨다면서요, 그 사람…… 아내를 때리기도 하고. 뭐, 많은 남편들이 그렇듯이 말입니다.
부인이 신부님을 여태 찾아뵙지 않았다는 것이 좀 이상하긴 합니다만, 틀림없이 충격이 아직 큰 탓이겠죠.

사이.

가브리엘 신부 대위님, 저는 할 수가…… 그 시신을 쏘피아 푸엔떼스에게 넘기지 않으셨습니까.

대위 하지만, 신부님도 말씀하셨잖아요. 누군지 아무도 알 수 없다고……

가브리엘 신부 알 수가 없죠. 그렇다면, 왜 한쪽 여인의 주장이 다른 쪽 주장보다 정당하다고 할 수 있겠습니까?

대위 이 상황에서는 제가 쏠로몬 왕 역을 해야겠죠. 그렇다고 시신을 반으로 자를 수는 없지 않겠습니까? 그러니, 가장 가능성이 높은 주장을 하는 부인이 시신을 가질 수밖에요.

사이.

가브리엘 신부 저는 못합니다. 할 수 없습니다. 미겔 푸엔떼스는
제 친구였습니다. 그 친구가 지금 대위님이 앉아 계
시는 의자에 앉아서 며칠밤을……

대위 그렇다면, 그 가족을 도와주셔야죠.

가브리엘 신부 제가 만약 이 일을 한다면, 그들은 도움이라고 여기
지 않을……

대위 아닙니다. 신부님이 떼오 쌍히네스의 장례식에 성
직자로서 도움을 주신다면, 그리고 푸엔떼스 가족
의 성의있는 협조를 구하신다면 제가 그 댓가로 가
족 중 한 사람을 풀어줄 준비가 되어 있습니다.

가브리엘 신부 에밀리아노요? 알론쏘요?

대위 이름이 알렉시스죠.

가브리엘 신부 아닙니다. 알렉시스는 그 집 손잔데요.

대위 알렉시스 맞습니다.

사이.

가브리엘 신부 그 아이는 아닌데……

대위 오늘 오후에 체포되었습니다.

사이.

가브리엘 신부 부탁이오…… 제발 그 아이를 다치게 하지 말아주시오.

대위 쌍히네스 부인에게 신부님이 찾아갈 거라고 얘기를 해두죠. 지금 너무 슬퍼하고 있으니까 조심하셔야 할 겁니다.

아이를 다치게 해요?

신부님께서 저를 어떻게 생각하시는지 알 것 같습니다.

가브리엘 신부 모르시는 것 같군요.

대위 짐작이 갑니다. 저에 대해서 심판하지 말아주세요. 저도…… 이러는 것이 구토가 납니다. 저도 폭력, 고통이 싫습니다. 그러나, 때로 하지 않으면 안되는…… 우리는 다수의 행복을 위한 길을 따라가야 합니다. 지금 보이지 않는 세력들이 이 나라를 망치려고 하고 있습니다. 저는 평화를 희망합니다. 신부님처럼요. 하지만 때로 평화로 가는 길에는, 아시잖습니까, 어려운 선택들이 놓여 있습니다. 그러니, 저에 대해서 너무 쉽게 심판하지 말아주세요.

가브리엘 신부 저는 심판하지 않습니다, 대위님. 죽은 자는 죽은 자에 의해 심판을 받게 돼 있죠.

사이. 대위, 무릎을 꿇는다.

대위 제게 은총을 베풀어주세요, 신부님. 저는 죄를 지었습니다.

대위와 가브리엘 신부가 있는 무대에 불이 꺼진다. 대위가
앉아 있던 의자에만 조명이 비친다. 그림자 속에서 피델리
아가 등장한다.

15장

피델리아와 의자.

피델리아 고통스러우세요? 어디 아프세요? 제가…… 도와드
릴 일이라도 있나요? 아프세요?

여자들 불빛이 여자들을 비춘다. 그래, 아파하고 있어. 맞아, 피델
리아. 그는 아파하고 있어.

아무도 없는 의자를 비추던 빛이 사라지고 그 옆에 있는 의
자를 비춘다. 의자에는 벌거벗은 남자가 검은 덮개를 머리
위에 쓰고 힘들게 숨을 쉬고 있다. 그는 거의 움직이지 않는
다. 그의 몸으로 봐서는 나이를 가늠하기 어렵지만 매우 말
랐다.

피델리아 제가 저분을 위해 뭘 해드릴 수 있을까요? 제가 어
떤 도움이 될 수 있을까요? 제가 그리로 가도 될까

요?

여자들 안돼, 피델리아. 그럴 수 없어. 문이 잠겨 있고, 너무 멀어.

피델리아 제가 물이라도 드릴 수 없을까요? 목이 마르지 않을까요? 약은요? 다치지는 않았나요? 제가 뭘……

여자들 말을 해드려. 들을 수는 있어. 얘기를 해줘. 이야기를 들려줘.

피델리아 이야기요? 이야기, 어떤…… 어떤 이야기, 무엇에 대한 이야기요?

여자들 그것에 대해서. 피델리아, 네가 알고 있는 이야기를 해.

피델리아 안돼요. 저분이 마음이 아파질 거예요. 그 이야기는 하고 싶지 않아요. 안돼요, 안돼……

여자들 진실을, 피델리아, 벌어진 일에 대해 얘기해.

피델리아 어떻게 해야 할지 모르겠어요.

나는 새 한마리를 보았어요. 죽은 새였는데, 목은 뒤로 이렇게 젖혀지고, 부리는 다물지 못한 모습으로, 날아가려 하고 있었어요. 아니, 뭔가를 마시려 하고 있었어요. 빛을 마시려 하고 있었어요. 빛을 마시려고. 아니, 그게 아니라……

문. 그들이 문을 걷어찼어요, 부숴버렸어요, 문을. 엄마가 비명을, 비명을 질렀어요…… 새 때문에, 아니에요, 엄마는 소리를 질렀는데…… 그게…… 엄마는 "날 데려가요"라고 했어요, 그런 것 같아

78

요…… 그런데, 그런데, 그들은 알고 있었어요, 옥
수수 밭에 있다는 것을, 옥수수 밭에, 그 애가 옥수
수 밭에 숨어 있다는 것을, 누가 알려주었을까, 엄
마는 소리를 지르고, 엄마는 소리를 지르고, 그들은
밭으로 달려가고, 불같이 빨리, 옥수수를 죄다 짓밟
고, 그 애를 붙잡았어요, 옥수수를 뿌리부터 뽑아내
듯이, 그 애를 옥수수밭에서 끄집어냈어요, 그리고
엄마는 계속 비명을 질렀지만 소리가 나지 않았어
요, 그리고……

나는 어디 있었지, 그들이 내…… 동생을 끌고갔을
때, 나는 어디에 서 있었지, 엄마 옆에 있었어, 아니
야, 옥수수 밭에 있었……, 하늘 위에서, 날고 있었
어, 그리고…… 아니, 나는…… 죽어 있었어, 땅에
떨어져서, 빛을 마시려고 애쓰면서, 그런데 이 이야
기를 어떻게 말씀드려야 할지 모르겠어요, 아빠, 제
가 어떤 이야기를 하려는지 모르겠어요, 저는……
아빠? 거기 계세요?

아빠, 그들이 데려갔어요. 알렉시스를 데려갔어요.

16장

언덕 위의 묘소. 몇대째 이어 내려온 평범한 농부들의 묘가
있다.

쎄씰리아, 엠마누엘, 대위, 중위가 갓 판 무덤가에 있다. 푸엔떼스 가족들이 시신을 내놓기를 기다리고 있다. 가브리엘 신부, 옆에 떨어져 서 있다. 아무도 말이 없다. 알렉산드라, 야니나와 쏘피아가 시신을 가지고 도착한다.

알렉산드라　내 아들은 어디 있어요?
대위　중위, 아이를 데려오게.

중위, 퇴장한다. 침묵.

대위　푸엔떼스 여자들에게 싼히네스 부인을 다들 아시죠.

침묵.

대위　싼히네스 부인, 여기 이 부인들을……
쎄씰리아　간신히 들을 수 있는 목소리로 네.
　　알렉산드라, 미안해요.
알렉산드라　떼오가 널 죽일 거야.

알렉산드라, 쎄씰리아에게서 등을 돌린다.

대위　부인들, 진정하세요.

중위, 알렉시스를 데리고 다시 등장한다. 알렉시스는 걸음

걸이가 불안정하고, 옷은 찢어진 부분을 급히 꿰매놓았다. 알렉시스는 땅만 내려다보고 한쪽 눈이 감겨 있다. 무대 반대편에서 피델리아, 아기를 데리고 등장한다. 그녀는 이 광경을 멀리서 지켜보고 있다.

대위 알렉시스의 모습에 놀라서 음······ 좋아. 좋아. 이제 시작해······

알렉산드라, 중위와 알렉시스에게 걸어간다. 그녀가 알렉시스의 팔을 잡자, 그는 비명을 지르면서 팔을 뺀다. 알렉산드라, 대위를 향해 돌아선다.

알렉산드라 내 아들한테 뭘 한 거야, 무슨 짓을······

중위 살아 있지 않습니까. 고마워하셔야지. 다음번에는 번거롭게 하지 마세요.

대위님, 포로 여기 있습니다. 중위, 퇴장한다.

대위 당황하며 불순분자의 혐의가 있는 사람들은 정식 절차를 밟아 심문을 받게 돼 있습니다. 오해는 하지 마십시오. 나는 아직도 평화를 위해 일하고 있습니다, 그렇지만······ 내 권위에 대한 도전은 용서치 않을 겁니다.

푸엔떼스 부인, 싼히네스 부인 남편분의 시신을 돌려주셔서 감사합니다. 엄청난 실수에 대해 사과드립니다. 이제 손자를 데리고 집으로 돌아가시지요.

푸엔떼스 부인.

푸엔떼스 부인.

대위가 알렉시스에게 가서 그의 팔을 잡는다. 알렉시스, 비
명을 지른다.

대위　　이봐, 내가 당신을 얼마나 겁먹게 만들 수 있는지
　　　　아직 맛보질 못했군그래.

알렉산드라　　어머님……

쏘피아, 시신을 잡고 있던 그녀의 손에 더 힘을 준다. 아무도
움직이지 않는다. 그러다 쏘피아가 손을 놓고, 돌아서서, 손
자에게 다가가 어깨를 다정하게 감싸고 그를 대위에게서 데
려온다.
대위, 두 병사에게 손짓을 한다. 그들이 수레 쪽으로 움직
인다. 시체를 들어올려 무덤으로 데려온다. 무덤 안에 시체
를 안치한다.

대위　　쌘히네스 부인……

엠마누엘, 쎄씰리아를 팔꿈치로 밀자 그녀는 조금 비틀거리
더니 재빨리 무덤으로 걸어간다. 보지도 않고 시체 위에 꽃
을 던지고는 퇴장하려 한다. 엠마누엘이 그녀를 가로막는다.

대위	신부님……
가브리엘 신부	하늘에 계신 우리 아버지, 여기…… 당신의 자식이 있습니다. 우리는……
대위	이름.
가브리엘 신부	떼오 싼히네스. 아버지, 우리의 친구, 떼오 싼히네스에게 자비를 베푸소서. 그의 영혼이 어디에 있든. 우리는 흙에서 와서 다시 흙으로 돌아갑니다. 아멘.

사이.

대위	고맙습니다. 싼히네스 부인, 애도를 표하는 바입니다.

쎄씰리아, 급히 퇴장한다. 엠마누엘, 그녀를 따라나간다.

대위	알렉산드라에게 군에서 수의 값은 변상해드리겠습니다. 좋은 하루 되십시오.

대위, 퇴장한다. 군인들은 서둘러 무덤을 흙으로 덮는다.

가브리엘 신부	쏘피아, 하나님이 하시는 일은 우리가 알 수 없는 법입니다. 이것이 신의 계시일 수도 있어요, 미곌이 살아 있다는 뜻인지도 몰라요. 절대 희망을 버리지 마세요.

사이.

가브리엘 신부   나를 용서해주세요, 여러분 모두.

가브리엘 신부, 퇴장한다.
병사들, 나무로 만든 보잘것없는 십자가를 무덤 앞에 박아
놓고 퇴장한다.

알렉산드라   어머님, 고맙습니다.
쏘피아   미겔이, 날 정말로 부끄럽게 여기고 있어. 퇴장한다.
알렉산드라   알렉시스.

알렉산드라, 알렉시스에게로 간다. 그녀는 아들을 앞세우고
퇴장한다. 야니나가 그 뒤를 좇는다. 피델리아는 내내 무덤
에서 멀리 떨어져 마치 다른 차원에 사는 사람처럼 남아 있
다. 그녀는 아기에게 말을 한다.

피델리아   말을 해봐. "엄마"라고 해봐. 네 또래의 다른 아이
들은 다들 "엄마"라고 해. 그녀는 관객을 바라본다.
이 아이는 어쩌면 아무 말도 하지 않을 거예요. 어
쩌면, 계속 조용히 있을 거예요. 아무에게도 이야기
를 들려주지 않을 거예요. 죽는 날까지.

피델리아가 아이를 데리고 퇴장한다.

17장

무덤 위에 밤이 오고 아침이 밝아오는 것을 본다. 다음날, 무덤가는 쾌청하다. 쏘피아, 머리가 다 헝클어진 모습으로 등장한다. 그녀는 빵을 가져와서 떼오 무덤에 놓는다. 무덤을 바라본다. 손에 무덤의 흙 몇덩이를 움켜쥐고 자세히 살핀다. 얼굴 가까이 가져가 숨을 깊게 들이마신다. 흙을 가슴에 문지르고 관능적인 느낌으로 다리 사이에도 문지른 다음 나머지는 땅에 뿌린다. 빵을 들어 반으로 나누고 반만 무덤 위에 놓는다. 자신의 몫인 반을 입에 물었을 때, 첫번째 여자가 등장한다. 그녀도 빵을 가져온다. 다른 여자들도 등장한다. 한 사람씩 차례로 빵의 반을 떼오 무덤에 놓는다. 무덤이 갓 구워진 빵으로 가득하다. 야니나, 무덤 쪽으로 가서 쏘피아 옆에 앉는다. 알렉산드라도 오지만 떨어져 앉는다. 여자들이 둘러앉아 빵을 먹는다.

까떼리나	그 첫번째 시체가 강에서 나왔을 때, 만져보자마자 내 동생이라는 걸 알았어. 내 동생이라고 주장했어야 했는데. 무서웠어.
떼레싸	네 동생이 아니야. 내 조카였어. 난 알아봤지. 말하기가 두려웠어. 네가 중위한테 동생이라고 했을 때, 난 속으로 그랬지. 미쳤군, 틀리긴 했지만 최소한 말할 용기는 있네.

로싸	첫번째 시체는, 글쎄 확실하게는 모르겠지만, 그 손가락이 다 부러져 있기는 했지만, 내 생각에는 루이자의 큰아들이었던 것 같은데, 두번째 시체는 확실히……
떼레싸	내 남편이었지. 확실해.
마릴루스	우리 아버지야.
로싸	우리 아버지야. 난 밤새 빵을 구웠어. 이 무덤에 있는 분은 우리 아버지야. 난 아버지 무덤을 위해서 빵을 구웠어.
떼레싸	정말이지 혼란스럽네.
아만다	다들 구웠어. 밤새. 계곡이 온통 빵 냄새로 가득해.
떼레싸	그럼, 모두 다……?
까떼리나	아무도 아닐 수도 있지. 다들 틀릴 수도 있고.
마릴루스	모두가 맞을 수도 있지.
떼레싸	그럴 리가. 우리 모두의 남자는 될 수 없어. 시체는 하나밖에 없다구.
까떼리나	맞아. 내 아들이야. 에두아르도.
떼레싸	안또니오야. 내 남편. 내 남편이 그렇게 말했잖아.
로싸	우리 아버지야.
마릴루스	우리 아버지야. 에르네스또 또레스. 내 목숨을 걸겠어.
아만다	어디가 네 아버지같이 보이디, 네 아버지는 그렇게 크지 않았어. 우리……
루씨아	쎄자르였어. 짐승 같은 놈. 날 두들겨 패서 내가 죽

도록 미워했지. 짐 싸서 그 자식을 떠나려고 했더니
만, 놈들이 와서 그 자식을 데려간 거야. 죽었는지
살았는지 알기 전까지는 영원히 그놈한테 묶인 신
세였는데. 이제 난……

떼레싸 너는 뭐?

루씨아 저놈의 무덤을 파서 제대로 묻어주고 그놈 무덤 위
에서 춤이라도 춰야지.

몇몇 여자들이 웃자 까떼리나가 조용히 하게 한다.

떼레싸 하지만, 시체는 하난데 모두가 장례를 치르고 싶어
하잖아.
어떻게 해야 좋을지?

쏘피아 어떻게 해야 할지 알잖아. 어떻게 하라고 네가 일러
주었잖아. 가서 허가를 받아야지. 그리고, 장례를
치러야지.

떼레싸 근데, 시체는 하나밖에……

쏘피아 그건 우리 문제가 아니지. 넌 시체를 알아보겠다
며? 그럼 장례를 치러야지. 허가를 해달라고 해야
지. 대위보고 알아서 가려내라고 해.

여자들, 일어나기 시작한다. 머리 위에서 새 울음소리가 난
다. 불빛이 변하기 시작한다. 강물 소리가 나기 시작하고 물
살이 빨라지는 느낌, 뭔가 초자연적인 느낌이 든다. 한 여자

가 먼저 말을 하고 다른 여자들이 그녀를 따라 노래하듯, 영
창을 하듯, 그녀의 주문을 되풀이한다.

여자들   강물은 알고 있지, 강물은 그곳에 있었지, 강물은
궁금해하지, 강물은 알고 싶어해, 네 귀에, 네 눈에,
네 입에 밀려 들어올 거야, 저 멀리에서부터 이야기
를 가져올 거야, 기억들을, 아픔들을, 너의 이야기
들을, 몇십리 강을 따라 가져올 거야, 바다를 향해
가면서 이야기들을 불러올 거야, 바위 같은 단단한
목소리로 계곡에게 노래를 불러줄 거야, 목을 축이
는 물, 그가 보는 빗물, 그가 걷는 진창, 그들이 먹
는 수프, 떨어지는 땀, 다른 물, 다른 물, 어떤 강은
넓고 고요하고, 초록빛이고 부드러워, 어떤 강은 가
파르고 높고, 산에서부터 맑은 물로 떨어져 흐르지,
그리고 우리의 강은 얕고, 차갑고, 거무스름하고,
우리 남자들을 데려오지, 거친 돌 강바닥을 넘어,
힘겹게 굴려서 집으로 끌고 오지, 그러나 아직도 사
라지거나 죽은 남자들이 너무 많아서 강이 이 많은
사람들을 다 데려올 수가 없지, 강한테는 너무 많은
이야기들이라, 너무 많은 이야기들이라, 하나만을
가져다주었지, 그리고 불경한 그놈들이 태워버렸
지, 그래서 또다른 하나를 데리고 왔지, 언덕에 묻
으라고, 강은 시신을 굴리고 굴려, 그 온전한 모습
이 다 뭉개질 때까지…… 남자들을 모두 다 고향에

88

데려오면 강물이 막히고, 숨이 멎을 거야, 계곡이
넘쳐버릴 거야, 밭은 늪이 되어버리고, 아무것도 자
라지 못하고, 모든 것이 썩어버리고, 우리에게 강은
이 시신을 찾아주었고, 그 누구의 남자도 아니게 만
들었고, 모두의 남자로 만들었어. 내 남자야, 내 남
자야, 제발 내 남자가 아니길, 내 남자야, 제발 내
남자가 아니길, 내 남자야, 제발, 제발, 제발, 제
발……

여자들, 한 사람씩 돌아가면서 "내 남자야"라고 외친다.

3막
18장

대위와 엠마누엘. 여자들은 줄을 서 있다. 떼레싸 쌀라스, 의자에 앉아 있다.

대위 서른여섯 명의 과부들! 빌어먹을, 나더러 서른여섯 명의 과부를 어쩌라는 거야! 과부들, 엄마들, 이모들, 할머니들—— 이 엿 같은 계곡에서 그 시체가 자기 것이 아니라고 하는 사람은 우리가 시체를 넘겨준 그 여편네 하나야! 그년은 어디에 있는 거야, 전령?

엠마누엘 찾을 수가 없습니다, 대위님. 어디에 있는지……

대위 넌 내가 생각했던 것보다 아는 게 형편없군. 이 난장판에서, 네가 좀 계급이 높았으면 이게 죄다 네 잘못이라고 하겠는데, 너는 그렇지도 않고, 넌 공을 세우려고 지나치게 애쓰다 일을 그르친 농민 출신 전령밖에 안되는 놈인데, 내가 잠시 잊고 있었지, 질서 없이 발전이 있을 수 없다. 하지만 지금은 내가 다시 불길을 잡겠어.

이 엉망진창의 상황에서 공인받은 과부는 네놈의 여자친구니까 만약 내가 널 전출시켜주길 원한다면 그년을 빨리 찾아와야 할 거야.

엠마누엘, 경례를 하고 퇴장한다.

대위   누군가 나를 궁지에 빠뜨리려고, 날 몰아내려고 하고 있어. 곧 언론에서도 알게 되겠지, 그러면……우리나라는 운동경기도 미인대회도 잘하는 게 없지. 마침내 자랑스러워할 만한 기록이 생기는 거야. 한 변사체 당 과부 수로는 세계 최고 기록이야.

떼레싸   제 이름은 떼레싸 쌀라스입니다. 나이는 쉰셋이고 제 남편은 안또니오 쌀라스이고 나이는 작년 삼월에 쉰아홉이 되었죠. 까마초의 시장이었어요. 마지막 선거 때 뽑혔죠. 선거를 치를 수 없게 되자 땅을 되돌려 받으려 하다가 체포되었습니다. 팔년 전 이월 이십일에 잡혀가서 다시 본 적이 없습니다. 그러다가 이틀 전 시신이 강에 떠내려왔습니다. 이제 장례식을 치르고 싶습니다. 제 시부모님의 묘지 옆에.

대위	높이 쌓여 있는 신청서들을 들춰보면서 남편, 동생, 남편, 아버지, 아들, 조카, 아들, 아들…… 남자친구…… 남편, 남편, 삼촌, 남편……
	그러니, 어떤 부인의 신청서를……
	한 시신이 이 많은 분들의 것이 될 수는 없잖겠습니까? 시신은 하난데.
떼레싸	제 남편의 시신입니다.
대위	그럼, 다른 부인이 틀렸다는 것이로군요.

사이.

대위	맞죠? 한 사람은 옳고 나머지 서른다섯 명은 틀린 것 아닙니까?
떼레싸	설명하는 것은 제 의무가 아니지요. 저는 제가 아는 것을 말씀드린 것뿐입니다. 나머지 사람들이 주장하는 것은 그들 문제겠지요. 저는 제 남편이라고 알고 있습니다.
대위	당신은 모르고 있어. 몰라. 그것이 문제라고, 아무도 모른다는 것. 아무것도. 당신들은 지적으로는 발달되지 못하고 감정만 지나치게 발달한, 미신에 사로잡힌, 생각없는 촌닭들이야. 당신네들이 만들어낸 이 황당한 사건이 얼마나 큰 문제를 일으키고 있는지 전혀 이해하지 못해, 전혀 몰라, 이 정신 나간, 덜떨어진 주장들이 무슨 일을 불러올지……

떼레싸 사진을 넣은 목걸이를 블라우스 안에서 꺼내 쥐고 갑자기 대위에게 다가가 격앙된 목소리로 말한다. 덜떨어진? 죽은 가족을 장례 치러주고 싶은 것이 덜떨어진 거라고? 당신이라면 당신 아내가 그렇게 해주기를 바라지 않겠어? 이 사람은 내가 삼십이년 동안 같이 살았던 내 남편이야. 내 눈을 봐.

떼레싸, 목에서 목걸이를 끊어내어 책상 위에다 내려치듯 놓는다.

떼레싸 삼십이년 동안 하루도 빠지지 않고 매일 함께 잤던 내 남편인데 어떻게 알 수 있느냐니, 무슨 소리야? 덜떨어졌다구? 난 알아.

대위 차분하게, 목걸이를 집어들고 그만 하시죠, 쌀라스 부인.

떼레싸 그놈들이 열여섯살밖에 안된 내 아들의 뒤통수에 대고 총을 쐈어. 나는…… 봤어…… 그놈들이…… 쏘는…… 것을……

대위 계속 차분히 이제 그만 하시라니까.

떼레싸 이 시신이 내 남편이 아니면, 그럼 내 남편은 어디에 있어? 이 시신이 내 남편이 아니라면 살아 있는 채로 돌려줘. 그럴 수 없다면, 그를 묻게 해주든가.

사이.

대위   부인은 남편이라고 주장하는 이 시신을 묻고 싶으시다는 거죠. 근데, 만약 남편분이 저 문을 열고 걸어 들어오기라도 한다면요? 만약 내가 손바닥을 이렇게 쳐서 손바닥을 친다 남편이 들어온다면.

문이 열리기 시작한다. 떼레싸, 뒤를 돌아본다. 중위, 들어온다. 떼레싸, 중위를 노려보다 시선을 돌린다.

대위   어떻게 하시겠습니까, 이렇게 남편이 걸어 들어온다면?

떼레싸   고맙게 생각하겠죠. 살아 돌아온다면. 달리 뭐가 있겠어요?

대위   그렇죠.
               쌀라스 부인, 이게 다입니다. 끝났습니다. 다음 부인에게 제가 점심 먹으러 간다고 얘기 좀 해주시죠.

떼레싸, 퇴장한다.

대위   난 중위를 부르지 않았는데.
중위   구경 좀 하려고요.
대위   다른 데 가서 하지. 난 바쁘다구. 열일곱 명의 과부들이 더……
중위   써커스보다 더 재미있군요. 대위와 늘어나는 과부들. 다음 공연은 뭐죠?

대위	깜짝 쇼.
중위	이곳 상황을 장악하세요. 모두가 놀랄 겁니다.
대위	내가 얘기 하나 해주지. 우리 아버지한테 개가 하나 있었는데 매일같이 매질을 하셨지.
중위	대위님, 저는 이야기를 별로 듣고 싶지……
대위	앉아서 입 닥치고 들어. 중위, 이건 명령이야. 우리 아버지한테 개가 하나 있었지……
중위	매일 매질을 하셨고요.
대위	그래. 그러던 어느날 아무 경고도 없이 그 개가 아버지를 문 거야. 꽉 물고 놓질 않았지. 나는 아버지와 단둘이 집에 있었어. 총을 가져오라고 하시더군. 대령이셨거든. 개가 팔을 물어뜯고 있는 동안, 소리를 지르면서 총알을 넣는 방법을 일러주셨지, 아버지가. 내가 장전을 하고 개를 쐈지. 그런데도 그 팔을 물고 있는 거야. 몇해 동안 복수를 하고 싶었는지 죽어서도 놓지를 않는 거야. 그래서 내가 아버지의 사냥 칼을 가지고 와서 개 이빨을 벌려야 했지. 나는 그때 일곱살이었어.
중위	배울 것이 많은 이야기로군요. 우화라. 개를 쏘셨다.
대위	쏴야만 했지.
중위	여기서도 쏠 겁니까?
대위	아, 내 우화의 핵심을 놓쳤군. 자네는 총 얘기만 나오면 그 생각뿐이란 말이야.
중위	그럼 핵심이 뭡니까?

대위	핵심이 뭐냐 하면, 사람들은 궁지에 몰리면 항복할 수도 있어. 그러나, 싸움을 걸어와서 불구로 만들 수도 있지. 우리 아버지는 다시는 그 팔을 쓸 수가 없었지. 사람이 다칠 수 있다. 이게 핵심이야.
중위	이 사람들은 매질에 익숙해져 있지요. 여기의 핵심은 이것입니다. 누가 채찍을 쥐고 있는지 잊게 해서는 안된다는 것. 채찍을 쥐고 있는 사람이 대위님이라면, 적어도 저는 대위님의 명령을 따라야 하지요. 제 상관이시니까요. 멍멍.
대위	내가 한가지 더 얘기하지. 나도 저 과부 하나나 둘쯤 쏴죽이고 싶어. 또, 너를 쏴죽이고 싶은 생각도 들고. 그러나 총은 어떤 양아치 놈이라도 쏠 수 있어. 마을 사람들이 문제를 일으킬 수도 있고 네놈이 협박을 할 수도 있지. 그러나, 우리는 앞으로 나아가야 하고, 너희 같은 떨거지들이 아무리 소리치고 울부짖어도 난 너희들을 이십세기로 끌고 갈 거야.
중위	이십세기요? 지금이 이십세기 아닌가요.
대위	우리나라는 아니지.
중위	달리 볼 수도 있죠. 우리나라 같은 나라 없이 이십세기가 존재하겠습니까? 그럼, 어떤 뼈다귀를 던져주실 건가요?
대위	그게 진짜 깜짝 쇼야.

19장

엠마누엘과 쎄씰리아, 강에 있다. 쎄씰리아는 가방을 가지고 헝클어진 모습으로 강둑을 기어올라가고 있고 엠마누엘이 쫓아가고 있다.

엠마누엘   네가 다 엉망으로 만들고 있잖아, 자기, 제발, 그러지 말고……

쎄씰리아   난 여기를 떠나야 해. 네가 거짓말을 했어. 돌아오지 않을 거라고 했잖아, 근데 돌아왔잖아. 무덤을 볼 거야, 그리고 사람들이 내가 한 짓을……

엠마누엘   죽었어. 떼오는 죽었어.

쎄씰리아   죽지 않았어.

엠마누엘   내가 죽였어.

쎄씰리아   넌 거짓말만 해.

엠마누엘   넌 그자가 죽지 않았기를 바라는 거야. 날 사랑하지 않아서.

쎄씰리아   도시로 날 데려가. 지금. 그럼 괜찮아질 거야. 그럼, 잊을 수 있어. 여기서는 안돼. 거기서라면…… 지금 가야 해, 지금……

그녀, 갑자기 멈춰서서 앞에 있는 강을 본다.

쎄씰리아   아니야, 아니야……

엠마누엘	뭐야? 뭐 때문이야? 쎄씰리아?

끔찍한 공포에 떨면서 쎄씰리아가 강에서 달아난다. 엠마누엘은 총을 꺼내 그녀가 보던 곳을 본다. 아무것도 보이지 않는다. 그녀를 따라가 잡는다.

쎄씰리아	공포에 정신이 나간 채로 날 놔줘요. 날 놔줘……
엠마누엘	뭐야, 뭐가 문제야, 아무것도 없는데……
쎄씰리아	그 사람! 그 사람! 강에, 그가……
엠마누엘	강엔 아무도 없어.
쎄씰리아	떼오가 물에 있어요. 내가 봤어……

쎄씰리아는 강을 향해 뛰어가기 시작한다.

엠마누엘	멈춰, 쎄씰리아. 내가 서라잖아! 공중을 향해 총을 쏜다. 그녀는 멈추기는 하나 돌아보지는 않는다.
쎄씰리아	제발, 제발 날 죽이지 말아요.

엠마누엘, 그녀를 지나쳐 강으로 걸어간다.

쎄씰리아	신이시여, 용서해, 저를 용서해주세요……
엠마누엘	입 닥쳐, 입 닥치지 못해. 이건……

엠마누엘, 강으로 들어간다. 물에 젖은 너덜너덜한 검은 옷

하나를 가지고 돌아온다.

엠마누엘 보여? 아무것도 아니야. 쓰레기라구. 봐.
놀라 자빠질 뻔했잖아…… 여자들이란.
보여?

쎄씰리아 총 치워요.

엠마누엘 총을 치운다. 정말 그놈이라고……

쎄씰리아 그래요. 그렇게 생각했어요.

엠마누엘 근데 아니잖아.

둘 다 숨을 헐떡이며 서로를 바라본다.

엠마누엘 아니잖아. 떼오가 아니라고 말을 해.

쎄씰리아 …… 떼오가 아니야.

엠마누엘 떼오는 다신 돌아오지 않는다고 말해. 사이. 떼오는
다신 돌아오지 않는다고 말해. 사이. 난 가겠어.

퇴장하기 시작한다. 그녀는 따라가고 엠마누엘이 뒤를 돌아
본다.

엠마누엘 넌 여기 있어. 강가에. 그놈하고. 그리고 다시는 내
근처에 오지 마.

쎄씰리아 난 혼자 있을 수 없어요. 죽어버리고 말 거야.

엠마누엘 난 도시로 혼자 갈 거야. 난 거기서 살아야 해. 거기

서 손이 더럽지 않은 여자를 찾을 거야, 이 강물에 서 한번도 씻어 본 적이 없는 여자. 시골처녀를.

쎄씰리아 난 죽어버리고 말 거예요.

엠마누엘 제발 그렇게 하길 바래. 여기는 그만큼 깊잖아. 해 보라구.

20장

무대 위에 대위 혼자 있다. 그가 연설을 하기 시작하자 계곡 의 여자들이 모여들고 피델리아 혼자만 아기를 팔에 안고 무대 반대쪽에서 지켜보고 있다. 그녀 옆에는 알렉시스가 있다.

대위 내가 이 까마초에 왔을 때 여러분하고 타협을 했습 니다. 저는 제 직권을 이성과 절제 안에서 이행하고 여러분들은 나아진 삶의 모습을 배우고 받아들이는 것이었습니다.

저는 타협안을 지켜왔지만 여러분들은 그렇지 못했 습니다.

여러분들 자신을 구경거리로 전락시켰고 말도 안되 는 음모를 꾸며 나를 조롱하려 했습니다, 그렇지 만…… 우리는 서로 함께 살아가야 합니다. 저는 여러분들이 적을 용서할 수 있고, 더 나아가 적에게 도움을 줄 수 있다는 것을 보여줄 작정입니다. 미래의 삶을 위하여.

저는 사면 포고령의 조항에 따라 첫 포로를 풀어주게 되어 기쁩니다.

보시다시피, 강물에 시체를 던지는 이는 여러분들에게 죽은 시체만 줄 수 있습니다. 그러나 나는 살아 있는 사람을 돌려줄 수 있습니다.

대위가 손바닥을 친다. 여자들은 모두 숨을 죽이고 있고 적막한 침묵이 흐른다. 두 병사가 어깨가 굽고 어색한 걸음의 한 남자를 데리고 등장한다. 병사들은 그가 여자들을 향해 서도록 이끈다. 남자는 얼굴을 들지 않는다.

또 침묵이 흐른다. 여자들은 아무도 움직이지 않는다. 그들은 남자를 뚫어지게 바라본다—그를 알아볼 수도 있고, 아니면 알아보는 것을 두려워하는지도 모른다.

대위 헛기침을 한다. 쏘피아 푸엔떼스. 오늘 오후에 석방. 알론쏘 푸엔떼스. 부인의 아들입니다.

21장

불빛이 변하고 푸엔떼스네 여자들만 빼고 다들 퇴장한다. 그들 주변으로 푸엔떼스네 집이 만들어진다. 야니나, 피델리아에게서 아기를 받는다.

야니나 돌아왔어, 듬직한 내 남편이, 내가 올 거라고 했잖아. 네 아버지는 키가 크신 분이야, 나무같이, 근데 무서워할 건 없단다.

알렉산드라 서둘러야 해, 곧 도착할 거야.

알렉산드라, 야니나한테서 아기를 받아서 알렉시스에게 건네 준다. 그녀가 퇴장하는 동시에 쏘피아가 목욕도구를 가지고 온다. 야니나, 검은 상복을 벗는다. 관객들에게는 가려지게 여자들이 그녀 곁에 둘러서서 벌거벗은 그녀를 목욕시킨다.

쏘피아 감기 걸릴라.

목욕이 끝나자 쏘피아가 담요로 그녀를 감싸안는다. 그들은 퇴장한다. 알렉산드라와 피델리아만 남아 있다.

피델리아 왜 아빠는 풀어주지 않고 작은 아버지만 풀어줬죠?

사이.

피델리아 엄마는 작은어머니를 위해서 기뻐하는 거예요?

알렉산드라 약간 웃음을 지으면서 피델리아, 넌 왜 매번 그렇게……어려운 질문만 하니? 이리 와라.

엄마와 딸은 서로를 오랫동안 바라본다.

알렉산드라 네 아버지도 그러셨다. 어려운 질문을 했지. 너희
둘은 다같이 골칫거리들이야. 아주머니들이 다들
시신이 누구인지 알겠다고 했을 때…… 엄마도 한
순간 아빠이기를 바랐단다. 벗어나고 싶은 마음에.
이해할 수 있겠니?

피델리아 네, 엄마.

알렉산드라 너는 똑똑한 아이니까.
내 마음이 얼마나 아픈지 말로 다 할 수가 없구나.

야니나, 반짝이는 녹색 치마를 입고 문 앞에 등장한다. 알렉
산드라, 뒤를 돌아본다.

알렉산드라 잠시 머뭇거리다가 어디서 났어? 그 옷 어디서……

야니나 알론쏘가 사준 거예요. 내가 임신했을 때 마을에 나
가서 사가지고 왔어요. 내가 임신해서 배가 산만했
을 때 아기가 태어나기 전의 내 모습을 기억하기 위
해서라고 했어요. 그 뒤, 잡혀갔으니까…… 한번도
입어본 적이 없죠. 나…… 괜찮아 보여요?

알렉산드라 음…… 멋있는 사모님 같아.

야니나 얼마나 멋있는?

알렉산드라 한 시간에 십만원.

둘은 서로 바라보며 웃기 시작한다.

야니나   형님, 정말 미안해요……

알렉산드라   그런 말 마.

야니나   향수 냄새 어때요?

알렉산드라   음. 소나무 수액 향기 같네. 음.

야니나   제 신혼 첫날같이.

알렉산드라   결혼하던 날 밤에 자네에게선 싸구려 와인 냄새가
났어.

알렉시스, 아기를 데리고 집에서 마당으로 나온다.

야니나   어머, 제가 그날 많이 취했죠……

둘이 웃다가 서로를 안는다. 알론쏘, 마당으로 들어온다. 여
자들은 그를 보지 못한다. 알렉시스가 알아본다. 그를 한동
안 보고 있다가 알렉시스가 말을 한다.

알렉시스   엄마……? 엄마, 작은아버지가……

야니나와 알렉산드라, 돌아본다. 적막의 순간, 그러다 야니
나가 알론쏘에게 뛰어가 서로를 안는다. 쏘피아와 피델리
아, 집 안에서 나온다.

쏘피아　국 끓여놨다, 따뜻하니까……

쏘피아와 알론쏘, 서로를 바라본다. 그를 따라 계곡의 여자
들이 따라 들어온다.

야니나　어머님, 어머님 이리 오세요. 어머님 아들이에요.
알아보시겠…… 얼마나 말랐는지, 너무 말라서 뼈
가 보일 정도예요, 어머님.

쏘피아　내 아들이 아니야.

야니나　무슨 말씀이세요, 어머님 아들이에요, 여기……

쏘피아　몸만 있지 내 아들은 아니야.

야니나　아, 형님, 어머님이 완전히 정신을 잃으신 거예요,
어머님께 말씀 좀……

쏘피아　내 아들의 영혼은 어디에 있는 거야? 놈들이 내 아
들의 혼을 어떻게 한 거야? 물어봐.
내 아들의 혼은 다른 이들과 함께 있어. 그들이 어
디에 있는지 물어봐.
그 몸이 돌아오기 위해서 뭘 했는지 물어봐.
내 새끼야, 뭘 했니? 누구를 배신해야 했니?

야니나　오 세상에…… 어머님, 제발 그만 하세요. 알론쏘
예요, 어머님 아들……
처음부터 정치하고는 멀었던 사람이에요, 아무것도
모르는 사람이 누굴 배신하고, 뭘 할 수 있었겠어

요. 얘기를 해드려요, 알론쏘. 당신은 어머님이 무
슨 말씀을 하는지 모르겠다고, 말씀드려요……

야니나, 알렉시스에게 가서 아기를 데려온다.

야니나　여길 보세요, 당신의 아들, 여기.

알론쏘　난…… 그래. 난……

야니나　안으로 들어와요, 안으로, 여기서는……

알론쏘, 천천히 무릎을 꿇는다. 머리를 숙인다.

알론쏘　눈을 가리고 방에 갇혀 있었어요. 발걸음을 세면 어
디로 데려가는지 알 수가 있죠. 서른한 걸음이면 화
장실. 마흔네 걸음이면 운동. 예순 걸음을 넘어 층
계를 내려가면 갈 곳은 딱 한군데밖에 없지요. 매
일. 그들이 요구했어요, 이름 하나만…… 그래서
나는…… 그리고 더 많은 이름을 원하고…… 나
는…… 아는 이름을 다 말했어요. 야니나에게 당신 이
름도.

야니나　격렬하게 살기 위해서는 뭐든지 할 수 있어요. 나는 신
경 안 써요. 당신이 뭘 해야 했건.

알렉산드라　에밀리아노는…… 어디에 있어요? 어디에……

알론쏘, 일어난다. 한바퀴를 돌면서 주변의 여인들을 모두

106

바라본다.

알론쏘   보지 못했어요. 아무도 보지 못했어요. 그날 우리를 체포해간 뒤로. 다 따로 갈라놔서 그 뒤로 아무도 보지 못했어요. 형하고 헤어진 후 보지 못했어요.

쏘피아, 알론쏘에게 가서 손을 잡고 어루만진 뒤 자장가를 나직이 불러준다. 노래가 끝난 뒤 손을 놓고 돌아선다.

쏘피아   야니나. 알론쏘가 피곤하겠다. 밥 차려줘라. 편히 자게 해줘.

쏘피아, 집으로 들어간다. 의자에 불빛이 비친다. 쏘피아가 의자로 간다.

야니나   모든 여자들에게 무엇을 해야 했건 간에.

쏘피아, 에밀리아노의 의자를 가지고 돌아온다.

알렉산드라   그건 에밀리아노의 의자예요. 그걸 가지고 어딜 가시는 거예요?
쏘피아   강으로.
알렉산드라   왜요?
쏘피아   알고 있잖니.

불쌍한 우리 며느리 알렉산드라. 그렇게나 착하고 강하고.

놈들이 우리 남자들을 돌려보내고 있어. 처음에는 강으로 두 명, 세번째는 길로. 다 죽었어. 이제 난 강으로 돌아갈란다. 마지막 남자를 기다려야지.

22장

쏘피아, 강가에서 의자에 앉아 있다. 떼레싸, 그녀 뒤에서 의자를 끌면서 등장한다.

쏘피아   여기서 뭘 하는 거야?

떼레싸   나도 기다리려고.

쏘피아   누구 의자야?

떼레싸   내 동생 거.

쏘피아   쎄바스띠안?

떼레싸   아니. 페르난도.

쏘피아   오늘 밤은 쌀쌀하군. 감기 걸리겠어.

떼레싸   나도 너만큼 튼튼해.

쏘피아   불을 피우지. 우린 둘 다 늙었어.

떼레싸   땔감이 없잖아.

둘 다 의자를 본다. 떼레싸, 그녀의 의자에 불을 피운다. 쏘피아도 따라한다.

떼레싸 불이 좋군. 화가 치미네.
쏘피아 의자가 둘뿐이야. 따뜻하지가 않군.
떼레싸 아직은 그렇지. 다른 이들도 올 거야.

23장

엠마누엘, 까스또리아 집에 있다. 큰 가죽 안락의자 두 개가 무대 뒤를 향해 있고 담배연기가 피어오르고 있다. 사람들이 쏘파에 앉아 있지만 처음에는 누군지 볼 수가 없다. 펠리뻬 까스또리아와 그의 남동생이다. 펠리뻬는 관객에게 보이게 되지만 동생은 끝까지 결코 보이지 않는다. 동생은 매우 귀에 거슬리는, 약간 기계적이고 단조로운 목소리로 말을 한다. 엠마누엘은 베아뜨리쩨 옆에서 숫기없는 자세로 서 있다. 펠리뻬는 창문을 바라보면서 무대 한쪽에 서 있다.

펠리뻬 대위한테 가서 난 안심이 안된다고 전해.
엠마누엘 알겠습니다.
펠리뻬 시체 둘하고 이 많은 과부들. 도대체 이게 언제까지 계속될 거야? 그리고 정치범들을 풀어놓는 짓. 이건 또 뭐야? 이게 질서를 다시 잡는 거라고 누가 그래? 엠마누엘, 뭘 좀 마시지 않겠나?

엠마누엘	고맙습니다만, 전 괜찮습니다.
베아뜨리쎄	밥은 먹고 다니냐, 엠마누엘? 말라 보여.
펠리뻬	이 사람은 늘 말랐어, 베아뜨리쎄.
베아뜨리쎄	난 널 군대로 보낸 펠리뻬가 아직도 용서가 안돼.
엠마누엘	고맙습니다, 까스또리아 부인.
베아뜨리쎄	지금 일하는 사람들은 낯설어. 정이 안 가. 다시 우리 밑에서 일하지 않겠어?
펠리뻬	이 친구는 일을 할 줄 알아. 나머지는 다 바보 멍청이들이지.
엠마누엘	고맙습니다, 까스또리아 씨.
펠리뻬	의자에서 일어나면서 내 생각으로는 대위가 이 사건을 아주 망쳐놓고 있는 거야. 내 동생도 같은 생각이지. 동생쪽 의자를 향해 몸짓을 한다. 대위한테 가서 그렇게 전하도록 해.
엠마누엘	제 생각으로는 대위님은 문제 해결을 위해……
펠리뻬의 동생	느슨하게 움직이고 있지.
엠마누엘	알아듣지 못한 채 죄송합니다, 저는 단지……
펠리뻬의 동생	형, 이자에게 대위한테 가서 사태에 느슨하게 대처한다고 전하라고 해. 팔년 동안 어렵게 이룬 일들이 하룻밤에 수포로 돌아가서 우리가 알아채기도 전에 그때처럼 그놈들이 담을 넘어 그 뒤틀린 손가락으로 우리 땅을 파고들겠지. 아직도 뭐가 뭔지 모르는 놈이 있으면 더 죽여버리면 돼. 군대 쫄다구가 머리를 쓰다니 우리는 누굴 믿어야 할지.

피 좀 보는 것이 두려워? 그럼, 바꿔버려. 멀리 보
내버려. 그놈 자리에 이 사람을 앉히면 되잖아. 끝
장을 낼 수 있는 사람으로. 이 일이 계속된 지 몇주
야, 벌써. 끝내버려. 펠리뻬 형, 대위에게 얘기해.

펠리뻬   맞아, 그래야……

펠리뻬의 동생   뭐, 외국 여론? 석간 신문 50면에나 나올걸. 이런
쓰레기에 대해서 누가 읽고 싶어하겠어. 그놈들이
읽고 싶은 건 우물에 빠진 미국 소녀에 대한 거야.
텍사스에서!

펠리뻬의 동생은 웃는다, '텍사스'라는 말을 하는 것을 재미
있어하면서.

펠리뻬의 동생   텍사스!

베아뜨리쎄   난 대위를 존경해요.

펠리뻬의 동생   형, 형수 또 시작했어……

베아뜨리쎄   뭘 원하는 거죠, 그 여자들이? 남편의 시체?

펠리뻬   베아뜨리쎄, 제발.

베아뜨리쎄   원하는 것을 주면 되잖아. 그게 사람된 도리가 아니
겠어요.

펠리뻬   집사람이 좀 걱정이 많아, 엠마누엘. 그게……

베아뜨리쎄   왜 내가 당신과 다른 생각만 하면 걱정이 많다고 하
는 거예요? 난 걱정이 많은 것이 아니에요. 두려운
거지.

부엌에서 요리사끼리 하는 말을 들었는데, 뭐라 했
는지 알아요, 엠마누엘?

펠리뻬   또 그 얘기……

베아뜨리쎄   강에 나와 있는 여자들에 대해서 얘기를 하고 있었
는데, 여기저기서 시체가 나온다는 거예요, 여기 우
리 땅에서도, 우리 밭, 우리 과수원에서도.

펠리뻬   귀신소리를 내며 우-우-우-우……

베아뜨리쎄   조용히 해요, 펠리뻬.
소곤거리면서 얘기했는데도 들을 수 있었어. 그 사
람들이 그러는 거야, 이 시체들이 썩어가고 얼굴도
없이……

펠리뻬   베아뜨리쎄, 제발, 그런 불쾌한 얘기를.

베아뜨리쎄   그들이 그러는데, 밤에 더러운 모습으로 걸어다니
는 시체들을 봤다는 거야, 아무도 그들을 막을 수
없었다고, 왜냐하면 아무도 죽은 자는 막을 수 없으
니까.

펠리뻬의 동생, 웃는다.

베아뜨리쎄   진짜, 그랬어요. "아무도 죽은 자는 막을 수 없다"
고요. 내가 말을 안했지만 엊그제 밤에 악몽에서 깨
어 아래층으로 내려와보니까 문하고 창문이 다 열
려 있는 거예요. 일하는 사람들이. 다 열어놓은 거
였어. 시체들이 들어올 수 있게.

펠리뻬	그녀에게 가서 베아, 베아뜨리쎄……
	엠마누엘, 알겠나, 왜 여자들은 좋은 군인이 될 수 없는지. 이래서 하루빨리 사태가 수습이 돼야 해. 더 이상은 용납할 수가 없어. 가서 대위한테 그렇게 전하게.
엠마누엘	알겠습니다.
펠리뻬	아니면, 내가 사람을 풀어 수습하겠네, 알겠나?
엠마누엘	알겠습니다. 이해합니다. 꼭 대위님을 이해시키겠습니다.

중위, 등장한다.

중위	아, 내 생각에는 대위가 이제야 상황을 이해하기 시작하는 것 같네, 엠마누엘.
펠리뻬의 동생	자네가 우리의 구세주로구만. 오늘 아침에 자네 아버님과 통화를 했어.

뒤 배경에 다른 여자들이 강둑으로 나와 쏘피아와 떼레사 쪽으로 모인다. 다들 나무 의자를 나르고 있다.

베아뜨리쎄	봐요, 펠리뻬, 계곡에. 연기가 나요.
중위	아, 여편네들. 서른여섯 명의 과부들. 모닥불을 피우고 있네요.
	하나가 빠졌죠. 오늘 아침에 물에 빠져 죽었거든요.

엠마누엘에게 아는 사람일 텐데.

엠마누엘, 뒤를 돌아 중위를 바라본다. 서로를 응시한다.

펠리뻬 연기를 보면서 도대체 저기서는 무슨 일이 벌어지고 있
는 거야?

중위 마을 전체가 의자를 태우고 있죠.

펠리뻬의 동생 불에 손을 대기 시작하면……

펠리뻬 좋아. 내 손으로 직접 해결을 해야겠군.

중위 그럴 필요까지는 없을 겁니다. 제가 이 대위를 꿰뚫
고 있습니다. 그에게 필요한 건 시간뿐이었어요.

24장

대위와 중위가 대위의 사무실에 있다.

중위 이건 엄청난 불꽃입니다. 저 멀리에서도 보입니다.
저걸 보는 사람들이 다 궁금해할 것입니다. 까마초
의 책임자는 누굴까, 하고요.

사이.

대위 도대체 뭘 원하는 거야? 내가 하나를 풀어줘서……

보여줬잖아. 어떻게 해야 남자들이 돌아올 수 있는
지, 근데 이건 마치 죽음에 미쳐 날뛰는 것 같아, 나
보고 총을 쏘라고 애걸하면서.

중위 저 여자들은 남자들이 모두 돌아오기를 원하지요.
하나가 아닌. 몇몇이 아닌. 모두요.

대위 모두? 그건 불가능해.

중위 불가능하죠.
더이상은.

대위 뭐?

중위 더이상은 안되죠. 저 여자들은 이 말에 만족해야죠.

대위 뭐가 더이상은 안된다는 거야?

중위 저들에게 물어보시죠. 더이상은 안되는 겁니다.

대위 만족스럽겠군.

중위 만족이라뇨?

대위 그래, 중위가 옳았어. 이젠 원했던 것을 얻게 될 거
야. 내 사직서. 그리고 총알받이들. 한 몇백명 되겠
군. 복수는, 오락이잖나.

중위 오락이요? 대위님, 지나치시군요. 제가 즐기고 있
다고 생각하십니까? 그 날 그 꼬마요? 제가 그걸 즐
겼다고 생각하십니까?

대위 즐겼잖아?

중위 저한테도 그 나이 또래 남동생이 있습니다. 대위님
은 그들을 위해서 노력했고 아시다시피 대위님의
그 노력 때문에 그들은 고통을 당할 것입니다.

이 사람들은 뭘 해도 밑바닥 인생입니다. 전 이 사람들을 동정합니다.

대위 그리고 날 증오하는군.

중위 대위님, 우리는 같은 군복을 입고 있습니다.

대위 자리를 바꾸기가 쉽다는 뜻이군.

중위 제 말은 우리는 같은 어머니를 갖고 있다는 겁니다. 제 뜻은 누군가 실수를 했을 때는 형제처럼 서로를 지켜준다는 겁니다.

사이.

중위 명령을 내려주시죠.

사이.

대위 아마도…… 중위에 대한 내 판단이 그릇되지 않았나 싶군.

사이.

대위 그 푸엔떼스 여자를 체포해 오게.

중위 좀더 직접적인 방법이 좋을 듯싶습니다.

대위 그녀를 체포하게. 주동자를. 좀더 신속하고 정확하게.

중위 잊지 마십시오. 불은 번집니다. 이 계곡, 이 나라에는 태울 수 있는 의자들이 많습니다. 많은 사람들이 지켜보고 있습니다.

대위　날 지켜보고 있지.

중위　우리를 지켜보고 있습니다.

대위　고맙군. 언제 술이나 함께 하지. 도시로 나가서. 예쁘게 생긴 여자들도 찾아보고. 여기 여자들은 너무 못생겼어.

중위　고집불통에다가요. 둘 다 웃는다.

중위　이성적으로 대해줄 수가 없습니다. 특히, 그 미친 늙은이 말입니다.

대위　내가 이성적으로 대해주지. 이성이 얼마나 설득력이 있는지 내가 보여주겠어. 그 빌어먹을 늙은이를 반쪽을 내서라도.

중위　제가 가서 데려오겠습니다.

대위　손자도 데려오게.

사이.

대위　손자놈을 건드리기 싫다면 엠마누엘을 보내겠네.

중위　생각해주셔서 고맙습니다, 대위님.

대위　별 것 아니네.
내 어머님은 특별한 분이셨지.
어렸을 때 언제나 형제를 지키는 사람이 되라고 가르치셨어.

중위	제 어머니도 같으셨습니다.

25장

푸엔떼스네 집. 마당에는 집안 물건이 어수선하게 널려 있다. 피델리아, 깨진 벽돌들 사이에 앉아 있다. 알론쏘, 아기를 안고 계단에 걸터앉아 있다. 야니나, 엉망이 된 꼴을 바라보며 앉아 있다. 알론쏘에게 가서 머리를 손으로 감싸고 다정하게 등을 두드리고 아기를 받아안는다. 알론쏘가 소리없이 울기 시작한다. 야니나는 아기를 마당 한가운데로 데리고 간다.

알렉산드라, 옷은 찢어지고, 얼굴에는 피가 묻고, 머리는 헝클어진 채 숨이 차서 들어온다.

알렉산드라	다시는 그 애를 볼 수 없을 거야.
야니나	그런 말씀 마세요.
	그 애는 저놈들이 감당 못할 만큼 똑똑한 아이예요……
	피델리아?

피델리아, 움직이지 않는다.

알렉산드라	피델리아, 숙모가 부르시잖니.

야니나　　　피넬리아, 작은아버지 모시고 안으로 들어가거라. 안으로 들어가셔야 해.

피넬리아, 일어난다. 피넬리아와 알렉산드라, 서로를 바라본다. 피넬리아가 알론쏘를 데리고 안으로 들어간다.

야니나　　　형님, 모습이 엉망이에요.
알렉산드라　아기는 괜찮아?
야니나　　　웃네요.
　　　　　　　그 애를 되찾을 거예요. 우리가 협조해요. 그러면 돌려보낼 거예요. 꼬마애를 어떻게는 안할 거예요.

알론쏘, 들어온다.

알론쏘　　　야니나……?
야니나　　　말이 떨어지자마자 달려간다. 그러고는 알렉산드라를 보고 말한다. 밤새 몸부림치고 울어요. 든든했던 등에는 상처자국밖에 없어요.
　　　　　　　누가 당신을 이렇게 했어요? 꿈에 누가 보여요? 그놈들이 당신에게 낸 상처의 죄값은 언제 받을 건가요? 내가 당신 꿈으로 들어가서 그 나쁜 놈들을 어둠속에서 이 환한 곳으로 끌고 오고 싶어요. 정말이지…… 분노가 끓어올라요. 그것 때문에 죽을 것 같아요.

피델리아, 등장한다.

알렉산드라　내 남편을 데려갔을 때, 난 내가 조용히만 하고 있
으면 그가 다치지 않고 언젠가는 돌아올 줄 알았어.
그때부터 나는 그들이 시키는 대로 꼭두각시처럼
살아왔어. 아무 말 없이. 우리는 그렇게 생각했지만
놈들한테는 언제나 또 끌고 갈 수 있는 사람이 있었
어. 내 아이가 안전하게 다시 돌아오길 원하지
만…… 이제 끝을 내야 해. 마침내, 마침내, 끝을.
놈들은 우리에게 돌려줘야 할 거야, 죽었거나 살았
거나, 우리 남자들을 돌려줘야 해. 죽었다면 살인자
들을 우리에게 넘겨줘야 할 거야. 그게 정의지.

야니나　알론쏘. 난 다른 사람들과 함께 강에 갔다 올게요.

알론쏘　야니……

야니나　시간이 있다면 어떻게 해보겠어요. 근데, 시간이 없
어요. 피델리아에게 아기를 보고 있어.

야니나, 뒤로 한발짝 물러서는 피델리아에게 다가간다. 피
델리아에게 아기를 넘겨주고 의자 하나를 집어서 나간다.

피델리아　엄마……?

알렉산드라　나도 간다.

피델리아　같이 가고 싶어요.

알렉산드라	누군가는 아기를 보고 있어야지.
피델리아	작은아버지가 하면 되잖아요.
알렉산드라	아니, 하실 수가 없어.
피델리아	내 아기도 아니에요. 울기 시작하면 어떻게 할 줄도 모르는데……
알렉산드라	먹을 것을 줘.
피델리아	먹을 것이 없으면요?
알렉산드라	이야기를 들려줘.
피델리아	엄마, 가지 마세요.
알렉산드라	나를 마음에 간직하고 있어, 나를 위해 집이 되어주렴.

알렉산드라가 마지막 의자를 집는다.

알렉산드라	나는 너의 엄마잖니.

알렉산드라와 야나나, 서로의 팔짱을 끼고 마당 밖으로 나가 강으로 간다. 피델리아, 그들이 가는 것을 지켜보고 있다.

26장

감옥 안. 대위, 엠마누엘, 쏘피아. 거의 불빛이 없다. 물 떨어지는 소리가 난다.

대위 말, 말을 해, 이 늙은 무지렁이야. 투쟁이라도 한다고 생각하나? 누가 여기서 벌어지는 일을 알기라도 할 줄 알아? 네 시체하고 다른 사람들 것을 차에 실어서 어디 땅 파서 묻고 생석회 좀 뿌리고 흙으로 덮어버리면 그뿐이야, 그뿐이라고. 그게 다야, 아무 일도 없었던 것처럼. 끝을 내. 당신이 끝내. 끝을 내, 아니면 내가 하지. 엠마누엘에게 불, 이 새끼야, 내가 무슨 빌어먹을 박쥐인 줄 알아?

엠마누엘, 불을 켠다. 모두 눈을 제대로 못 뜬다.

대위 애를 데려와.

쏘피아, 반응을 보인다.

대위 아, 반응이 있군.

엠마누엘, 알렉시스를 데려온다. 팔은 뒤로 묶여 있고 머리 위엔 얼룩진 덮개가 씌워져 있고, 옷은 찢겨 있고 한쪽 팔이 빠져 있고 피범벅이다.

쏘피아 애는 어린애예요.
대위 남자지. 어차피 더 크기도 틀렸지.

대위가 알렉시스의 탈골된 어깨에 손을 내려놓는다. 알렉시스, 비명에 가까운 소리를 낸다.

쏘피아   우리 아이는 당신에게 해줄 수 있는 것이 없어요.

대위   하지만, 벌써 이 아이 덕분에 당신이 말을 하잖아. 기적과도 같아, 이 아이.

사이.

대위   여자들을 집으로 돌려보내. 하라는 대로 하든가 아니면 이 아이를 아무도 알지 못하는 지옥 같은 어두운 감옥에 처넣을 거야. 이 애는 무조건 지옥행이야, 하늘에 신이 있는 것처럼…… 내 말이 들리나? 이 아이를 다시는 못 볼 거야. 내 말 들려? 애는 무사하지 못할 거야.

알렉시스   할머니……?

쏘피아   대위님, 대위님은 자식이 있습니까? 당신 자식의 이름으로 부탁 하나 하겠습니다. 잠시만 내 손자와 같이 있게 해주시오. 작별인사를 하게.

사이.

대위   성모 마리아여……

당신은 미쳤어. 얘는 살아 있고 계속 살 수 있어. 만져봐, 만져……

대위가 그녀의 손을 잡고 강제로 알렉시스의 가슴을 만지게 한다.

대위 살아 있어. 심장이 뛰는 것이 느껴지나?

쏘피아, 알렉시스의 가슴에 손을 얹는다. 사이. 대위가 그녀의 손을 쳐서 떼어놓는다.

대위 도대체 어떻게 해야 당신을 강으로 가게 만들 수 있는 거야?
쏘피아 남자들이 집으로 돌아오길 원합니다. 모든 남자들이. 살아 있는 사람들을 데리고 갔으니 살아 있는 채로 돌아오길 원합니다. 그들이 죽었다면 장례라도 치를 수 있기를 원합니다.
대위 그것이 내가 한 제안이 아닌가, 내가……
쏘피아 그리고, 살인마들이 처벌 받기를 원합니다. 이게 우리가 원하는 전부입니다. 우리 모두가요. 강에 있는 우리 모두.

사이.

대위   이 나라의 비극은…… 이렇게 이 나라가 가물고 척
        박해지지 않아도 된다는 거야. 이 나라는 꽃피기를
        기다리고 있어. 푸르러지고 싶어해. 그러나 한 발자
        국, 한 발자국씩 앞으로 나가는 거지 한꺼번에 나갈
        수는 없다는 것을 아무도 이해를 못해. 너무 많은
        것을 원하면 남는 게 아무것도 없지. 먼지만 남을
        뿐이야. 이 아이…… 애도 글을 배울 수 있어. 투표
        도 하고, 나라를 위해 뭔가도 될 수 있고. 할 수 있
        지, 한 사람의 국민으로서. 이 애의 고통, 이 애의
        흉측한 죽음은 당신이 꿈꾸는 이 아이의 미래지 내
        가 바라는 것은 아니야.

        대위, 총을 꺼내 알렉시스의 머리를 겨냥한다.

대위   살려달라고 해. 할머니한테 살려달라고 해.

        대위가 얼굴가리개를 벗긴다. 알렉시스는 눈을 감고, 흔들
        거리며 서 있다.

알렉시스   할머니. 침묵.
쏘피아   잠시 시간을. 사이.
대위   그렇게 해주면 내가 얻는 게 뭐지?
쏘피아   아마도 약간의 평화요. 당신에게 필요할 게요. 나중
        에. 평화가.

대위   더이상은 어떤 요구도 승낙하지 않겠어. 어쨌든 그
      에게 할 말도 없을 테니까.

      방아쇠에 손을 댄다.

쏘피아 애를 만져봐도 될까요?
대위   뭐하러?
쏘피아 부탁입니다.

      사이.

대위   피곤하게 하는군.

      그는 머리를 끄덕여 만져도 된다고 한다. 쏘피아는 손자에
      게 가서 다시 아이 가슴에 손을 얹어놓는다. 잠시 아무 일도
      없다가 갑자기 조명이 변한다. 쏘피아와 손자만 있다.

쏘피아 내 말이 들리니?
알렉시스 네.
쏘피아 그들은 우리 말을 들을 수가 없어, 내 강아지.
      내가 널 보호해줄 수가 없구나, 내 새끼야. 왜 그런
      지 이해하겠니?
알렉시스 아니요.
쏘피아 날 용서하겠니?

사이.

알렉시스 네.

쏘피아 내가 들려줄 얘기가 있다.

이 세상에는 이승과 저승이 언제나 우리 곁에 있단
다. 벽에 가까이 가보거라. 네 뒤에. 벽돌 안에 손이
있을 게다. 찾아서 잡아라.

알렉시스 무서워요, 전······

쏘피아 그렇지, 그렇지, 손이 있지. 느껴지니?

알렉시스 아무것도 느껴지지 않아요.

쏘피아 네 아버지란다. 넌 아버지 손을 알잖니.

알렉시스 네.

쏘피아 강한 손이지. 너한테는 부드러운 손이고. 그러니 너
도 강해질 수 있다. 네 다음으로 올 사람들을 위해
서, 그들을 위해서. 우리 같은 사람들은 죽지 않는
다. 우리는 벽의 돌 안에 살아 있지, 너와 나, 그리
고 다른 이들, 우리는 함께 있을 거야, 우리 강아지,
내 새끼, 벽이 무너져내릴 때까지.

조명이 원래대로 돌아오고 대위, 쏘피아 손을 알렉시스 가
슴에서 떼어놓는다. 대위, 쏘피아를 본다.

대위 신이 당신을 용서하길 바라오. 우리 모두를 용서하

길 바라오.

암전. 총소리가 한 발, 두 발. 바로 조명이 돌아온다. 피델리
아와 아기가 있다. 그들 밑에는 강가에 여자와 병사들이 모
이고 있다.

27장

피델리아   아기에게 말을 꼭 배워야 해. 너는 꼭 말을 해야 해. 너
는 해야 할 말이 있어.
말을 하지 않기로 결심을 해도 너의 이야기는 전해
질 거야. 이야기들이 외치고 있어, 말로 전할 수 없
다면 피부로 스며들 거야.
바람이 그 이야기들을 나르고, 연기가, 강이 그것들
을 날라서 단어들이 길을 찾아갈 거야, 가장 먼 곳
으로부터, 가장 외로운 곳으로부터, 듣고 싶어하는
사람들이 있는 곳으로……
난 기다리겠어. 네가 말을 할 때까지 기다리겠어.
나는 참을성이 많단다. 나는 오래 기다릴 수 있어.

퇴장한다.
강에는 햇빛이 강하게 비친다. 여자들, 반대편에는 중무장
한 군인들이 많다. 대위와 엠마누엘, 기다리고 있다. 중위,

도착한다.

대위 이 나라는 희망이 없어. 이 나라 사람들을 다 없애고 다른 사람들, 다른 나라 사람들을, 생각이 있는 사람들을 데려와야 해.

사이. 대위, 여자들을 바라본다.

중위 제가 명령을 내릴까요, 대위님?
대위 내가 하지.

병사들이 소총 노리쇠를 당기고, 사격 자세를 취한다.

대위 여자들에게 이것이 마지막 기회다. 집으로 돌아가라. 순순히 따라라. 그렇지 않으면 병력을 동원해 너희를 움직이겠다. 필요하다면 무력을 사용할 것이다.

사이.

대위 병사들에게 이 강둑을 정리해.

대위, 다시 한번 여자들을 바라본다. 그들도 그를 본다. 갑자기 동물의 큰 울음소리가 나는데, 지빠귀나 혹은 무엇인지 알 수 없는 동물이다. 여자, 군인들, 모두 위를 쳐다본다. 강물이 소리를 내면서 흐른다. 여자들, 아무 말 없이 강 쪽으로 가서 물속으로 걸어 들어가 시체 하나를 강둑으로 올려놓는다. 군인들 쪽으로 나아가서는 멈춘다. 그들은 서로를 바라본다. 그리고 다시 전진한다—— 시체를 갓난아기인 양 어를 때 그들은 춤추는 것 같기도 하고, 노래하는 것 같기도 하고, 그냥 앞으로 나아가는 것 같기도 하다.

암전.

후기를 가장한 감사의 말

이 희곡의 기원은 이십년 전으로 거슬러 올라간다.

나는 1973년 아우구스또 삐노체뜨 장군이 권력을 장악한 뒤 칠레를 떠날 수밖에 없었고, 그 뒤 여러 나라를 전전하다가 마침내 1976년 네덜란드에 정착했다. 「과부들」의 핵심을 이루는 이야기가 처음 떠오른 곳은 바로 그곳, 암스테르담에서였다.

당시 나는 실종된 남녀들에 관한 일련의 고통스러운 시들을 쓰고 있었다. 이 남녀들은 집에 있다가 한밤의 정적 속에서 비밀경찰에 의해 납치되어 다시는 소식을 들을 수 없게 되었고 마치 그들이 존재하지도 않았던 것처럼 주검조차 친지들에게 돌아오지 못했다. 시를 쓰는 과정에서 나는 나 자신이 마치 산 자와 죽은 자들이 서로 연락을 주고받으려 애쓰는 다리로 바뀌는 듯한 느낌이었고, 또한 내가 그들이 만나서 눈물을 흘리고 서로를 어루만질 수 있는 무덤이 되는 것도 같았다. 나는 실종자들의 목소리, 그리고 그들이 돌아오기를 기다리는 가족의 목소리들로 하여금 멀리 떨어진 나의 언어를 사용하여 서로에게 말을 건넬 수 있도록 했는데, 그럼으로써 나는 나 자신의 몸이 금지된, 그리고 당연히, 내가 쓰고 있는 언어가 금지된 멀리 떨어진 나라로 스스로 돌아갈 길을 찾고 있었다. 상상 속에서 나 자신을 스스로 탈출했던 그곳에 옮겨놓음으로써, 그리고 내가 목격자로밖에는 참여할 수 없는 이야기, 또 내 목청을 소유한 것 같은 그 목소리들을 위해 내가 전달통로로밖에는 참여할 수 없는 그 이야기 속에다 나 자신을 가져다놓음으로써 말이다.

어느날 밤, 저녁이 끝난 직후인 이른 저녁에, 어떤 이미지가 마치 환각처럼 내게 찾아왔다. 강가에 있는 늙은 여인이, 방금 물가로 밀려나온 시신의 손을 잡고 있는 모습이었다. 그리고 이 장면이 과거에도 벌어진 적이 있다는 것, 그 강이 죽은 사람을 그 늙고 고통당한 여인의 팔에 넘긴 것이 처음이 아니라는 확신 또한 함께 찾아왔다.

나는 내가 만들어냈지만 그럼에도 자기자신의 삶을 가진 듯한 그 여인의 말을 들으려 애쓰면서 밤을 새워 같은 시를 쓰고 또 썼다. 나는 길고 어두운 유럽의 밤을 지새우며 내 안의 어둠으로부터, 망각과 무관심 속에 그 여인이 덫에 걸려 있는 세상 저편의 어둠으로부터 그녀를 끌어내려 애썼다. 나는 거기 앉아서 그녀가 하는 말, 그리고 내가 뜻하지 않게 살게 된 낯선 세상에서는 들어줄 사람이 거의 없는 말을 한마디 한마디 남김없이 이해하려고 노력했다. 그리하여 동틀 무렵, 갓 태어난 아이 같은 새로운 시 한편이 식탁인 동시에 망명 중의 내 작업공간이었던 탁자 위에 놓여 있었다. 「과부」의 씨앗이 될 그 시가 언제나 나의 첫 독자가 되어주는 아내 앙헬리까의 의견을 구하기 위해 거기 놓여 있었다.

그 시의 전문은 다음과 같다.

뭐라고요——한 구 더 발견했다고요?

——잘 안 들려요——오늘 아침

시체가 하나 더

강에 떠올랐다고요?

더 크게 말하세요——그래서 당신은 엄두도 못 냈고

아무도 그의 신원을 확인할 수 없다고요?

　　　　　　그의 어머니라도

　　　　　　그를 낳은 어머니라도

　　　　　　어머니조차도 확인할 수 없을 거라고

경찰이 말했단 말이지요

그들이 그렇게 얘기했다고요?

다른 여자들이 이미 확인해보려 했는데——당신 얘길

　　　　　　　　　　　　난 통 알아들을 수가 없네요,

그 여자들이 그를 뒤집어서 얼굴도 보고, 손도 보고

　　　　　　　　　　봤단 말이지요,

　　　　　아 그래요,

그 여자들이 다 함께 기다리고 있다고요,

조용히, 애도하며,

강둑에서,

그 여자들이 그를 강물에서 건져냈는데

벌거벗은 채라고요

　　　　　　이 세상에서 태어나던 그날처럼,

경찰 대위가 한 명 거기 있고

내가 도착하기 전엔 그 여자들이 안 떠날 거라고요?

그가 누구네 식구인지 모른다고요,
그가 누구네 식구인지 모른다고 했나요?

나는 지금 옷 갈아입는 중이라고 전해주세요,
지금 떠난다고
만일 그 경찰 대위가
지난번 그 사람이라면
무슨 일이 벌어질지
알고 있을걸요.
그 시체는 내 이름을 가지게 될 거예요
내 아들의 이름을 내 남편의 이름을
내 아버지의
이름을
내가 서류에 서명할 거라고 전해주세요
지금 그쪽으로 가는 중이라고 전해줘요,
날 기다려달라고
그 대위가 그를 만지지 못하게 해주세요
대위가 그에게 한걸음도 더 다가가지 못하게 해줘요.

걱정들 말라고 전해주세요:
죽은 내 식구들은 내 손으로 묻을 수 있다고요.*

---

* 이 시의 번역은 이종숙 옮김, 「싼띠아고에서의 마지막 왈츠」(창작과비평사 1998)의 「신원」, 35~37면을 그대로 옮겼다. 단, 번역시의 '경감'을 이 후기와 희곡 「과부」의 맥락을 고려하여 '경찰 대위'라고 바꾸었다──옮긴이.

그렇게, 그렇게 이루어졌다. 그 늙은 여인은 존재를 가지게 되었고, 목소리가 주어졌으며, 그 시 속에서 자유롭게 지상을 떠돌며 자신의 대사를 말할 수 있게 되었다. 나는 내 일을 해낸 것이었다. 이제 그녀가 자신의 일을 할 차례였다.

그 늙은 여인이 이것으로 만족하지 않았다는 것만 빼면 말이다. 허구적인 시의 우주 안에서 그녀는 대위에게 도전했던 것인데, 이제 그녀는 나 자신의 우주, 불행히도 현실에 엄존하는 망명의 역사적 우주 안에다 나를 그냥 내버려두려 하지 않았다.

한 해 한 해 지나감에 따라, 나는 그녀의 이야기에 내가 쓴 내용보다 더 많은 것, 훨씬 더 많은 무언가가 있다는 확신을 벗어버릴 수 없었다. 그 시에서 나는 고작 저 고통의 외피를, 자신의 죽은 이들을 대위가 매장하지 못하게 막는 그녀의 가차없는 단호함의 외피를 훑은 것에 불과하며, 그녀는 내가 더 깊이 파고들어가기를 원한다고, 그 전에는 무슨 일이 벌어졌고 그 후에는 무슨 일이 일어났는지를 세상이 알기를 원한다고, 간단히 말해 그녀가 서사로 바뀌어 시간 속에 이야기되고, 세상으로 채워지는 동시에 세상을 채우기를 원한다고 확신했다.

나로서는 마찬가지로 벗어던지기 힘들었던 또다른 집착과 그 늙은 여인이 연대하지 않았더라면 아마 그 여인은 성공할 수 없었을 것이다. 어쨌거나 나는 내 안에서 서로 치고받으며 대낮의 빛과 활자를 요구하는 열렬한 등장인물들 모두에게 제대로 된 대접을 해줄 수는 없는 노릇이었다. 또다른 집착이란 내 나라에서 책을 출간하는 일, 독재권력이 나의 접근을 거부하는 독자들에게 다가가는 것이었다. 나는 두고 온 칠레의 젊은이들을 특히 염려했으며, 라틴아메리카의 다른 나라들, 아르헨띠나, 우루과이, 브

라질의 젊은이들에 대해 근심하고 있었다. 그들 중 숱한 이들이 똑같은 독재, 죽음과 패배를 강요하는 똑같은 군부에 의해 고통을 당하고 있었던 것이다. 그러다가, 아 정말 서서히, 나는 실종자들을 다루는 소설, 그 늙은 여인과 그 강과 그 시체들, 그 대위의 이야기를, 가명을 사용하여 내 실명을 숨기고, 그렇다, 심지어 이 사건이 일어나는 나라조차 숨기면서 소설 한편을 쓸 수 있지 않을까 생각하기 시작했던 것이다. 칠레가 초래한 공포의 큰 부분은 결국 이런 종류의 비극과 이런 종류의 저항이 과거에도 역사 속에서 벌어진 적이 있다는 사실, 우리가 나찌의 실험 사십년 후에 똑같이 끝없는 슬픔과 죄악을 부분적으로 되풀이하고 있다는 사실에 의해 증폭되었던 것이다. 내가 나찌 독일의 점령기에 살면서 이 이야기를 쓴 덴마크 작가 하나를 만들어내면 어떨까, 그리고 그는, 나는 마음을 굳혔다, 스스로가 실종자가 되고 만 작가라고 꾸며내면 어떨까? 말하자면 그리스와 같은 어떤 곳의 강가에서 벌어진 그 늙은 여인에 관한 이야기가 오랫동안 잊혀졌다가 최근에야 정확한 장소가 확인되었고 이제 최초로 출간되는 것이라고 하면 어떨까? 덴마크 작가에 의해 씌어졌다는 그 소설이 스페인어로 번역되어 칠레에서 팔리게 되는 것이라고 하면 어떨까? 칠레의 독재자들이 반대할까? 그들이 내가 진짜 저자라는 것을 어떻게 안단 말인가?

1978년 여름경, 나는 처음부터 내가 그 제목으로 부른 소설 「과부들」을 쓰기 시작했다. 만약 그 당시에 둘째아들 호아낀을 임신한 아내가 곁에 없었다면, 만약 강둑의 여인들이 겪는 지옥으로 나를 데려가던 원고지에서 고개를 들었을 때 옆에서 신이 나서 노는 큰아들 로드리고를 볼 수 없었다면, 나는 그토록 심한 상실에 관한 이야기를 쓸 수 없었을 것이다. 내가 누리던 기쁨은 바로 내 주인공들이 빼앗긴 것이었다.

그후 몇달 동안 내가 그 늙은 여인의 부름에 답하고 그녀에게 살아갈 세계를 만들어주는 동안, 나는 다른 종류의 작업, 좀더 문학적이지 않은 일에 착수했다. 나는 현실의 전선(戰線)과 현실의 검열관들이라는 실제 세계에서 내가 칠레의 독재자들을 속여넘기도록 도와줄 사람들에게 호소했던 것이다. 이 무모한 속임수 구상에서 나의 주된 동반자들은 이제는 모두 세상을 떠난 두 명의 동료작가였으며, 그들의 애정과 충실한 지지를 지금은 밝힐 수 있다. 독일의 노벨문학상 수상자인 내 친구 하인리히 뵐(Heinrich Böll)은 이미 쏠제니찐이 억압적인 소련에서 자신의 초고를 몰래 반출하는 일을 도왔던 사람인데, 칠레 작가 한 사람이 거꾸로 자신의 초고를 그가 출판할 수 없는 나라에 몰래 들여가는 일을 거들 기회에 즐거워했다. 뵐은 쾰른의 자택에서 우리가 차를 마실 때 눈을 반짝이며 자신이 책의 서문을 쓰겠다고 말했다. 즉 그는 알려지지 않은 덴마크 작가의 아들이 오랫동안 찾지 못한 아버지의 소설을 들고 자신을 찾아왔으며 저자가 나찌 비밀경찰의 손에 목숨을 잃은 지 사십년 후에 그 작품이 세상의 빛을 보게 되었다고 독자들에게 설명할 참이었다. 그리고 한달 후 빠리에서, 망명 기간 동안 내게는 형제와도 같았던 아르헨띠나 작가 훌리오 꼬르따자르(Julio Cortázar)가 기꺼이 그리고 장난기 가득한 태도로 프랑스어에서 스페인어로 그 책을 옮기는 '번역자'가 되겠다고 내게 말해주었다. 물론 출간될 책은 나 자신이 처음부터 스페인어로 쓴 판본이 될 것이었다.

이제 더 필요한 것은 칠레, 아르헨띠나, 스페인에서 책 출판업을 했고 내가 이 계획을 언급했을 때 상당히 열의를 보인 출판업자가 승낙하는 일뿐이었다. 그러나 그는 초고를 읽고 나서 반대 의견을 냈다. 그는 이 모험에 사업 전체를 걸 준비가 되어 있지 않다고 말했다. 군부는 속임수를 금방 눈치챌 것이며, 그러면 나는 여전히 망명 상태로 해를 당할 일 없이 안전하겠지만 그와 직원들과 투자자들은 삐노체뜨의 눈밖에 나리라는 것이었다. 놀림을 당하는 것만큼 군부가 싫어하는 일은 없는 법이다.

그래서 나는 여전히 칠레를 포위하고 있는 공포의 장애물 이쪽 편에서 나의 늙은 여인과 함께 좌초된 상태로 남았다. 그 여인은 나를 고국으로 남몰래 침투시킬 수 없었던 것이다. 그러나, 그녀는 말을 꺼내길, 고국과 똑같이 이 이야기를 필요로 하는 세상이 여전히 있지 않느냐고 했다. 우리는 칠레가 나의 언어와 그녀의 언어를 자유롭게 받아들일 그 먼 훗날까지는 가능한 곳 어디서든 해외에서 그 이야기를 유통시켜야 한다는 것이었다.

나는 그 소설을 내 이름으로 출간했다. 뷜과 꼬르따자르를 더이상 번거롭게 할 필요가 없었다. 몇몇의 외국 편집자들은 내가 작품을 좀더 분명하게 라틴아메리카적이고 전투적이며 탄핵하는 듯한 분위기로 해야 한다고 했다. 그러나 나는 거꾸로 덴마크인 저자의 존재라는 틀과 그리스적인 배경을 유지하기로 결심했다. 나는 독자들에게 이 작품이 별로 들어본 적 없는 나라들에서 벌어진 낯선 만행으로만 여겨지는 것을 원치 않았다. 나는 독자들이 내 나라와 그들의 나라, 나의 현재와 그들의 과거, 나의 현재와 그들의 미래 사이의 관계에 대해 스스로에게 묻기를 바랐다. 게다가 나는 고국의 절박한 현실과 거리를 두는 것, 이 이야기를 다른 누군가가 쓴 것처럼 꾸미는 내 능력, 이것들이 해방적인 효과를 준다는 것을 깨달았다. 이러한 알레고리적 접근은 당대의 정치적 이슈를 다루는 많은 저자들을 괴롭히는 예술적 딜레마를 푸는 데 도움이 되었다. 그 딜레마라는 것은 실제 현실의 복잡함을 그리는 작업을 종종 내키지 않아하는 특정한 '사실주의'의 괴로운 잔소리에 굴복하지 않으면서도 엄청난 기록물적 하중을 지닌 문제들에 대해 어떻게 글을 쓰느냐 하는 문제였다. 한가지 예만 들어보자. 내가 이 소설을 썼을 때는 아직 칠레든 어느 나라에서든 실종자들의 시신은 전혀 발굴되지 않았던 상황이었다. 내가 내 조국에서 실제로 밝혀지고 있는 것에 관해서만 썼더라면 이미 역사가 현실로 드러낸 것만을 추적하고 복사하는 데 그쳤을 것이다. 그 대신에 나는 다른 씨나리오, 즉 역사가 아직 숨기고 있지만 몇년 후에는 스스로를 드러낼 씨나리오를 상상했다. 나는 시신들이 발견되기 시작할 것이고, 아무도 죽은 자들이 귀향하는 것을 막을 수 없으며, 여인들이 침묵과 압제를 거스르며 그들을 데려올 것이라고 예언했다. 실제로 시간이 지나감에 따라 시신들은 칠레와 라틴 아메리카의 강과 광산 갱도와 들판과 사막에서 발견되기 시작했으며, 그들은 마치 세인의 상상력 아래의 깊은 심연에서 솟아난 것처럼 돌아왔던 것이다. 나는 현실에 존재하는 것을 재생하는 일에 갇히기를 원하지 않았다. 나는 내 상상력이 볼 수 있으며 어쩌면 현실 그 자체로부터 언젠가 출현할 대안적 미래를 나의 문학이 탐구하기를 원했다. 나는 또한 내 이야기가 독재의 공포정치를 탄핵하는 일에 그치지 않고 그것을 넘어서서 기억과 성차(性差)와 배신과 공동체와 글쓰기 자체에 대한 질문을 던지기를 원했는데, 이 질문들은 작품이 제기한 정치적 문제들에 흡수되면 안되는 것이었다.

실제 인간들의 고통에서 나온 것이므로 역사적인 것이지만 동시에 직접적인 역사로부터 자유로울 것을 명하는 재현(representation)의 미학적, 문학적 법칙을 따르는 이야기를 써야 하는 딜레마는 이 이야기를 개작하는 과정에서 나를 다시 괴롭히게 되었다. 여러 해 후인 1985년의 어느 날 나는 당시 로스앤젤레스의 마크 태퍼 포럼(Mark Taper Forum)에서 일하던 주디 제임스(Judy James)에게서 전화를 받았는데, 그녀는 내 친구인 디나 메츠거(Deena Metzger)에게서 소설을 받아 읽고 그것이 희곡 작품이 되길 요구한다고 봤으며 궁극적으로는 영화가 되어야 한다고 생각했던 것이다.

내 안의 그 늙은 여인은 동의했다. 그녀는 자신의 삶을 더 많은 이들이 접하기를, 어떻게 그녀가 죽음이 자신의 삶을 지배하도록 허락하지 않았는지 지켜보기를 원했다. 그녀는 이번에는 무대에서 다시 살기를 원했다.

그래서 내 삶의 가장 길고 가장 힘든 창조적 여정의 하나가 시작되었다. 시를 짓는 데에는 하룻밤이 걸렸고 소설을 쓰는 데에는 일년이 걸렸다. 희곡은 거의 십년간 나를 괴롭힐 운명이었다.

희곡 「과부들」은 여러 단계를 거쳤다. 내 희곡은 태퍼에서의 연출자였던 밥 이건(Bob Egan)의 부지런한 방향 제시 아래서 극단의 예술 감독이었던 고든 데이비슨(Gordon Davidson)의 열정으로 뒷받침되어 여러번 수정되었고 두 번의 큰 워크샵을 거쳤다. 여기서 배우들은 자신들의 역량을 남김없이 보여주었고 또 그 반대급부로 나를 궁지로 몰아넣는 질문들을 던졌던 것이다. 나는 이 희곡의 여성들을 내가 이해하고 있다고, 그들이 어떤 사람인지, 그들이 어떤 절망과 상실과 다의성(多義性)에 따라 행동하고 있는지를 안다고 느끼고 있었다. 그런데 남자들, 군인들은 정말 수수께끼의 인물이 되고 말았고, 그 워크샵들에서 대위를 연기한 리처드 조던(Richard Jordan)과 르네 오베르즈누아(René Auberjenois), 중위를 연기한 토니 플래너(Tony Plana)가 특히 도움이 되었다. 그러나 조언들은 충분하지 않았다. 내가 무엇이 잘못되었는지를 알아내기 위해서는 작품이 온전히 무대에서 공연될 필요가 있었다. 1988년 텍사스 주 포스 워스(Forth Worth)의 힙 포킷 극장(Hip Pocket Theatre)의 다이앤과 조니 씨몬스 부부(Diane and Johnny Simons)가 케네디 쎈터에서 뉴 아메리칸 희곡상(New American Plays Award)를 수상한 대본으로 첫 공연을 했다. 그리고 그해 여름에 윌리엄스타운 연극 축제(Williamstown Theatre Festival)에서 토니 머쌘티(Tony Musante)가 주연하고 케이 매슐래트

(Kay Matschullat)가 연출한 새로운 공연이 있었다. 연극평과 관객들은 열광적이었다. 그러나 나는 공연을 보면서 작품이 아직 소설의 자장에서 벗어나 자유를 얻지 못했다는 것을 알게 되었다.

또다시 개작을 했지만 늘 내게 호의적이던 태퍼에서 실망스러운 독회가 있은 후인 1989년에 밥 이건과 고든 데이비슨은 다른 해결책을 제시했다. 누군가 다른 사람이 참여해서 나와 협력해야 할 듯하다는 것이었다. 나는 회의적이었지만, 내 안의 늙은 여인은 계속 잔소리를 해댔고, 우리 둘 내부의 죽은 자들과 실종자들은 우리를 가만히 두질 않았다. 그래서 나는 마지못해 태퍼의 벗들이 내 비전이 열매맺도록 도와줄 것이라고 생각한 작가의 희곡작품을 몇편 읽기로 동의했다. 그는 상대적으로 무명의 희곡작가였지만 큰일을 해낼 것이라고 벗들은 확신하고 있었다.

그의 이름은 토니 쿠슈너(Tony Kushner)였다.

내가 그의 희곡들, 「낮이라고 하는 밝은 방」(A Bright Room Called Day)과 「미국의 천사들」(Angels in America)이라는 정말 감탄하지 않을 수 없는 작품을 읽었을 때, 나는 그 사람이 실로 나와 함께 일할 적임자임을 인정했다. 토니의 비전은 나와는 다를 수 있었지만, 그는 나와 동일한 표현의 문제로 심각하게 고민하고 있었으며, 정치와 상상력이 교차하는 방식들을 어떻게 다룰 것인지, 고통과 억압을 절망에 빠지지 않고 어떻게 그릴 것인지, 어떻게 일상대화를 구사하면서도 동시에 신화적일 수 있을지, 어떻게 선전 위주로 가거나 교조주의적이지 않으면서도 인간의 저항능력과 활력을 보여줄 것인지, 어떻게 우리가 자기 내부에 적을 지니고 있는지 또 어떻게 가장 훌륭한 이들이 가장 끔찍한 일을 저지를 수 있는지 등의 문제를 놓고 분투하고 있었다.

내가 스스로를 속여 실종자들이 세상으로 나와 세상을 향해 말을 걸기 위해 찾던 다리가 나 자신이라고 믿게 만들었다면, 토니는 전형적인 미국적 전통과 정치적·미학적으로 크게 동떨어져 있는 이 특정한 이야기를 미국 관객과 연결시키느라 겪고 있던 내 어려움을 극복하는 다리가 정말로 되어주었고 그래서 내가 연극의 세계에 들어가 미국 관객과 만날 수 있게 해주었다. 다음 두 해 동안, 이제는 내가 돌아갈 수 있게 된 곳이자 삐노체뜨를 권좌에서 축출하는 과정이 진행되던 칠레로의 잦은 여행에 방해를 받으면서도, 토니는 「과부들」을 그 뛰어난 잠재력이 남김없이 실현된 희곡으로 완성하는 일을 참을성있게 도와주면서, 대화와 인물들과 극의 리듬을 하루하루 만들었다. 그는 이 작품의 공동저자이자 산파이며, 어린이가 크듯이 작품이 성장하게 도와준 조력자이다. 나는 그가 가르쳐준 것, 그 늙은 여인과 그녀의 가족에 대한 그의 충실함, 나와 내 가족에 대한 우정에 대해 아무리 감사해도 지나치지 않다.

그러나 마침내 1991년——런던의 로얄 코트(Royal Court)에서 내 다른 작품인 「죽음과 소녀」가 첫 공연을 한 열흘 뒤였다——밥 이건이 연출하여 마크 태퍼 포럼의 본무대에서 공연된 희곡은 여전히 내가 원하던 바로 그 작품은 아니었다. 내가 로스앤젤레스에서 공연을 관람했을 때 무엇인가가 여전히 부족했는데, 그것은 소설은 가지고 있는 어떤 것이었지만 이 희곡 작품은 그 모든 힘에도 불구하고 아직 성취하지 못한 것이었다. 나는 그 부족한 것이 무엇인지를 알지 못했다. 단지 내가 원작에서 너무 멀리 떨어져 나온 것이 아닐까, 내가 다시 원작으로 돌아갈 길을 찾아야 하지 않을까 하는 생각만 들었다. 텍스트는 여전히 내게 한번만 더 마지막으로 여행을 하자고 손짓하고 있었다.

다음 몇해 동안 내 생활의 중심은 「죽음과 소녀」였고, 또 토니 자신의 「미국의 천사들」이 놀라운 성공을 거두었다. 그래서 우리 둘 다 「과부들」

로 돌아갈 시간이나 여유가 없었다. 그러나 내 마음 한구석에는 그 작품이 항상 자리잡고서 자신의 목소리를 찾아내어 자신을 완성해달라고 요구하고 있었다. 만약 앤드루 와일리 에이전시(Andrew Wylie Agency)가 어느 날 트래버스 극단(Traverse Theatre)의 이안 브라운(Ian Brown)에게서 전화를 받지 않았더라면 내 자신과의 은밀한 이 대화는 영원히 계속되기만 했을지도 모른다. 이안 브라운은 내 희곡을 에딘버러에서 공연하기를 원했다. 내 답변은 그 작품이 공연 준비가 되기 전에 한번 더 개작을 해야겠다는 것이었는데, 그것은 최근에 새로운 공연 타진이 올 때마다 다른 이들에게도 했던 답변이었다. 그러나 내 대리인인 드보라 칼(Deborah Karl)은 그렇게 쉽게 기회를 흘려보내게 놔두지 않았다. 그녀는 나더러 트래버스의 제안을 수락하고 단호하게 이 희곡을 마무리하라고 주장했다. 그리고 그녀가 옳았다. 내가 인물들과 구성에 다시 한번 집중했을 때 나는 작품이 요구한다고 생각했던 변화들을 찾아냈던 것이다. 내가 뉴욕에서 점심을 먹으며 내 공동저자를 만나 이 계획을 말했을 때, 토니는 언제나 너그러웠듯이 나더러 자기 없이 일을 진행하라고, 이번 마지막 한바퀴는 나 혼자 뛰라고 말했다.

그래서 다시 나는 혼자 글을 쓰게 되었고, 내 고독과 그 늙은 여인의 고통과 함께 씨름하며 「과부들」을 위해 한번 더 마지막 제의(祭儀)적인 손질을, 한번 더 사랑의 산고를 감당해야 했다. 사소한 몇가지 수정들, 강조점의 변화, 극의 서정적이고 신비적인 특질들을 고양시키는 것 외에, 주요한 한가지 변화——그것은 사실 다시 한번 나 자신의 고통 속으로 들어감으로써 오직 나 혼자만이 성취할 수 있는 것이었다——는, 내가 그러했듯이, 멀리 떨어져서 행위를 지켜보고 증언하고 고통을 느끼는 망명자인 화자를 설정하여 희곡 작품을 틀짓는 것이었다.

새 판본이 1996년에 영국에서 순회공연에 들어가자마자, 나는 작품의 행위 속에 매개체로서 실제의 관객과 신화적인 인물들 사이에 이 수상쩍은 남성 인물을 도입한 것이 완전한 오해를 불러일으켰으며 실상 역효과를 가져왔음을 깨닫게 되었다. 그 늙은 여인과 그녀가 사랑한 실종자들이 나와 맺는 관계에서 망명이 핵심적인 것일 수는 있지만, 관객들 거의 모두는 그 매개 장치가 자신들을 우리의 부도덕한 당대세계에 가까이 다가가게 하지 못한 채 그 비극으로부터 멀어지게 했다고 느꼈던 것이다.

그래서 희곡「과부들」의 이 결정판에서 나는 그 화자를 제거하기로 결정했고 이야기 자체가 관객들에게 올바로 다가가기에 충분한 힘을 지녔다고 믿기로 했다. 어쩌면 그 다음의 단계──그 메씨지를 절실히 필요로 하는 세상에 곧 모습을 드러낼 조짐을 보이고 있는 영화「과부들」──에서는 그 화자가 다시 등장해서, 내가 타국에서 했던 것과 마찬가지로, 이 이야기를 관찰하게 될지도 모른다. 어쩌면 그 화자는 이 글을 쓰는 사람과는 달리 그가 관찰하는 것에 의해 압도되어버릴 수도 있고, 어쩌면 등장인물들과 똑같은 운명을 겪게 될지도 모른다.

이 싯점에서 이 희곡이 최종 출간본에 도달하게 된 것은 오로지 이십년 동안 이 이야기를 믿은 숱한 남녀들이 도와주었기 때문임에 틀림없다. 그 이름 중 몇몇은 여기 언급되었다. 지면이 부족하여 감사드려 마땅한 분들을 여기에 다 적지 못하지만 그분들은 내 감사의 뜻을 잘 알고 있다. 그렇게나 많은 배우들을 필요로 하는 작품, 그토록 암울하고 완강하며 겉보기에 미미할 수도 있는 쟁점들을 다루는 희곡작품을 무대에서 살아 숨쉬게 만드는 것을 도와주신 여러분 한분 한분, 모두에게 감사를 드린다.

무엇보다도 가장 중요한 감사인사를 마지막을 위해 남겨뒀다.

나는 그 늙은 여인을 만들었다.

나는 그 여인과 그녀의 가족과 그 강과 그녀에게 어떻게 대처할지 갈피를 잡지 못하는 대위를 창조했다.

그러나 그녀가 내 상상력으로부터 나올 수 있었다면, 그것은 내가 작품에서 최종적으로 묘사한 것보다 더 잔인하고 비인간적인 현실 세계에서 실제 시신들을 찾아다닌 현실의 여인들이 그녀를 생명의 불꽃으로 탄생시키고 영감을 불어넣어 거기 존재하게 했기 때문이다.

저 과부들이 군부에 저항하고 자기네 남자들을 돌려달라고 요구했던 곳, 칠레와 수많은 다른 나라들에서 이제 민주주의가 회복되었다. 민주주의는 돌아왔지만, 저 여인들 대다수는 여전히 자신의 아버지, 남편, 형제, 아들이 돌아오기를 기다리고 있으며, 그 여인들 중 많은 이들이 강 또는 신이 피붙이들의 주검을 죽은 자들에게서 돌려주기를 여전히 기다리고 있다. 그리고 그 주검들 또한 어딘가에서 여전히 기다리고 있으며, 여전히 그들을 살해한 자들을 고발하고 있고, 여전히 정의가 행해지기를 기다리면서, 여전히 너무도 쉽게 잊으려 드는 사회에 의해 기억되기를 요구하고 있다.

저 기다리는 여인들에게, 이십년 전 꿈처럼 내게 다가온 이 이야기의 숨겨진, 침묵하는 이야기꾼인 여인들에게, 그들에게 마침내 「과부들」을 바친다.

아리엘 도르프만
1997년 10월

DEATH AND
THE MAIDEN

죽음과 소녀

왜 희생해야 하는 사람은 항상 나 같은 사람이어야 하는 거지,
왜 뭔가를 양보해야 할 때가 되면 양보를 해야 하는 건 우리여야
하지, 왜 자기 혀를 깨물어야 하는 게 나여야 하지, 왜? 자, 이번
은 아냐, 이번만은 난 나 자신을, 내게 필요한 것을 생각할 거야.
한 사건, 단 한 사건에만 정의를 행사하는 것이라도 좋을 텐데,
그런다고 우리가 잃을 게 뭐가 있지? 그들 중 하나를 죽인다고
우리가 뭘 잃지? 우리가 뭘 잃지? 우리가 뭘 잃지?

이 희곡을

마리아 엘레나 두보첼레와 해럴드 핀터에게 바친다.

빠울리나 쌀라스　　　　　약 40세

헤라르도 에스꼬바르　　　　빠울리나의 남편. 변호사. 약 45세

로베르또 미란다　　　　　　의사. 약 50세

────────

시간적 배경은 현재이며, 공간적 배경은 칠레일 수도 있지만 오랜 독재 기간이
끝난 직후 민주정부가 들어선 경우라면 어느 나라라도 무방하다.

1막
1장

바닷소리가 들린다. 자정이 지난 시각.

에스꼬바르의 비치 하우스. 테라스와 넓은 거실 겸 식당이 보이고 의자 둘이 딸린 식탁에 저녁이 차려져 있다. 찬장 위에 카세트 녹음기와 램프가 있다. 테라스와 거실 사이에 창문으로 된 벽이 있고 커튼이 바람에 휘날리고 있다. 테라스에서 난 문이 침실로 이어진다. 빠울리나 쌀라스, 마치 달빛 아래에서 술을 마시는 것처럼 테라스에 놓인 의자에 앉아 있다. 멀리서 차 소리가 들린다. 그녀는 서둘러 일어서고 다른 방으로 가서 창문으로 내다본다. 차가 정지하고 시동이 걸린 채로 강한 불빛이 그녀에게 쏟아진다. 그녀는 찬장으로 가서 총을 꺼내고, 자동차 엔진이 꺼지고 헤라르도의 목소리가 들리자 멈춰선다.

헤라르도　멀리서 잠깐 들어왔다 가지 않겠소? 딱 한잔만, 목이
나 축이고 가시죠 웅얼거리는 대답 ……그럼 좋아요, 내
가 떠나기 전에 봅시다. 난 돌아가야 해요…… 월
요일까지. 일요일은 어때요? 웅얼거리는 대답 ……내
아내는 당신 머리가 쭈뼛할 정도로 근사한 마가리
타를 만든다구요…… 정말 얼마나 감사한지……
웅얼거리는 대답 그러면 일요일에 만나요. 그는 웃는다.

빠울리나, 총을 숨기고 커튼 뒤에 선다. 차가 멀어지고 불빛
이 다시 방을 휩쓸고 지나간다. 헤라르도, 들어선다.

헤라르도　폴리? 빠울리나?

그는 커튼 뒤에 숨은 빠울리나를 발견한다. 그는 불을 켠다.
그녀는 천천히 커튼 밖으로 나온다.

헤라르도　당신……? 거기서 뭘 하고 있는 거야? 너무 늦어서
미안해…… 내가……

빠울리나　동요되지 않은 척 애쓰면서 그런데 누구였어?

헤라르도　그건 뭐 그저……

빠울리나　누구였어?

헤라르도　……일이 — 아니, 걱정 마, 심각한 건 전혀 아니었
어. 그저 저 차가 — 다행히 한 사람이 차를 세워줬

어── 그냥 타이어가 펑크난 거였어. 빠울리나, 그
런데 아무것도 보이질 않네……

그는 다른 램프를 켜고 차려진 식탁을 본다.

헤라르도 가엾은 내 사랑, 다 식었겠네. 좋아, 그러니까──
빠울리나 이 장 끝까지 유지되는 매우 조용한 어조로 데우면 돼. 우리가
축하할 일이 있다면 말이야.

사이.

빠울리나 당신 축하할 일이 있지, 헤라르도, 그렇지 않아?
헤라르도 그건 당신에게 달렸지.

침묵. 그는 웃옷 호주머니에서 엄청난 못을 하나 꺼낸다.

헤라르도 이게 뭔지 알겠어? 이 망할 것이 타이어를 펑크냈
어. 근데 정상적인 남자는 펑크났을 때 뭘 하는지
알아? 트렁크에 가서 스페어 타이어를 꺼내지. 그
러니까 내 말은, 스페어도 펑크난 게 아니라면 말이
야. 그의 아내가 스페어 타이어 고쳐놓는 걸 잊지
않았다면 말이야, 그렇지?
빠울리나 아내. 언제나 모든 걸 고쳐야 하는 건 아내지. 스페
어는 당신이 고치게 되어 있었어.

헤라르도	난 정말 따지고 싶은 기분이 아니야, 하지만 우리가 합의하기를……
빠울리나	당신이 하게 되어 있었어. 나는 집을 돌보고 당신은 ──
헤라르도	당신은 도움이 필요 없다지만 나중에는 꼭……
빠울리나	── 적어도 차만큼은 당신 몫이야.
헤라르도	…… 나중에 당신은 불평하지.
빠울리나	난 절대 불평 안해.
헤라르도	이건 말도 안되는 입씨름이야. 우리가 뭘 가지고 싸우는 거지? 나는 이미 우리가 뭘 가지고 이러는지 잊어버렸어……
빠울리나	우리는 싸우는 게 아니야, 여보. 당신이 나를 나무라는 거지, 당신의 스페어를 내가 고쳐놓지 않았다고……
헤라르도	내 스페어라니?
빠울리나	── 그리고 말이야 바른대로 말이지, 내가 ──
헤라르도	여기서 잠깐. 지금 여기서 이걸 분명히 하자고. 당신이 스페어, 다름아닌 우리 스페어 타이어를 안 고친 것은 따져볼 여지가 있지만, 또다른 작은 문제가 있어. 잭 말이야.
빠울리나	무슨 잭?
헤라르도	아, 무슨 잭이냐고? 자동차 잭은 어디다 뒀어? 당신도 알다시피, 잭이 있어야 ──
빠울리나	차를 들어올리려면 잭이 필요하다 이거지?

그가 그녀를 품에 안는다.

헤라르도 자. 잭을 도대체 어떻게 한 거야?

빠울리나 엄마한테 줬어.

헤라르도 포옹을 풀면서 당신 어머니? 잭을 장모님께 드렸다고?

빠울리나 그래. 빌려줬어.

헤라르도 왜 그랬는지 물어봐도 될까?

빠울리나 엄마한테 그게 필요했기 때문이지.

헤라르도 그럼 나는, 아 물론, 우리는…… 당신 정말 그럴 수는 없어── 여보, 정말 이런 식으로 하면 안돼.

빠울리나 엄마는 남쪽으로 자동차 여행을 가는 거였고 그게 꼭 필요했어. 하지만 당신은……

헤라르도 난 개판이 되는 거지.

빠울리나 아니야.

헤라르도 그래. 난 전보를 받고 곧장 시내로 가야 했다구, 내 인생에서 가장 중요한 것이 될 회합에서, 대통령을 보려고 말이야. 그런데──

빠울리나 그런데?

헤라르도 …… 그런데 이 빌어먹을 못이 날 노리고 있었지. 다행히 시내로 가는 길은 아니었지만── 난 거기 망할 놈의 길가에서 스페어도 잭도 없이 있었다구.

빠울리나 나는 당신을 도와줄 사람이 있으리란 걸 알고 있었어. 적어도 그 여자는 예뻤겠지? 쎅시하기까지 했나?

헤라르도 난 이미 그가 남자라고 말했어.

빠울리나 그런 말 한 적 없어.

헤라르도 왜 당신은 나한테 항상 여자가 있다고 생각해야 하는 거지……

빠울리나 왜냐고? 왜 그런지 나도 정말 모르겠어.

사이.

빠울리나 친절했어? 그 남자는……?

헤라르도 멋진 친구였어. 나로서는 행운이었지, 그가……

빠울리나 이제 알겠어? 나는 당신이 어떻게 해내는지 모르겠지만, 당신은 언제나 일들을 잘 요리해서 모든 게 당신에게 잘 되게끔 해내지…… 반면 엄마의 경우는, 펑크가 나면 꼭 이상한 인간이 차를 세우고— 어떻게 엄마에게는 그렇게 얼빠진 부류가 꾀는지—

헤라르도 장모님이 내 책을 가지고 남쪽을 여행하시는 것, 내가 여기서 몇시간 동안 서 있는데도 아무 걱정 없이 그러시는 걸 생각하면 내가 얼마나 황홀한지 당신은 상상도 못 할 거야—

빠울리나 이제 과장하지 좀 마……

헤라르도 사십오분. 정확히 사십오분. 차들은 내가 존재하지도 않는 것처럼 지나쳐 갔어. 당신은 내가 뭘 하기 시작했는지 알겠지? 나는 누가 우리 집 쪽으로 가

156

는지 알려고 풍차처럼 팔을 돌리기 시작했어 — 이 나라에 연대의식이라고는 없다는 걸 잊어버린 짓 아니겠어? 다행히도, 이 사람 — 로베르또 미란다 가 있었지 — 난 그를 초대했어 —

빠울리나 들었어.

헤라르도 일요일은 어때?

빠울리나 일요일 좋아.

사이.

헤라르도 우리가 월요일에 돌아가니까. 적어도 나는 돌아가 야 해. 그리고 난 당신이 나와 함께 가기를, 이 휴가 를 단축하길 원하리라 생각했어……

빠울리나 그래서 대통령이 당신을 지명했어?

사이.

헤라르도 날 지명했어.

빠울리나 당신 경력의 절정이군.

헤라르도 나라면 그걸 절정이라고 부르지 않겠어. 내가, 어쨌 든, 그가 지명한 사람들 중에서 가장 젊어, 맞지?

빠울리나 맞아. 당신이 몇년 안에 법무부 장관이 되면, 그건 절정이겠네, 안 그래?

헤라르도 그건 분명히 나한테 달린 문제는 아니지.

빠울리나	그 사람한테 말했어?
헤라르도	누구?
빠울리나	당신의 착한 사마리아인.
헤라르도	로베르또 미란다 말이야? 나는 그 사람에 대해 거의 아무것도 몰라. 게다가 아직 그 자리를 받아들일지 결정하지 못해서……
빠울리나	당신은 이미 결정했어.
헤라르도	난 말했어, 내일 확답하겠다, 정말 영광이지만 생각할 시간이 ……
빠울리나	대통령에게? 당신이 그렇게 대통령에게 말했다고?
헤라르도	대통령에게. 생각할 시간이 필요하다고.
빠울리나	당신이 뭘 생각해야 하는 건지 모르겠어. 당신은 결정했어, 헤라르도, 당신은 그걸 알아. 그건 최근 몇 년 동안 당신이 목표로 해온 거야, 왜 아닌 척하지……
헤라르도	왜냐하면 먼저 —— 당신이 승낙해야 하기 때문이야.
빠울리나	아 그럼 좋아. 승낙해.
헤라르도	그건 내가 필요로 하는 승낙이 아니야.
빠울리나	이게 내가 해줄 수 있는 유일한 승낙이야.
헤라르도	나는 다른 식의 승낙도 들어본 적 있어.

사이.

헤라르도	지명을 받아들이려면, 난 당신을 믿을 수 있다는 걸

확인해야 하고, 당신 마음에 뭔가가 없어야…… 행
여 당신이 재발하게 되면, 그러면 내가……

빠울리나 약해지겠지. 그래, 그러면 당신은 약해질지도 모르
지. 속수무책이 되겠지. 당신은 다시 오로지 나만
돌봐야 하니까.

헤라르도 그건 불공평해.

사이.

헤라르도 당신을 돌보겠다는데도 당신은 내 흠을 잡는 거야?

빠울리나 그리고 당신은 그걸 대통령에게 말했다는 얘기잖
아, 아내에게 문제가 있을 수 있다고……

침묵.

헤라르도 그는 몰라. 아무도 몰라. 당신 어머니조차 모르잖
아.

빠울리나 아는 사람들이 있지.

헤라르도 그딴 부류 놈들 얘기를 하는 게 아냐. 새 정부에서
는 아무도 몰라. 나는 우리가 그걸 결코 공개하지
않았다는 사실을 말하는 거야, 당신이 절대— 우
리가 절대 공개적으로 비난하지 않았지만, 그들의
그 일들— 그들이 저지른……

빠울리나 그 결과가 죽음일 경우에만 해당되는 일들이지, 아

니야?

헤라르도   빠울리나, 제발, 당신 대체 왜—

빠울리나   당신이 지명된 그 위원회. 죽음으로 끝나버린 사건들만 조사하는 데 아냐?

헤라르도   죽음이나 죽음으로 추정되는 것으로 끝난 인권 침해 사례들을 조사하도록 임명되었어, 맞아.

빠울리나   가장 심각한 사건들만?

헤라르도   우리가 최악의 범죄들을 밝혀낼 수 있다면 다른 잘못들도 자연히 밝혀지리라는 발상인 거지.

빠울리나   가장 심각한 것들만 다룬다?

헤라르도   말하자면 선을 넘은 사건들— 돌이킬 수 없는.

빠울리나   돌이킬 수 없는. 구제할 수 없는, 그런 거?

헤라르도   이런 얘기 하고 싶지 않아, 빠울리나.

빠울리나   나도 그 얘기 하고 싶지 않아.

헤라르도   그러나 우리, 당신과 나는 그 얘기를 해야만 해, 그렇지 않아? 내가 앞으로 몇달 간 증거를 찾고, 친척들, 목격자들, 생존자들에게 귀 기울이며 시간을 보낸다면— 그러고 나서 집에 돌아올 때마다 나는— 당신은 모든 걸 나 혼자만 알고 있길 바라지 않을 거야. 당신이 만약…… 만약 당신이……

그가 그녀를 팔에 안는다.

헤라르도   내가 얼마나 당신을 사랑하는지 당신이 알아준다면.

내가 여전히 얼마나 고통스러운지 당신이 안다면.

사이.

빠울리나   맹렬하게 그에게 매달리면서 그래. 그래. 그래. 이게 당신이
원하던 승낙이야?

헤라르도   이게 바로 내가 원한 승낙이야.

빠울리나   벌어진 일들을 밝혀내. 모든 걸 밝혀내. 모든 걸 찾
아내겠다고 약속해, 그 모든……

헤라르도   모든 것을. 우리가 할 수 있는 모든 것을. 우리는 할
수 있는 데까지 나아갈 거야…… 사이. 그러니까 우
리에게……

빠울리나   허용된 범위에서.

헤라르도   한계가 있는, 한계가 있는 범위에서라고 말하자구.
그래도 우리가 할 수 있는 일은 너무나 많아……
우리는 조사 결과를 출판할 거야. 공식 보고서가 나
오게 되어 있어. 벌어진 일은 객관적으로 확립될 거
야, 그러니까 아무도 그걸 부정할 수 없게 되고, 따
라서 우리나라는 다시는 그 폭압적인 일들을 겪지
않게 될 거야……

빠울리나   그러고 나면?

헤라르도, 침묵한다.

빠울리나	당신은 희생자의 친척들 얘기를 들어주고, 범죄를 비난하는데, 범죄자들은 어떻게 되는 거야?
헤라르도	그건 재판관들에게 달려 있지. 법원은 증거물 사본을 송달받고, 판사들은 거기서부터 절차를 진행하지 ─
빠울리나	재판관들? 십칠년의 독재 동안 단 한명의 생명도 구하려고 개입한 적 없는 그 판사들? 단 한건의 구속적부심도 받아들이지 않았던 자들? 실종된 남편을 찾으러 온 그 불쌍한 여자에게 남편이 아마 싫증이 나서 다른 여자와 달아났을 거라고 말한 뻬랄따 판사? 그 판사? 당신 그 사람을 뭐라고 불렀어? 판사라고? 판사라고?

말을 하면서 빠울리나는 조금씩 웃기 시작하지만 점점 더 히스테리적이 되어간다.

| 헤라르도 | 빠울리나, 빠울리나. 그걸로 충분해. 빠울리나. |

그는 그녀를 팔에 안는다. 그녀는 천천히 진정된다.

| 헤라르도 | 바보 같은. 바보 같은 여자, 내 사랑. |

사이.

헤라르도 그런데 만약 당신이 차를 몰다 펑크가 나면 무슨 일이 벌어졌겠어? 차들이 지나가는 길가에 서서, 불빛은 기차처럼 지나가는데, 고함을 지르면서, 그리고 아무도 멈추지 않는데, 만약 도로에서 당신 혼자 있게 된다면 어떤 일이 일어날지 당신 생각해봤어, 갑자기 ——

빠울리나 누군가가 멈췄을 거야. 아마도 바로 그 사람 —— 미란다라고 했나?

헤라르도 아마도. 모두가 개자식은 아니야.

빠울리나 아니지…… 모든 사람이 그렇진 않지.

헤라르도 내가 일요일에 한잔하자고 그 사람 초대했어. 어때?

빠울리나 일요일 좋아.

사이.

빠울리나 난 겁을 먹고 있었어. 차 소리를 들었지. 내다봤더니 당신 차가 아니었어.

헤라르도 하지만 위험한 일은 없었어.

빠울리나 맞아.

사이.

빠울리나 헤라르도.

당신은 이미 대통령에게 승낙했지, 그렇지 않아?
진실을 말해, 헤라르도. 당신 위원회 일을 거짓말로
시작할 생각이야?

헤라르도   난 당신에게 상처주고 싶지 않았어.

빠울리나   당신은 대통령에게 수락한다고 말했지, 그렇지 않
아? 내게 묻기 전에? 그러지 않았어? 난 진실이 필
요해, 헤라르도.

헤라르도   그래. 그에게 하겠다고 말했어. 그래. 당신에게 묻
기 전에.

조명이 어두워진다.

2장

한 시간 후. 아무도 무대에 없다. 달빛만이 아까보다 약해진
채 창문으로 들어온다. 저녁상은 치워지고 없다. 멀리 바닷
소리. 자동차 소리가 다가온다. 전조등 불빛이 거실을 밝히
다 꺼진다. 차 문이 열리고 닫힌다. 누군가 문을 두드리는데,
처음에는 살살, 그러다가 점점 세게 두드린다. 무대 밖에서
전등이 켜졌다가 바로 꺼진다. 문 두드리는 소리는 점점 더
끈질기게 들린다. 헤라르도, 침실에서 거실로 잠옷 바람으
로 나온다.

헤라르도 <small>무대 밖에 있는 빠울리나에게</small> 내 말하지만── 아무 일도 아
니── 알아, 알아, 여보, 조심할게.

헤라르도, 전등을 켠다.

헤라르도 갑니다. 가요.

그는 문 쪽으로 가서 문을 연다. 로베르또 미란다, 밖에 있다.

헤라르도 아, 당신이군요. 맙소사, 당신은 정말 날 놀라게 하
는군요.

로베르또 아이구 정말 미안합니다── 방해가 되었네요. 나는
당신이 아직도 자축하면서 깨어 있을 거라고 생각
했어요.

헤라르도 내 옷차림을 용서하시고…… 들어오세요.

로베르또, 집으로 들어온다.

헤라르도 그저 우리가 아직 익숙하지 않아서요.
로베르또 익숙하지 않다뇨?
헤라르도 민주주의에 말이오. 한밤중에 누군가 문을 두드리
면 그건 친구이거나 아니면……

빠울리나, 테라스로 조금씩 빠져나간다. 거기서 얘기를 엿

들을 수는 있지만 그들을 볼 수는 없고 그들에게도 보이지
않는 위치로 간다.

로베르또　아니면 저 나쁜 놈들 중 하나라는 거죠?

헤라르도　그리고 내 아내는…… 아내가 좀 불안해하고……
그러니 당신은 이해하시겠지── 나오지 않더라도
그녀를 용서해야 해요…… 우리 목소리를 좀 낮추
십시다……

로베르또　물론이죠, 물론이죠, 제 실수입니다, 난 그저……

헤라르도　어서 앉으세요, 어서……

로베르또　…… 잠깐만 들렀다 가야겠다고…… 그래, 일분만,
그 이상은 아니라고── 그런데 당신은 왜 이렇게
갑작스레 들렀냐고 물을 게 틀림없으시니…… 그
래서, 내 비치 하우스로 차를 몰아 돌아가고 있었어
요.

헤라르도　잠시만, 한잔 드시겠소? 일요일에 당신은 내 아내
의 그 유명한 마가리타를 마실 수 있을 겁니다, 하
지만 지금은 면세점에서 산 꼬냑밖에 없어서──

빠울리나, 조금씩 더 다가가서 엿듣는다.

로베르또　아니요, 됐습니다, 저는…… 에, 쬐금만* 주세요.
그래 차에서 라디오를 듣고 있었는데…… 갑자기
깨달았어요. 뉴스에서 당신 이름이 나왔죠, 조사위

원회를 위해 대통령이 뽑은 명단 말이죠, 헤라르도 에스꼬바르라는 이름이 나왔고, 낯익은 이름이라고 생각했지만, 어디서 들었는지, 누구인지 머릿속에서 뱅뱅 돌았죠. 집에 도착해서야 누군지 깨달았어요. 난 당신의 스페어 타이어를 내 차 트렁크에 넣었다는 것, 내일 당신이 그걸 수선해야 한다는 것이 생각났죠, 그리고…… 진짜 진짜 진실은, 진실을 알고 싶어요?

헤라르도   그럼요.

로베르또   마음속으로 생각했죠— 이 사람은 나라의 명예를 위해 진정으로 본질적인 어떤 것을 하려고 한다— 이 나라가 과거의 분열과 증오를 마감할 수 있도록. 그래서 지금이 그가 걱정거리들로부터 자유로울 수 있는 마지막 주말이라고 생각했죠— 몇달이나 그럴지 누가 알겠어요, 맞아요, 왜냐하면 당신은 우리의 이 나라를 왕복하며 수천명의 이야기를 들어야 할 것이고…… 아니라고 하지 마세요—

헤라르도   그건 틀림없이 사실이지만, 내 일의 한계가—

로베르또   그래서 내가 해드릴 별 것 아닌 일은 차를 몰고 와 스페어 타이어를 갖다놓아서 택시라든가 견인차를 전화로 부르러 나가지 않게 해야겠다— 내 말은, 전화가 있는 택시나 견인차 기사 말이죠.

헤라르도   당신은 내가 마치 대단한 인물이나 된 것처럼 느껴지게 만드네요—

로베르또	아니요, 말씀드리지만, 이건 정말 진심에서 드리는 말씀인데요, 이 위원회는 우리 역사에서 극히 고통스러운 한 장을 마감하는 일을 도와줄 겁니다, 그리고 내가 여기 온 건, 이 주말에 혼자서 온 건, 우리 모두 도와야만 하기 때문이죠—— 쬐그만 제스처일 수는 있겠지만——
헤라르도	내일도 괜찮았을 텐데요.
로베르또	내일이라고요? 당신이 가까스로 차에 가면—— 스페어 타이어가 없지요. 그러면 당신은 나를 찾아 나서야 하죠. 안돼요, 친구 양반—— 그래서 내 잭으로 내일 그걸 고치자고 제안하는 게 낫겠다고 생각했어요—— 그러니 생각나는데—— 당신 잭은 어찌 되었나요, 어떻게 된 일인지 알아냈나요——
헤라르도	내 아내가 장모님에게 그걸 빌려줬소.
로베르또	장모님에게?
헤라르도	알잖소, 여자들이란……
로베르또	*웃으면서* 너무 잘 알죠. 최후의 수수께끼죠. 친구 양반, 우리는 미지의 세계를 모조리 탐험하지만, 그래도 저 예측할 수 없는 여성의 영혼은 남게 되죠. 니체가 쓴 얘기 생각나십니까? ——적어도 저는 그게 니체였다고 생각하는데요. 우리는 여성의 영혼을 완전히 소유할 수는 없다. 니체가 아니었는지도 모르죠. 니체가 주말에 도로에서 잭이 없는 상태였다면 그런 말을 썼으리라는 건 확실하지만 말이에요.

헤라르도 그리고 스페어 타이어도 없어야죠.

로베르또 스페어 타이어도 없어야죠. 그게 바로 끝장나는 상황이죠—— 난 꼭 당신과 함께 가야겠고 이 모든 수리를 아침나절에 죄다 해치우십시다……

헤라르도 내가 당신에게 강요하는 느낌이 드네요.

로베르또 다른 말은 안 듣겠어요. 나는 남을 돕길 좋아하는 편이죠. ——나는 의사예요, 말씀드리지 않았나요? 하지만 내가 중요한 인물만 돕는다는 생각은 하지 마세요.

헤라르도 당신이 무슨 일에 얽힐지 미리 알았더라면 차를 세우지 않고 액셀러레이터를 끝까지 밟았을 테지요, 안 그런가요?

로베르또 웃으며 끝까지 밟았겠죠. 아뇨, 정말이지, 이건 전혀 부담스러운 일이 아니에요. 실은, 명예로운 일이죠. 실은, 당신이 진짜 진짜 진실을 알고 싶다면, 보세요, 그게 내가 오늘 밤 여기 온 이유죠, 당신을 축하하려고요, 당신에게 말하려고요…… 당신이 이 나라에 필요한 바로 그 사람이라고, 단호히 진실을 발견할 능력이 있는……

헤라르도 이 나라에 필요한 것은 정의죠, 그러나 적어도 우리가 진실의 일부라도 밝힐 수 있다면……

로베르또 바로 내가 하려던 말입니다. 우리가 이 사람들을 법정에 세우지 못하더라도, 그들이 스스로 부여한 사면령에 의해 보호받는다 하더라도—— 적어도 그들의 실명은 공개될 수 있지요.

헤라르도 실명은 비밀로 하게 되어 있죠. 위원회는 범죄 당사자들을 밝히지 못하게 되어 있어요, 그렇지 않으면——

로베르또 이 나라에서는 모든 게 마침내는 밝혀지지요. 그들의 자식들, 그들의 손자들이 묻게 되겠죠, 네가 이 일을 한 게 사실이냐, 사람들이 너를 고발한 그 일을 한 게 사실이냐, 그러면 그들은 거짓말을 해야 하죠. 그들은 모략이라고, 공산주의자의 음모라고, 말도 안되는 어떤 핑계를 대겠죠. 그러나 진실은 그들 얼굴 위에 씌어 있을 테고, 그들의 자식들, 피붙이인 자식들은 그들에게 슬픔을, 역겨움과 슬픔을 느끼겠죠. 그건 그들을 감옥에 넣는 것과 같지는 않지만, 그러나⋯⋯

헤라르도 어쩌면 언젠가는⋯⋯

로베르또 어쩌면 이 나라의 시민들이 충분히 분노하면 그 사면령을 철회할 수도 있겠죠.

헤라르도 그게 가능하지 않다는 걸 알잖소.

로베르또 나는 그들을 몽땅 죽이는 데 찬성이지만, 이해는 가요⋯⋯

헤라르도 당신 생각에 반대하긴 싫어요, 로베르또, 하지만 내 의견으로는 사형은 이제까지 어떤 문제도 해결하지——

로베르또 그러면 우리는 틀림없이 의견이 다른 거네요, 헤라르도. 살려둘 가치가 조금도 없는 사람들이 있어요, 그러나 내가 정말 하고 싶은 말은 당신이 심각한 문제에 부딪힐 거라는……

헤라르도 문제가 한두 가지가 아니죠. 당장의 문제들로는, 군부가 위원회와 계속 부딪칠 거예요. 군부는 대통령에게 이 조사가 모욕이며 위험하다고, 그래요, 위험하다고 말했어요. 새 정부가 묵은 상처를 열어젖히는 것이기 때문이라는 거죠. 그러나 대통령은 어쨌든 밀고 나갔어요, 고맙게도, 한때 나는 대통령이 겁을 먹을 거라고 생각했죠, 그러나 우리가 아주 작은 실수라도 하는 순간 이놈들이 우릴 덮칠 태세가 되어 있다는 걸 다들 잘 알지요……

로베르또 아, 그게 바로 내가 말하는 거요, 당신이 실명은 알려지거나 공개되지 않을 거라고 말했을 때, 당신이 — 어쩌면 당신이 옳을지도 모르죠, 어쩌면 우리는 이 인간들이 누군지 끝내 알아내지 못할지도 모르죠. 그들이 형성하고 있는 것은 일종의……

헤라르도 마피아.

로베르또 마피아, 그래요, 비밀 결사, 아무도 이름을 붙지 않고, 서로서로 숨겨주죠. 군부는 자기네 사람들이 당신의 위원회에서 증언하도록 허락하지 않을 것이고, 만약 당신이 그들을 소환하면 그냥 무시해버리고 엿먹어라 하겠죠. 당신이 옳을지도 몰라요, 그들의 자식들과 손자들이 알게 되리라는 생각은 환상에 불과할지도 모르죠. 내가 생각한 것처럼 쉽지 않을지도 몰라요. 이게 내가 정말 하고 싶은 말이에요.

헤라르도 그렇게 어렵지 않을지도 모르죠. 대통령은 제게 말했습니다—— 이건 물론 우리끼리 얘긴데——

로베르또 아 그럼요.

헤라르도 대통령은 비밀 보장만 된다면 진술을 할 사람들이 있다고 말했어요. 그리고 일단 사람들이 얘기를 시작하면, 일단 고백이 시작되면, 이름들이 폭포처럼 쏟아질 겁니다. 방금 당신이 말했듯이, 이 나라에서 우리는 결국 모든 걸 알게 되죠.

로베르또 당신의 낙관주의를 함께할 수 없군요. 난 우리가 결코 알 수 없는 일들이 있는 것 같아요.

헤라르도 우리에겐 한계가 있죠, 그러나 그 정도로 한계가 크진 않아요. 최소한 일종의 도덕적 단죄를 기대할 수는 있어요. 그것이 최소한의…… 법정에서 정의를 기대할 수는 없으니까요……

로베르또 당신이 옳기를 하느님께 빕니다. 그런데 너무 늦었군요. 이런, 새벽 두시네. 자, 아침에 와서 당신을 태워 가겠어요, 몇시가 좋을까—— 아홉시쯤 어때요?

헤라르도 여기서 주무시는 게 어때요, 누가 기다리고 있는 게 아니라면……

로베르또 아무도 없어요.

헤라르도 저런, 혼자이신가요?

로베르또 혼자는 아니에요. 아내와 아이들이 친정에 가 있죠,

나는 비행기 여행을 싫어하고, 또 몇몇 환자가 있어
서……

헤라르도 당신의 비치 하우스에 환자는 아무도 없잖소. 그러
니 여기서 주무시는 게—?

로베르또 친절한 말씀이지만 나는 파도를 지켜보고 음악을
들으면서 혼자 있기를 좋아해요. 자, 나는 도우러
왔지 폐를 끼치러 온 게 아니에요. 아침에 다시 오
겠소, 몇시인지만—

헤라르도 안돼요. 여기 계세요. 어떻게 된다고요? 삼십분 거
리라고 하셨던가요?

로베르또 해변 도로로 사십분쯤 걸리죠, 그러나 내가 만
약—

헤라르도 더이상 말하지 마세요. 빠울리나가 기뻐할 겁니다.
아내가 우리를 위해 만드는 아침식사를 맛보셔야죠.

로베르또 그 말씀이 저를 움직이네요. 아침식사! 비치 하우스
에는 우유도 없을 거예요. 그리고 진짜 진짜 진실은
제가 엄청나게 피곤해서……

빠울리나, 재빨리 테라스를 통해 침실로 돌아간다.

헤라르도 필요한 게 뭐가 더 있을지……? 드릴 수 없는 유일
한 게 칫솔일 것 같은데……

로베르또 남과 나눠 쓰지 않는 게 두 가지가 있는데, 친구 양
반, 그 중 한 가지가 칫솔이죠.

헤라르도	맞습니다!
로베르또	안녕히 주무세요.

헤라르도와 로베르또, 서로 다른 방향으로 각자의 침실로 퇴장한다. 사이. 침묵과 달빛.

헤라르도	멀리서 빠울리나, 내 사랑…… 길에서 날 구해준 그 의사가 오늘 밤 자고 갈 거야. 여보? 내일 차 가지러 가는 걸 도와준다고 자고 가는 거야. 여보, 듣고 있어?
빠울리나	멀리서, 반쯤 잠든 것처럼 그래요, 내 사랑.
헤라르도	멀리서 그는 친구야. 그러니 겁먹지 말아요. 내일 근사한 아침식사를 만들어줘……

반쯤 어두운 상태에서 파도 소리만 들린다.

3장

잠시 후. 달 위로 구름 한조각이 지나간다. 바닷소리가 커지고, 잦아든다. 침묵.

빠울리나, 거실로 들어온다.

달빛에 그녀가 서랍으로 가서 총을 꺼내는 것이 보인다. 그녀는 스타킹으로 보이는 희끄무레한 옷가지도 꺼낸다.

그녀는 거실 겸 식당을 지나 로베르또의 침실 입구로 간다. 잠시 귀를 기울이며 기다린다. 침실로 들어간다. 몇초가 지난다. 혼란스럽고 숨막히는 소리가 들리고, 이어서 비명소리 같은 것이 들린다. 다시 침묵.

반쯤 밝혀진 불빛 아래서 우리는 그녀가 방 밖으로 나오는 것을 본다. 그녀는 자신의 침실 문 앞으로 돌아간다. 문을 열고, 문 안쪽에서 열쇠를 꺼내고는, 문을 잠근다. 그녀는 손님방으로 돌아온다. 그녀가 뭔가를 끌고 나오는 것이 보인다. 그것은 사람의 몸처럼 보이지만 확실하지는 않다. 장면이 계속되면서 사람 몸임을 알 수 있다. 그녀는 의자를 움직이고는 그 몸을 의자 위로 끌어올려서 의자에 묶는다. 그녀는 손님방으로 들어가서 로베르또의 상의로 보이는 것을 가지고 돌아와서 거기서 열쇠뭉치를 꺼낸다. 그녀는 막 방을 떠날 참이다. 그러나 멈춘다. 돌아서서 이제 로베르또가 분명한 사람의 몸을 바라본다. 그녀는 자신의 팬티를 벗어 그것을 로베르또의 입에 쑤셔넣는다.

빠울리나는 집을 떠난다. 로베르또의 차 소리가 들린다. 차의 전조등이 켜지고 불빛이 무대를 한번 쓸고 지나가면서 강하고 무자비한 불빛이 의자에 로프로 묶인 로베르또 미란

다를 분명히 보여주는데, 그는 의식을 완전히 잃고 입에 재
갈이 물려 있다. 차는 떠난다. 암흑.

4장

동트기 전. 로베르또, 눈을 뜬다. 그는 일어나려고 애쓰다가
자신이 묶여 있는 걸 깨닫는다. 그는 몸을 흔들며 필사적으
로 풀어보려고 애쓴다. 빠올리나, 총을 들고 그의 앞에 앉아
있다. 로베르또, 겁먹은 눈빛으로 그녀를 바라본다.

빠올리나   매우 차분하게 안녕하신가, 의사 선생…… 미란다랬
지? 닥터 미란다.

그녀는 총을 그에게 보여주고 장난치듯이 그에게 총을 겨
눈다.

빠올리나   대학 때 친구 중에 미란다란 이름이 있었지, 안나
마리아 미란다, 당신은 싼 에스떼반의 미란다 집안
과 친척은 아니겠지? 그 애는 머리가 대단했지. 기
억력이 굉장해서 우리의 작은 백과사전이라고 부르
곤 했어. 그 애가 어떻게 되었는지 몰라. 아마 의학
공부를 끝내고 의사가 되었겠지, 당신과 똑같이.
난 졸업장을 못 받았어…… 나는 학업을 끝마치지

못했거든, 닥터 미란다. 왜 졸업장을 못 받았는지 당신이 추측할 수 있나 볼까, 이유를 추측하기에 당신 쪽에서 엄청난 상상력이 필요한 건 아니라고 믿어. 다행히 헤라르도가 있었지. 그는 말이야— 아, 그가 꼭 나를 기다렸다고는 말하지 않겠어— 나를 여전히 사랑했다고만 말해두지. 그래서 난 대학으로 돌아갈 필요가 전혀 없었어. 내게는 다행이었지, 왜냐하면 나는— 음, 공포증이라고까지 하면 정확한 건 아니고, 어떤 두려움— 의학에 대한 두려움을 느꼈기 때문이야. 나는 내가 선택한 직업에 대해 확신하기 어려웠어. 그러나 삶은 끝날 때까지는 결코 끝나는 게 아니지, 그렇게들 말하잖아. 그게 내가 다시 신청자 명단에 이름을 올리는 것— 알겠지만, 재입학 요청을 하는 것이 좋은 생각일지도 모르겠다고 궁리하고 있는 이유야. 얼마전 신문에서 읽었는데, 이제 군부가 더이상 권한을 쥐고 있지 않기 때문에, 대학이 쫓겨난 학생들의 재입학 신청을 허용하기 시작했다더군.

아침을 준비해야 할 때인데 여기서 수다를 떨고 있군, 그렇지 않아? 근사한 아침식사 말이야. 자 뭘 원해—보자, 햄 쌘드위치, 그거 아니었나? 마요네즈를 곁들인 햄 쌘드위치. 마요네즈는 없지만, 햄은 있어. 헤라르도도 햄을 좋아하지. 나는 당신의 다른 취향도 알고 싶어. 마요네즈가 없어서 미안. 잠시

동안 이렇게 독백이 될 수밖에 없는 것을 개의치 않길 바래. 발언권을 얻게 될 거야, 의사 선생, 믿어도 좋아. 나는 그저 이걸 제거하고 싶지 않을 뿐이야── 재갈, 그렇게 부르지, 아닌가?──적어도 헤라르도가 깨어날 때까지는 말이야.

그녀는 침실 문 쪽으로 가서, 열쇠로 문을 연다.

빠울리나   진짜 진짜 진실은 네가 약간 지루해 보인다는 거야.

그녀는 자기 호주머니에서 카세트테이프를 하나 꺼낸다.

빠울리나   나는 이걸 당신 차에서 꺼냈어── 실례를 했지── 내가 아침식사, 근사한 아침을 준비하는 동안 슈베르트를 좀 들을까 하는데, 의사 선생, 「죽음과 소녀」 어때?

그녀는 테이프를 카세트에 넣고 튼다. 그들은 슈베르트의 사중주, 「죽음과 소녀」를 듣기 시작한다.

빠울리나   내가 마지막으로 이 사중주를 들은 게 얼마나 오래되었는지 알아? 라디오에서 나오면 나는 그걸 끄지, 나는 심지어 외출도 많이 하지 않으려고 애쓴다구, 헤라르도가 참석해야 하는 그 갖가지 사교 행사들이 있고, 그가 장관으로 지명되면 우리는 악수를 하고 돌아다니면서 전혀 낯모르는 이들에게 미소를 지으며 살아야 하겠지만, 하지만 나는 언제나 그들이 슈베르트를 틀지 않기를 기도하지. 어느날 밤 우리는 초청을 받아서 함께 식사를 하고 있었어——그들은 정말 거물급 인사였고, 여주인은 슈베르트를 틀었지, 피아노 쏘나타였어, 그래서 생각했어, 내가 저걸 끌 것인가 아니면 나갈 것인가, 그러나 내 몸이 결정을 해주었지, 바로 그 순간에 너무 몸이 아프게 되어 헤라르도가 나를 집으로 데려가야 했어, 그래서 우리는 그들이 슈베르트를 듣도록 내버려두고 나왔고 아무도 무엇이 나를 병나게 만들었는지 몰랐지, 그래서 나는 어디를 가건 사람들이 그걸 틀지 않기를 빌지, 슈베르트라면 어느 것이라도 말이야, 이상하지 않아, 슈베르트가, 내 말하지만, 내가 좋아하는 작곡가였고, 그래 나는 정말 말하고 싶어, 아직도 내가 좋아하는 작곡가인데, 삶에 대해 그렇게 슬프고 고귀한 감각을 가졌는데. 그러나 나는 그를 되찾을 때가 있을 거라고, 말하자면 그를 무덤에서 되찾아올 때가 있을 거라고 항상 나 자신에게 약속했지, 그리고 여기서 너와 함께 앉아 슈베르트를 들으면서 내가 옳았다는 걸 깨닫고 있어, 내가—— 이제부터 아주 많은 것들이 변하게 될 거야, 그렇지? 내 슈베르트 음반 모음을 모두 내다버릴 뻔했다는 걸 생각하면, 내가 미쳤지!

빠울리나　목소리를 높이면서, 헤라르도에게 이 사중주 정말 놀랍지 않아요, 여보?

빠울리나　로베르또에게 이제 나는 슈베르트를 다시 들을 수 있게 될 거야. 심지어 예전처럼 연주회에도 갈 수 있겠지. 슈베르트가 동성애자였다는 걸 알아? 물론 너는 알겠지, 너는 「죽음과 소녀」를 듣는 동안 계속해서 그 얘길 되풀이한 사람이니까. 이게 바로 그 카세트인가, 의사 선생, 아니면 소리를 깨끗하게 유지하려고 매년 새걸 사나?

헤라르도, 침실에서 잠이 덜 깬 채 나온다.

빠울리나　안녕, 여보. 미안해, 아침식사 아직 준비 못해서.

헤라르도를 보자, 로베르또는 결박을 풀어보려고 필사적으로 노력한다. 헤라르도, 너무나 놀라 이 장면을 바라본다.

헤라르도　빠울리나! 이게 뭐야? 도대체…… 로베르또…… 닥터 미란다.

그는 로베르또에게 다가간다.

빠울리나　그에게 손대지 마.

헤라르도	뭐라구?
빠울리나	그를 총으로 위협하며 그에게 손대지 마.
헤라르도	대체 무슨 일이 벌어지고 있는 거야, 이게 웬 미친 짓——
빠울리나	그 사람이야.
헤라르도	내려…… 그 총 내려놔.
빠울리나	그 사람이야.
헤라르도	누구?
빠울리나	그 의사야.
헤라르도	어떤 의사?
빠울리나	슈베르트를 틀던 의사.
헤라르도	슈베르트를 틀던 의사.
빠울리나	그 의사.
헤라르도	어떻게 알아?
빠울리나	목소리.
헤라르도	그러나 당신은— 내게 말했잖아— 당신이 내게 말하기로는 그 일이 있던 몇주 동안 내내……
빠울리나	눈이 가려져 있었어, 그래. 그래도 들을 수는 있었지.
헤라르도	당신은 몸이 아픈 거야.
빠울리나	나는 아프지 않아.
헤라르도	당신은 아픈 거야.
빠울리나	좋아 그러면, 나는 아파. 그러나 나는 아프면서도 목소리를 알아들을 수는 있어. 게다가, 사람은 한가지 능력을 잃으면 다른 능력들이 보충을 하지, 다른

능력들이 더 날카로워지지. 맞지, 닥터 미란다?

헤라르도 희미한 기억이 무슨 증거가 될 수 있겠어, 빠울리나, 그것은 확실한 증거가 아니야——

빠울리나 그 사람 목소리야. 그가 지난 밤에 오자마자 난 알아봤어. 그자가 웃는 방식. 그자가 사용하는 특정한 표현들.

헤라르도 그렇지만 그건……

빠울리나 그건 쬐그만 일일지 몰라, 하지만 내게는 충분해. 지난 여러 해 동안 내가 그것, 그 똑같은 목소리를 내 바로 옆에서, 내 귓가에서, 그 침이 섞인 목소리를 듣지 않고는 한 시간도 지나간 적이 없어, 그런 목소리를 내가 잊을 거라고 생각해?

로베르또의 목소리를 흉내내고, 그 다음으로 어떤 남자의 목소리를 흉내내면서

"그년에게 좀더 해줘. 이 화냥년은 좀더 견딜 수 있어. 그년에게 더 해줘."

"확실해, 의사 선생? 이년이 우리 손에서 죽으면 어떡하려고?"

"이년은 기절할 정도도 안 갔어. 더 해줘, 한 단계 올려."

헤라르도 빠울리나, 제발 그 총 내게 넘겨, 부탁이야.

빠울리나 안돼.

헤라르도 내게 총을 겨누고 있는 한, 대화는 불가능해.

빠울리나 반대로, 내가 이 총을 겨누길 멈추는 순간, 모든 대

화는 자동적으로 끝나겠지. 내가 총을 내리면 당신
은 능력을 발휘해서 말솜씨로 나를 누르겠지.

헤라르도 빠울리나, 당신이 하고 있는 짓이 심각한 결과를 가
져오리라는 걸 알았으면 해.

빠울리나 심각한? 돌이킬 수 없는, 그런 뜻이야?

헤라르도 그래, 그것은— 돌이킬 수 없을 거야. 닥터 미란
다, 당신에게 용서를 구해야겠소— 내 아내는 그
동안—

빠울리나 저 쓰레기한테 감히 용서를 구하지 마. 저 손 보여?
저기 저 손—

헤라르도 그를 풀어줘, 빠울리나.

빠울리나 안돼.

헤라르도 그러면 내가 하겠어.

그는 로베르또 쪽으로 움직인다. 갑자기, 빠울리나의 총에
서 총성이 울린다. 그녀가 총 쏘는 법을 모른다는 것은 분명
하다. 그녀는 총의 반발력에 밀려 두 남자만큼이나 놀란다.
헤라르도는 한발 뒤로 물러서고 로베르또는 필사적인 모습
이다.

헤라르도 쏘지 마, 폴리. 그 물건을 다시는 쏘지 마. 그 총 이
리 내.

침묵.

헤라르도   당신은 이러면 안돼.

빠울리나   당신 나한테 뭐는 해도 되고 뭐는 안되는지 지시하
        는 걸 언제쯤 그만둘 거야? "이러면 안돼, 저건 할
        수 있어, 이런 짓은 안돼." 나는 했어.

헤라르도   당신은 이 남자에게 이런 짓을 저질렀어, 우리가 아
        는 한 그의 잘못이란— 당신이 판사 앞에서 그를
        고발할 수 있는 유일한 것이란—

        빠울리나, 비웃듯이 웃는다.

헤라르도   —그래, 판사, 그래, 아무리 썩었고, 쉽게 매수되
        고, 겁쟁이라도— 그를 고발할 수 있는 유일한 것
        이란 어려움을 겪고 있는 누군가를 돕기 위해 길에
        멈춰섰다는 것, 나를 집에 데려왔다는 것, 그리고
        제안하기를—

빠울리나   잊을 뻔했네. 정비소 사람이 곧 올 거야.

헤라르도   뭐?

빠울리나   오늘 새벽 내가 당신의 착한 사마리아인의 차를 숨
        기러 갔을 때, 공중전화에 가서 그 사람들한테 일찍
        와달라고 했지. 그러니 옷을 입도록 해. 그들은 곧
        도착할 거야.

헤라르도   제발, 빠울리나, 좀 이성을 찾을 수 없어? 제발 행
        동을 좀—

빠울리나 당신이야말로 이성을 찾아. 그들은 당신에게 아무 짓도 안했어.

헤라르도 그들이 끔찍한 짓을 했지, 물론 그들이 그것을 했지 ── 그렇지만 우리는 무슨 공포물 경연대회의 상을 놓고 경쟁하는 게 아냐, 젠장 ── 제발 이성을 찾도록 노력하자고. 이 남자가 그 끔찍한 사건과 연관된 의사라고 하더라도 ── 그는 아냐, 그가 그럴 이유는 없어, 그렇지만 그렇다 치자고 ── 심지어 그 경우에도 그를 이렇게 결박할 권리가 어디 있어, 여보, 당신이 하는 짓을 봐, 빠울리나, 그 결과를 좀 생각해 ──

밖에서 트럭 엔진 소리가 들린다. 빠울리나, 문으로 달려나가서 반쯤 문을 열고 밖에다 외친다.

빠울리나 남편이 나갈 거예요, 나갈 거예요.

그녀는 문을 닫고, 잠근 다음 커튼을 내리고 헤라르도를 바라본다.

빠울리나 옷 입어, 빨리. 견인차야. 스페어 타이어는 밖에 있어. 그의 잭도 꺼내뒀어.

헤라르도 당신 그 사람 잭을 훔치는 거야?

빠울리나 엄마가 우리 잭을 보관하는 방식일 뿐이지.

사이.

헤라르도   당신 내가 경찰서에 갈 수도 있다는 생각 해봤어?

빠울리나   그럴 거라고 생각하지 않아. 당신은 자신의 설득력
          을 너무 많이 믿지. 게다가 당신은 만약 경찰이 코
          빼기를 내밀면 내가 이 남자의 머리에 바로 총알을
          박아넣을 거라는 걸 알아. 그렇잖아, 안 그래? 그러
          고 나서 난 총을 입에 물고 방아쇠를 당기겠어.

헤라르도   오, 여보, 여보. 당신 —— 평상시 모습은 전혀 없군.
          당신이 어떻게 이렇게 될 수 있지? 어떻게 이런 식
          으로 말할 수 있어?

빠울리나   내 남편에게 설명해, 닥터 미란다, 네가 나에게 뭘
          했기에 내가 이렇게 됐는지 —— 미쳐버리게 됐는지
          말이야.

헤라르도   빠울리나. 나는 당신이 뭘 하려는지 정확히 말해줬
          으면 해.

빠울리나   내가 아냐. 당신과 나지. 우리가 이자를 재판할 거
          야, 헤라르도. 이 의사를. 바로 여기서. 오늘. 당신
          과 내가. 아니면 당신의 유명한 조사위원회가 그렇
          게 해줄 거야?

조명이 어두워진다.

2막
1장

한낮.
로베르또는 여전히 같은 자세다. 빠울리나는 그를 등지고
창문과 바다 쪽을 바라보면서, 몸을 천천히 흔들며 그에게
말을 하고 있다.

빠울리나   그러고 나서 그들이 날 풀어줬을 때— 내가 어디
로 갔는지 알아? 나는 부모님에게로 돌아갈 수 없
었어— 그 양반들은 너무나 군부를 지지해서 그
당시에 나는 부모님과 관계를 죄다 끊어버렸지, 가
끔씩 엄마만 겨우 볼 뿐이었고…… 이거 우습지 않
아? 내가 이 모든 걸 네가 고해신부라도 되는 양 털
어놓고 있다는 게 말이야. 헤라르도나 언니에게도

절대 말하지 않은 게 있는 판에. 엄마에게는 물론 안했지. 내 머릿속에 든 걸 알게 되면 엄마는 죽어버릴 거야. 그렇지만 너에게는 내가 느끼는 바를 정확히 말할 수 있어, 그들이 날 풀어줬을 때 내가 뭘 느꼈는지도. 그날 밤…… 그런데, 내가 어떤 상태였는지 너에게 설명할 필요는 없겠지, 풀려나기 전에 넌 아주 철저히 검사를 해주었잖아, 안 그래? 우리가 여기 있으니 꽤나 아늑하군, 그렇지? 양지바른 벤치에 앉은 두 사람의 늙은 연금생활자들처럼.

로베르또는 말을 하고 싶거나 결박을 풀길 원한다는 듯한 몸짓을 한다.

빠울리나 배고파? 그렇게 상황이 나쁜 건 아냐. 헤라르도가 올 때까지 좀 참기만 하면 돼.
    남자의 목소리를 흉내내며 "너 배고파? 먹고 싶어? 먹을 걸 내가 좀 주지, 귀여운 년, 크고 꽉 차는 뭔가를 줘서 배고프다는 걸 잊게 해주겠어."
    자기 목소리로 헤라르도에 대해서는 아무것도 모르지, 그렇지? ──내 말은 네가 전혀 몰랐다는 뜻이야. 나는 결코 그의 이름을 입 밖에 내지 않았어. 너의── 네 동료들은, 당연히 묻곤 했지. "그 가랑이 사이 물건이 있는데, 귀여운 숙녀분, 당신이랑 떡을 치는 놈이 없다는 말은 하지 마, 응? 이봐, 누가 너와 떡을 쳤는지 우리에게 말해줘, 귀여운 숙녀분." 그러나 나는 헤라르도 이름은 결코 말하지 않았어. 세상일이 돌아가는 건 참 이상해. 내가 헤라르도를 불었다면, 그는 어떤 조사위원회에도 임명받지 못했을 거고, 다른 변호사가 조사하는 이름들 중 하나가 되었을 거야. 그리고 나는 그 위원회 앞에서 내가 어떻게 헤라르도를 만났는지를 말하게 될 참이었지——실제로 나는 군사 쿠데타 직후에 그를 만났어, 사람들이 외국 대사관에서 피난처를 찾는 것을 돕다가 말이야——헤라르도와 함께 사람들을 구하고, 사람들을 나라 밖으로 몰래 빼돌려서 그들이 살해당하지 않도록 했지. 나는 무모하고 겁이 없었어, 어떤 일이라도 할 용의가 있었고, 내가 그 당시에 온몸에 단 한줌의 두려움도 없었다는 게 믿어지질 않아. 그런데 내 얘기가 빗나가고 있네. 그날 밤 내가 풀려났을 때, 그래, 나는 헤라르도의 집에 갔어, 문을 두드리고 두드렸어, 당신이 어젯밤 그랬듯이, 그리고 헤라르도가 마침내 나왔을 때, 그는 동요된 듯했어, 그의 머리는 헝클어져 있었고——

밖에서 자동차 소리가 들린다. 자동차 문이 열리고 닫히는 소리. 빠울리나, 테이블로 가서 총을 잡는다. 헤라르도, 들어온다.

빠울리나   어떻게 됐어? 터진 타이어는 고치기 쉬웠어?

헤라르도   빠울리나, 내 말 들어봐.

빠울리나   물론 말을 들을 거야. 내가 언제는 당신 말을 안 들었나?

헤라르도   앉아봐, 정말 내 말 좀 들어봐.

빠울리나, 앉는다.

헤라르도   당신은 내가 인생의 대부분을 법을 수호하며 보냈다는 것을 알고 있지. 지난 정권이 나를 반발하게 만들었던 게 한가지 있다면—

빠울리나   파시스트들이라고 불러도 좋을 텐데……

헤라르도   말 막지 마. 무엇인가가 나를 그자들에 대해 반발하게 만들었다면 그건 그자들이 그렇게 많은 남녀들을 고발했다는 것, 증거를 날조하고 증거를 무시하고 피고발자에게 자신을 변호할 어떤 기회도 주지 않았다는 거였어. 그러니 이 남자가 매일 매일 인종학살을 저질렀다 하더라도 자신을 변호할 권리가 있는 거야.

빠울리나   난 그의 권리를 박탈할 의사는 전혀 없어, 헤라르도. 나는 당신이 고객과 상담할 시간을 줄 거야, 단둘이서. 나는 그저 당신이 돌아오기를 기다리고 있었어, 그뿐이야. 그러니 우리는 이 일을 질서정연하게 공식적인 절차에 따라 시작할 수 있어.

그녀는 헤라르도에게 몸짓을 한다. 그는 로베르또의 재갈을 풀어준다. 그러자 그녀는 카세트 녹음기를 가리킨다.

빠울리나 의사 선생, 당신이 하는 말이 모두 여기 기록된다는 걸 알아야 해.

헤라르도 하느님 맙소사, 빠울리나, 닥쳐! 그가 할 말을 하도록 내버려둬……

사이. 빠울리나, 녹음기를 켠다.

로베르또 기침을 하고는 거칠고 쉰 목소리로 물.

헤라르도 뭐라구?

빠울리나 물 달래, 헤라르도.

헤라르도, 달려가 물 한 컵을 가져와 로베르또가 마실 수 있게 갖다준다. 로베르또는 물을 벌컥벌컥 들이켠다.

빠울리나 신선한 물만한 게 없지, 응, 의사 양반? 자신의 오줌을 마시는 건 저리 가라지.

로베르또 에스꼬바르. 이건 용서할 수 없소. 나는 살아 있는 한 당신들을 용서하지 않을 거요.

빠울리나 잠깐, 잠깐. 거기서 멈춰, 의사 양반. 이게 잘 작동하는지 보자구.

버튼을 누르자 로베르또의 목소리가 들린다.

카세트에서 나오는 로베르또의 목소리 에스꼬바르. 이건 용서할 수 없
소. 나는 살아 있는 한 당신들을 용서하지 않을 거요.
카세트에서 나오는 빠울리나의 목소리 잠깐, 잠깐. 거기서 멈춰, 의사
양반. 이게 잘 작동하는지 보자구.

빠울리나, 녹음기를 정지시킨다.

빠울리나 준비 완료. 모든 것을 멋지게 녹음하는군. 우리는
이미 용서에 대한 진술을 받았어. 용서할 수 없다는
것이 닥터 미란다의 견해야——그는 살아 있는 한
용서할 수 없을 것이다——누군가를 몇시간 동안 묶
어놓는 것, 몇시간 동안 말할 권리도 주지 않고 그
사람을 억류하는 것. 동의해. 더 할 말 있나?

그녀는 다른 버튼을 누른다.

로베르또 나는 당신을 몰라요, 부인. 내 평생 당신을 본 적이
없어요. 그러나 이건 당신에게 말할 수 있어요. 당
신은 심각한 병세를 보이고 있어요, 거의 전형적인
정신분열증이에요. 그러나 당신, 에스꼬바르, 당신,
선생님, 당신은 아프지 않아요. 당신은 변호사, 인

권의 수호자이고, 과거 군사정권에 의해 박해받았던 사람이에요. 마치 내가 나 자신인 것처럼 분명하죠. 그래서 당신의 경우는 달라요. 당신은 당신 행위에 책임이 있고 당신이 해야 할 일은 당장 나를 풀어주는 거요. 그리고 당신은 알아야 해요, 일분 일분 지나갈 때마다 당신을 더욱더 이 악행의 공범으로 만든다는 것, 따라서 당신은 결과에 대해 댓가를 치러야 한다는──

빠울리나   총을 그의 관자놀이에 대며 너 누굴 협박하는 거야?

로베르또   아닙니다, 난──

빠울리나   협박하는 거였어, 맞아 그랬어. 이걸 분명히 하자고, 의사 선생. 협박의 시간은 지나갔어. 저 밖에서는 너희 후레자식들이 아직 명령을 할 수도 있지만, 지금 여기서는 내가 명령해. 이제 분명해?

로베르또   화장실에 가야겠어요.

빠울리나   오줌이야 똥이야?

헤라르도   맙소사, 빠울리나! 아내는 결코 이렇게 말한 적이 없소, 닥터 미란다.

빠울리나   의사 선생은 이 비슷한 언어에 익숙하지…… 이리 와, 의사 선생. 앞이야 뒤야?

로베르또   서서 하는 거요.

빠울리나   다리를 풀어줘, 헤라르도. 내가 그를 데려가지.

헤라르도   절대 안돼. 내가 데려갈 거야.

빠울리나   내가 할 거야. 나를 그런 식으로 보지 마. 마치 그가 자기── 물건을 내 앞에서 꺼내는 것이 처음인 것처럼 구는 건 안 통하지, 헤라르도. 의사 양반, 이리와. 일어서. 난 당신이 우리 집 양탄자에 오줌 싸는 걸 원치 않아.

헤라르도가 다리를 풀어준다. 천천히, 고통스럽게, 로베르또가 화장실로 절뚝거리며 가는데, 빠울리나가 등 뒤에 총을 들이대고 있다. 헤라르도는 카세트 녹음기를 끈다. 빠울리나, 로베르또와 함께 나간다. 잠시 후 오줌 누는 소리와 물 내리는 소리가 들린다. 그동안 헤라르도는 불안에 사로잡혀 왔다갔다 한다. 빠울리나, 로베르또를 데리고 돌아온다.

빠울리나　　그를 다시 묶어.

헤라르도, 로베르또의 다리를 다시 묶기 시작한다.

빠울리나　　더 꽉 묶어, 헤라르도!

헤라르도　　빠울리나, 이건 참을 수 없어. 우리 얘기 좀 해.

빠울리나　　누가 말린대?

헤라르도　　단둘이서.

빠울리나　　왜? 의사는 내가 있는 데서 모든 걸 토론하곤 했어, 그들은──

헤라르도　　제발, 제발, 폴리, 제발, 이렇게 힘들게 만들지 마. 좀 조용한 데서 얘기하고 싶어.

헤라르도와 빠울리나, 테라스로 나간다. 그들이 대화를 하는 사이, 로베르또는 천천히 다리의 결박을 가까스로 풀어간다.

헤라르도 뭐 하자는 거야? 이런 미친 짓을 하면서, 이 여자야, 뭘 어쩌겠다는 거야?

빠울리나 이미 말했잖아――그를 재판에 넘기는 거야.

헤라르도 그를 재판에 넘긴다고, 그게 무슨 말이야, 그를 재판에 회부한다고? 우리는 그들의 방법을 쓸 수 없어. 우리는 달라. 이런 식으로 복수를 하려는 것은 아니야――

빠울리나 이건 복수가 아니야. 나는 쟤가 내겐 결코 안해준 보장을 모두 해줄 작정이야. 저 자도 저 자의―― 동료들도 전혀 해준 적이 없지.

헤라르도 그래서 저 자의――동료들―― 당신은 그 사람들을 납치해서 여기 데려와 묶어놓고 그리고……

빠울리나 그러기 위해서는 그들의 이름을 꼭 알아야만 해, 그렇지 않겠어?

헤라르도 ――그럼 당신 정말……

빠울리나 그들을 죽일 거냐고? 저 사람을 죽일 거냐고? 저 자가 나를 죽이지 않았듯이 나도 그건 공평하지 않다고 생각해――

헤라르도 그걸 알게 되니 좋군, 빠울리나, 왜냐하면 나도 죽여야 할 테니까, 경고하는데 만약 당신이 그를 죽일 작정이라면 당신은 먼저 나를 죽여야 할 거야.

빠울리나 좀 진정하는 게 어때? 나는 저 자를 죽일 의도가 조금도 없어. 그리고 당신도 마찬가지고…… 그러나 늘 그랬듯, 당신은 나를 믿지 않겠지.

헤라르도 그러면, 그를 어떻게 할 작정이야? 응? 당신은— 어쩔 거야? 당신이 하려는 짓은— 이 모든 게 십오 년 전에 누군가가……

빠울리나 누가 뭘 어쨌는데? …… 그들이 내게 무슨 짓을 했지, 헤라르도. 말해.

사이.

빠울리나 당신은 결코 그걸 입에 담고 싶어하지 않았어. 지금 말해. 그들은……

헤라르도 당신이 말해주지 않았는데, 내가 어떻게 그걸 말하겠어?

빠울리나 지금 말해.

헤라르도 나는 당신이 그날 밤에 말해준 것밖에 몰라, 그 때……

빠울리나 그들은……

헤라르도 그들은……

빠울리나 내게 말해, 말하라구.

헤라르도 그들은— 당신을 고문했어. 이제 당신이 말해.

빠울리나   그들은 나를 고문했어. 그리고 또 뭐? 그들은 내게
또 어떤 짓을 했지, 헤라르도?

헤라르도는 그에게 다가가서, 그녀를 팔에 안는다.

헤라르도   그녀에게 속삭인다. 그들은 당신을 강간했어.

빠울리나   몇번이나?

헤라르도   한번 이상.

빠울리나   몇번이나?

헤라르도   당신은 말하지 않았어. 당신은 세어보지 않았어,라
고 했어.

빠울리나   그건 진실이 아니야.

헤라르도   뭐가 진실이 아니야?

빠울리나   내가 세지 않았다는 거. 나는 매번 셌어. 나는 몇번
인지 알고 있어.

사이.

빠울리나   그날 밤, 헤라르도, 내가 당신에게 갔을 때, 내가 당
신에게 말했을 때, 내가 당신에게 말하기 시작했을
때, 당신은 저들을 찾아내면 어떻게 하겠다고 맹세
했지? "언젠가, 내 사랑, 우리가 이 후레자식들을
법정에 세울 거야. 당신의 눈은 그들을 찾아 두리번
거리게 될 거야."── 정확한 표현이 기억나, 왜냐하

면 그 말은, 시적이었거든──"당신의 눈은 그들이 당신 애기를 들을 때 그들의 얼굴 하나하나를 찾아 두리번거리게 될 거야. 우리는 그걸 해낼 거야, 당신은 우리가 하는 걸 보게 될 거야." 그래, 이제, 여보, 내가 누구에게 가야 할지 말해줘.

헤라르도   그건 십오년 전이었어.

빠울리나   이 의사에 대한 내 고발을 누가 들어주게 되어 있는지 말해줘, 누구야, 헤라르도? 당신의 위원회야?

헤라르도   내 위원회라고? 무슨 위원회? 당신 덕분에, 우리는 다른 범죄를 몽땅 조사하지 못할지도 몰라── 그리고 나는 사임해야 할 거야.

빠울리나   당신은 항상 그렇게 멜로드라마틱하지. 당신 미간을 찌푸리니까 십년은 더 늙어보이네. 사람들이 당신 사진을 신문에서 보면, 위원회에서 가장 젊은 위원이라고는 믿지 않을 거야.

헤라르도   귀 먹었어? 난 방금 내가 사임해야 할 거라고 말했어.

빠울리나   이유를 모르겠네.

헤라르도   당신은 모르겠지, 그러나 온 나라가 이유를 알게 될 거야. 특히 과거에 대한 어떤 조사도 원하지 않는 자들이 이유를 명백히 이해하게 될 거야. 대통령의 조사위원회 위원이, 마땅히 중용과 평정의 모범적 사례를 보여야 할 사람이──

빠울리나   그렇게 평정을 많이 찾다가는 우린 숨막혀 죽을 거야!

헤라르도　——그리고 객관성도 있지, 다름아닌 바로 그 사람이 무죄한 인간 하나를 자기 집에서 묶어놓고 고통당하도록 내버려뒀다? 당신은 독재에 봉사하던 신문들이 어떻게 나올지 몰라? 위원회를 약화시키기위해, 어쩌면 아예 없애버리기 위해 그들이 이 사건을 어떻게 이용할지 몰라?

사이.

헤라르도　당신은 그자들이 권력에 복귀하길 바라는 거야? 그들을 자극해서 자기들을 우리가 해칠 수 없다는 것을 확실히하러 그들이 돌아오게 만들고 싶어? 그자들이 우리의 삶과 우리의 죽음을 결정했던 때로 시간을 되돌리고 싶은 거야? 그게 만약 당신이 원하는 거라면, 그걸 얻게 될 거야. 그 사람을 풀어줘, 빠울리나. 실수에 대해 사과하고 그를 풀어줘. 나는 그와 대화를 해봤어, 정치적으로 그는 우리가 믿을만한 사람 같아, 그게 아니더라도——

빠울리나　아, 이 한심한 남자야, 당신은 책에 있는 속임수란 속임수에는 다 넘어가지, 안 그래? 헤라르도, 가능한 한 엄숙하게 난 당신에게 약속했어, 이 사적인 재판이 당신이나 위원회에 영향을 끼치지 않을 거라고. 당신은 정말 내가 위원회에 뭔가 말썽을 일으키고, 당신이 실종된 죄수들의 시체를 찾는 것을, 그들이 어떻게 처형되었는지 어디에 묻혀 있는지 찾는 것을 막으리라고 생각해? 그러나 위원회의 구성원들은 죽은 자들, 말을 할 수 없는 자들만을 다루잖아. 하지만 난 말할 수 있어—— 내가 한마디라도 중얼거린 지 이미 여러 해가 지났어, 나는 스스로 생각하는 걸 조금이라도 속삭이기 위해서조차 입을 열어본 적이 없어, 여러 해 동안 내 안의 공포 속에 살면서…… 그러나 나는 죽지 않았어, 나는 내가 죽었다고 생각했지만 그렇지 않아, 그리고 난 말할 수 있어, 망할—— 그러니 제발 내게도 말할 기회를 주고 당신은 당신의 위원회 일을 계속하고, 그리고 믿어줘, 이게 절대 공개되지 않을 거라고 내가 말할 때는 말이야.

헤라르도 그 경우에조차도—— 어쨌든 나는 사임해야 해, 그리고 빠르면 빠를수록 좋아.

빠울리나 아무도 이 일을 몰라도 당신은 사임해야 한다고?

헤라르도 그래.

빠울리나 당신의 미친 아내 때문에, 침묵을 지키느라 미쳤고 이제는 말할 수 있게 되어 미친, 당신 아내 때문에?

헤라르도 여러가지 이유가 있지만, 그래, 그런 거야, 진실이 당신에게 여전히 문제가 된다면.

빠울리나 진짜 진짜 진실 말이지, 응?

사이.

빠울리나   잠시만 기다려줄래.

그녀는 다른 방에 들어가서 로베르또가 막 자유의 몸이 되려는 걸 발견한다. 그녀를 보자, 그는 즉시 멈춘다. 빠울리나는 그를 다시 묶는데, 그녀의 목소리는 남자의 어조를 띤다.

빠울리나   "이봐, 우리의 환대가 싫어? 이렇게 일찍 떠나고 싶은 거야, 이년아? 지금 나하고 지내는 것 같은 좋은 시간을 밖에 나가서는 가질 수 없을 거야, 귀염둥이. 내가 그리울 거라고 말해봐. 최소한 내게 그 말은 해줘야지."

빠울리나, 천천히 자신의 손을 로베르또의 몸 아래 위로 애무하듯 쓸어내린다. 그러고는 다시 테라스로 돌아간다.

빠울리나   내가 알아보는 것은 목소리만이 아냐, 헤라르도. 나는 피부도 알아봐. 그리고 냄새도. 나는 그의 피부도 알아봐.

사이.

빠울리나   내가 의심의 여지없이 이 의사가 유죄라는 것을 증명할 수 있다면? 어쨌든 내가 그를 놔주길 원할 거야?

헤라르도 그래. 유죄라면 그를 놔줄 이유가 더 되지. 그런 식으로 날 보지 마. 모든 사람이 당신처럼 행동하면 어떤 일이 벌어질지 상상해봐. 당신이 자신의 개인적 분노를 만족시키고, 당신이 독자적으로 처벌을 한다, 반면에 숱한 문제를 안고 있는 이 나라의 다른 사람들은, 이제야 마침내 문제들 가운데 몇가지를 해결할 기회가 온 사람들은 그냥 스스로를 망치는 거야── 민주주의로 돌아가는 일 전체가 망가질 수도 있다구──

빠울리나 아무도 망가지지 않아! 아무도 알지 못할 거야!

헤라르도 아무도 모르게 하는 유일한 길은 그를 죽이는 것이고 그 경우에 당신은 망가질 거야. 그리고 나도 당신과 함께 망가지겠지. 그를 가게 해줘, 빠울리나. 이 나라를 위해서, 우리 자신을 위해서.

빠울리나 그러면 나는? 내가 필요로 하는 것은? 나를 봐, 날 봐!

헤라르도 그래, 당신을 봐, 여보. 당신은 여전히 죄수야, 당신은 거기에 그들과 함께 머물렀어, 지하실에 감금된 채. 십오년 동안 당신은 인생에서 아무것도 하지 못했어. 단 한가지도. 당신을 봐, 이제 우리가 모든 걸 다시 시작할 기회를 잡은 참에 당신은 그 상처들을 모조리 열어젖히기 시작…… 이제 우리, 때가 되지 않았어? 그러니까——

빠울리나 잊을 때가 되었다고? 당신은 날더러 잊으라고 하는군.

헤라르도 스스로를 그자들에게서 해방시켜봐, 빠울리나, 그게 내가 바라는 거야.

빠울리나 그리고 저 자를 풀어줘서 몇년 지난 뒤에 돌아오게 만들라고?

헤라르도 그를 풀어줘, 그러면 다시는 돌아오지 않을 거야.

빠울리나 그리고 우리는 그를 따벨리에서 만나 미소를 짓고, 그는 사랑스러운 자기 아내를 우리에게 소개하고 우리는 미소짓고 그리고 우리 모두 악수를 나누고 한 해 중 이맘때가 얼마나 따뜻한지 이야기를 나누고 그리고——?

헤라르도 그에게 미소지을 필요는 없지만 기본적으로는 그렇지, 그게 우리가 할 일이야. 그리고 다시 살아가는 거야, 그래.

사이.

빠울리나 자 봐, 헤라르도, 나는 타협을 제안하겠어.
헤라르도 무슨 말을 하는지 모르겠어.

빠울리나 타협, 합의, 협상. 이 나라 일은 모두 합의에 의해 이루어지는 것 아니었나. 그게 이 이행과정의 핵심 아니야? 그들은 우리가 민주주의를 하도록 허용하지만, 경제와 군부는 그들이 통제하는 것 아냐? 위원회는 범죄를 조사할 수 있지만 아무도 그것 때문에 처벌받지는 않잖아? 하고 싶은 말을 다 하지 않는다는 조건으로 뭐든지 말할 수 있는 자유가 있는 거잖아?

사이.

빠울리나   그러니 당신은 알 수 있을 거야, 내가 그렇게 무책임하거나 감정적이거나 또…… 아프지 않다는 걸 말이야, 우리가 합의하기를 제안하겠어. 당신은 이 사람이 신체적 해를 입지 않고 석방되길 원하고 내가 바라는 건 ─ 당신 내가 원하는 걸 알고 싶어?
헤라르도   난 정말 당신이 원하는 걸 알고 싶어.
빠울리나   내가 어젯밤 그의 목소리를 들었을 때, 내 머릿속에 밀려들어온 첫번째 생각은, 내가 여러 해 동안 생각해온 것은, 당신이 내가 짓는 어떤 표정을 잡아냈을 때 ─ 그 표정을 당신은 난해하고, 휙 지나가는 표정이랬지, 그랬지? ─ 그때 내가 생각하고 있었던 게 뭔지 알아? 그들이 내게 한 짓을, 체계적으로, 일분 일분씩, 도구별로 하나씩, 그들에게 해주는 거야. 특히 그에게, 그 의사에게…… 왜냐하면 딴 놈들은 너무 천박해서, 그래서…… 그러나 그는 슈베르트를 틀곤 했어, 과학에 대해 얘기하고, 심지어 한번은 내게 니체를 인용하기도 했어.

헤라르도   니체.

빠울리나   나는 스스로에게 경악했어. 내가 이처럼 엄청난 증오를 속에 품고 있다니── 그렇지만 그게 내가 밤에 잠들 수 있는 유일한 방법이었어, 그게 내가 당신과 함께 칵테일 파티에 돌아다닐 수 있는 유일한 방법이었어, 거기 모인 사람들 중에 한 놈이 있지 않을까── 바로 그자는 아니더라도 그들 중 한 놈이 있을지도…… 그렇게 스스로에게 묻지 않을 수 없었어. 그리고 그 증오가 내가 완전히 미치지 않고 당신이 내가 계속 보여주어야 한다고 말한 따벨리식 미소를 지을 수 있게 한 것이었어── 아, 나는 그놈들 머리를 자기가 싼 오줌 양동이에다 처박는 걸 상상하거나, 아니면 전기고문을 상상했어, 아니면 우리가 쎅스를 하다가 오르가즘이 올 가능성이 느껴질 때면 전류가 내 몸에 흐른다는 바로 그 생각이 떠올랐어. 그래서── 그래서 나는 오르가즘을 꾸몄어, 그런 척해서 내가 뭘 생각하고 있는지 당신이 모르게 했어, 그래서 당신이 자기 잘못 때문에 그렇다고 느끼지 않도록 했어── 오, 헤라르도.

헤라르도   오, 여보, 여보.

빠울리나   그래서 그의 목소리를 들었을 때, 내가 원하는 유일한 것은 그를 강간하는 것, 누군가 그를 유린하는

것이었어. 그게 내가 생각한 거야. 그가 단 한번이
라도 그게 과연 어떤 것인지를 알도록…… 그리고
내가 강간을 할 수 없으니까—— 나는 그게 당신이
실행에 옮겨주어야 할 처벌이라고 생각했어.

헤라르도 그만 해, 빠울리나.

빠울리나 그러나 나는 속으로 당신이 그 계획에 협력하는 것
은 어렵다고 생각했어. 어쨌든 당신은 어느정도 흥
분되지 않고서는——

헤라르도 그만, 빠울리나.

빠울리나 그래서 빗자루를 쓰면 어떨까 속으로 생각했어. 그
래, 빗자루, 헤라르도, 알잖아, 빗자루. 그러나 그
게, 뭔가 물리적인 게 내가 정말 원하는 것이 아니
라는 걸 깨닫기 시작했어. 그래서 내가 어떤 결론을
내렸는지, 내가 정말 원하는 단 한가지가 뭔지 알
아?

사이.

빠울리나 나는 그가 자백하기를 원해. 그가 저 카세트 녹음기
앞에 앉아서 자신이 내게 저지른 일을 말하길 원
해—— 모든 것을, 나만이 아니라, 모든 이에게 한
짓을—— 그리고 자신의 필적으로 그 자백을 쓰게
하고 서명을 하고, 나는 그 사본을 영원히 간직할
거야—— 그 모든 정보, 이름들과 자료들, 모든 세부

사항들과 함께. 그게 내가 원하는 거야.

헤라르도 고백하면 그를 보내주는 거지.

빠울리나 그를 보내주지.

헤라르도 그에게서 더 원하는 게 없는 거지?

빠울리나 하나도 없어.

사이.

빠울리나 미란다의 자백을 내 손에 쥐면 당신은 안전해. 당신은 계속 위원회에 있을 수 있고 그는 감히 자기 패거리를 보내 우리를 해치지 못할 거야. 왜냐하면 나나 당신에게 해를 가하면 그의 자백이 다음날 온통 신문에 실릴 걸 알 테니까.

헤라르도 그런데 당신은 그가 자백한 다음에 그를 풀어주겠다는 당신 말을 내가 믿을 거라고 기대하는 거야? 자백하자마자 당신이 자기의 머리를 날려버리지 않으리라고 그가 믿을 것 같아?

빠울리나 당신 둘 중 누구도 대안이 없다는 걸 알아. 봐, 헤라르도, 이런 쓰레기는 겁을 먹게 해야 돼. 내가 그를 죽일 준비를 하느라 차를 숨겼다고 일러줘. 나를 설득할 단 하나의 방법은 그가 자백하는 거야. 저 자에게 아무도 당신이 어젯밤 여기 온 걸 모른다고, 누구도 널 찾을 수 없다고 말해줘. 그를 위해, 난 당신이 그를 납득시켜줄 거라고 생각해.

헤라르도   내가 그를 납득시켜야 한다고?

빠울리나   그를 강간하는 것보다는 훨씬 유쾌한 일일 거야.

헤라르도   문제가 하나 있어, 물론, 당신은 이걸 생각하지 않
           았을지도 몰라, 빠울리나. 만약 그가 자백할 게 하
           나도 없다면?

빠울리나   자백하지 않으면 내가 죽일 거라고 그에게 말해.

헤라르도   그렇지만 그가 유죄가 아니라면.

빠울리나   나는 서두르지 않아. 자백하기를 몇달이고 기다릴
           수 있다고 그에게 말해줘.

헤라르도   빠울리나, 당신은 내 말을 듣고 있지 않아. 그가 무
           죄라면 뭘 자백할 수 있겠어?

빠울리나   그가 무죄라면? 그러면 정말 그는 잘못 얽힌 거지.

           조명이 어두워진다.

2장

           점심. 헤라르도와 로베르또, 식탁에 앉아 있다. 로베르또는
           여전히 묶여 있지만 이번에는 손이 앞쪽으로 결박되어 있
           다. 헤라르도는 방금 수프 접시들을 식탁에 가져다놓았다.
           빠울리나, 테라스에서 지켜보고 있다. 그녀는 그들을 볼 수
           는 있지만 들을 수는 없다. 로베르또와 헤라르도, 한동안 말
           없이 음식을 바라보고 있다.

헤라르도   배고프지 않소, 닥터 미란다?

로베르또   로베르또. 내 이름은 로베르또요. 나를 처음처럼 친
           근하게 대해주시오──제발.

헤라르도   나는 당신을 의뢰인처럼 대하는 게 낫겠소, 닥터 미
           란다. 그게 내게 도움이 될 거요. 나는 당신이 뭔가
           먹어야 한다고 생각하오.

로베르또   난 배고프지 않소.

헤라르도   듭시다……

그는 스푼으로 수프를 떠서 로베르또를 아기처럼 먹인다.
이어지는 대화 동안 그는 계속해서 로베르또를 먹이면서 자
기도 먹는다.

로베르또   그녀는 미쳤어. 당신은 이런 말에 대해 날 용서해야
           만 하오, 당신 아내는……

헤라르도   빵 드시겠소?

로베르또   아니, 됐소.

사이.

로베르또   그녀는 정신과 치료를 받아야 해요──

헤라르도   잔인하게 말하면, 당신이 아내의 치료법이요, 의사
           양반.

그는 로베르또의 입을 냅킨으로 닦아준다.

로베르또   그녀는 날 죽일 거요.

헤라르도   당신이 자백하지 않으면, 당신을 죽일 거요.

로베르또   그러나 내가 뭘 자백하죠? 뭘 자백하죠? 내가 만
         약……

헤라르도   알고 있을지 모르지만, 의사 양반, 비밀경찰은 의사
         들을— 고문의 상담역으로 활용했어요.

로베르또   의사협회는 점차 그런 정황들을 알게 되었어요. 그
         래서 가능한 경우에는 언제나 자체조사를 했소.

헤라르도   아내는 당신이 바로 그 의사라고 확신하고 있
         소…… 그리고 당신이 그걸 부인할 길이 없는
         한……

로베르또   내가 그걸 어떻게 부인할 수 있겠소? 내가 목소리
         를 바꿔야만 할 거요. 이게 내 목소리가 아니라
         고— 나를 저주하는 것이 목소리뿐이라면, 다른
         증거는 없잖소, 아무것도—

헤라르도   그리고 당신의 피부. 아내는 당신 피부를 언급했소.

로베르또   내 피부?

헤라르도   그리고 당신의 체취.

로베르또   병든 마음의 환상들이오. 그녀는 저 문으로 들어온
         아무나 걸고넘어졌을 거요……

헤라르도	불행하게도, 당신이 저 문으로 들어온 거요.
로베르또	이봐요, 헤라르도, 나는 조용한 사람이오. 누구라도 내가 폭력을 행사할 능력이 없다는 걸 알 수 있소―어떤 종류의 폭력도 나를 구역질나게 하오. 나는 내 비치 하우스에 와서, 바닷가를 거닐고, 파도를 지켜보고, 조약돌을 줍고, 내 음악을 들어요……
헤라르도	슈베르트?
로베르또	슈베르트, 그걸 부끄러워할 이유는 없지. 나는 비발디와 모차르트와 텔레만도 좋아하오. 그런데 내가 어제 해변가에 슈베르트를 가져가는 바보같은 생각을 했던 거지. 그러나 당신을 위해 차를 멈춘 게 더 멍청한 짓이었지― 헤라르도, 내가 이 늪에 빠진 이유가 오로지 고장난 자기 차 옆에 서서 미친 듯이 팔을 흔드는 사람을 딱하게 봤기 때문이오― 봐요, 나를 구해주는 건 당신 책임이오.
헤라르도	알아요.
로베르또	발목이 둘 다 아파요, 손도, 등도. 조금 더 풀어줄 수 없소, 그래야―
헤라르도	로베르또, 당신에게 솔직하고 싶소. 당신의 목숨을 구할 유일한 길은……

사이.

헤라르도 나는 우리가 그녀의—— 비위를 맞춰야만 한다고 생각하오.

로베르또 비위를 맞춘다고?

헤라르도 그녀를 달래고, 회유해서, 그래서 우리가—— 당신이 기꺼이 협력할 거라고 그녀가 느끼도록……

로베르또 어떻게 협력할 수 있을지 모르겠소, 내 기이한 처지를 볼 때……

헤라르도 그녀의 비위를 맞춰요, 그녀가 당신이라고 믿게 만들어요……

로베르또 그녀가 나라고 믿게 만들어라……

헤라르도 그녀는 만약 당신이—— 자백하면 기꺼이 풀어주겠다고 약속했소——

로베르또 나는 자백할 게 하나도 없다니까!

헤라르도 내 생각에 그러면 당신이 뭔가를 꾸며내야 해요. 왜냐하면 아내가 당신을 용서해줄 유일한 길이란——

로베르또 목소리를 높이며, 분노하여 그 여자가 나를 용서해줄 일은 아무것도 없소. 나는 아무 짓도 안했고 아무것도 자백할 게 없어. 당신 알아들어?

로베르또의 목소리를 듣고, 빠울리나가 테라스의 자리에서 일어나 그들에게 오기 시작한다.

로베르또 나에게 수치스러운 해결책을 제시하지 말고, 저기 나가서 당신의 저 미친 여자가 이 범죄 행위를 그만

두도록 납득시켜야 해요. 그녀가 당신의 경력을 망
치고 감옥이나 정신병원에서 끝장나기 전에. 그걸
아내에게 말해요. 아니면 당신 집에서 약간이라도
질서를 강제할 수는 없는 거요?

헤라르도 로베르또, 나는——

빠울리나, 테라스에서 들어온다.

빠울리나 문제가 있어요, 여보?

헤라르도 아무 문제 없어.

빠울리나 나는 방금 당신이 약간…… 흥분하는 걸 봐서.

사이.

빠울리나 좋아, 당신 둘 다 수프를 다 비웠군. 아무도 내가 훌
륭한 요리사가 아니라고는 말 못할걸, 안 그래? 이
상적인 가정주부 아닌가? 아무래도 이 이상적인 가
정주부가 당신들에게 쬐그만 커피 한잔을 대접해야
겠지, 그렇지 의사 양반? 난 이 의사가 건강을 위해
커피를 마시지 않는다고 생각하긴 하지만. 닥터, 당
신에게 하는 말이야. 당신 어머니가 가르쳐주지 않
았나보지? 남이 말을 할 때는——

로베르또 내 어머니는 입에 담지 마. 우리 어머니는 언급하지
말라구.

사이.

빠울리나 당신에게 동의해야 해서 유감이네. 당신이 옳고 말고. 당신 어머니는 당신이 하는 일에 대해 책임이 없어. 나는 왜 남자들이 항상 끈질기게 어머니를 공격하는지를 이해할 수 없어 — 왜 사람들은 꼭 화냥년의 자식이라고 말하지, 왜 애들에게 맨 처음 욕을 가르쳐준 아버지가 아니라 화냥년이냐구 —

헤라르도 빠울리나, 제발 대화를 계속하게 우릴 좀 내버려둘 수 없어? 제발 부탁 좀 들어줄래?

빠울리나 그 부탁은 물론이고 더한 부탁도 들어주지. 당신 두 사람이 세상을 뜯어고치도록 내버려두겠어.

그녀는 자리를 비켜주다가 돌아선다.

빠울리나 오, 그리고 그가 오줌 누고 싶다면, 여보, 손가락만 튕겨주면 내가 달려올게요.

그녀는 테라스의 같은 장소로 돌아가서 지켜본다.

로베르또 저 여자는 완전히 정신이 나갔소.

헤라르도 미친 사람들이 권력을 쥘 때는, 그들의 비위를 맞춰야 해. 아내의 경우에, 자백이 —

로베르또	그러나 자백으로 도대체 뭘 할 수——?
헤라르도	어쩌면 그것이 아내를 환상으로부터 해방시켜줄지 모르지. 내가 사람들 머릿속을 어떻게 알겠소, 그런 일을 겪은 이들 말이오—— 그러나 나는 아내가 필요로 하는 게 뭔지를 이해할 수 있을 것 같소. 왜냐하면 그게 어젯밤 우리가 얘기한 것과 일치하기 때문이오, 이 나라 전체가 실제 벌어진 일을 분명하게 말로 표현할 필요 말이오.
로베르또	그러면 당신은?
헤라르도	내가 뭐 말이오?
로베르또	당신은. 그 다음에 당신은 어떻게 할 작정이오?
헤라르도	뭐 다음 말이오?
로베르또	당신은 아내를 믿지요, 그렇죠?
헤라르도	내가 당신이 유죄라고 생각한다면 당신의 목숨을 구하려고 내가 이렇게 필사적으로 노력할 것 같——
로베르또	처음부터 당신은 저 여자와 공모하고 있었어. 그녀가 나쁜 사람 역할을 하고 당신은 좋은 사람 역할을 하고 그러고 나서——
헤라르도	좋은 사람이라니 당신 무슨 말을 하는——
로베르또	역할 게임이지. 그녀는 악하고, 당신은 선하고, 그런 식으로 내 자백을 받아낼 수 있는지 보려고. 하지만 내가 자백하고 나면, 그건 당신이야, 그녀가 아니지, 나를 죽일 사람은 당신이야, 남자라면, 진짜 남자라면, 자기 아내가 강간당했다면 그렇게 하

겠지. 만약 누가 내 아내를 강간했다면 내가 해야
할 일은 그거야. 그놈 불알을 잘라버리는 거지. 자
내게 말해. 당신은 내가 그 더러운 의사라고 생각하
는 거지, 그렇지?

사이. 헤라르도가 일어선다.

로베르또   어디 가?
헤라르도   총을 가져와서 네 더러운 대가리를 날려버릴 거야.
          사이. 점점 더 화가 나면서 그러나 먼저 너 이 개자식, 네놈
          충고에 따라 불알을 잘라주지. 너 이 파시스트 놈.
          그게 진짜 남자가 하는 일이잖아, 안 그런가. 진짜
          마초는 사람 대가리를 날려버리고 여자가 침대에
          묶여 있을 때 덮치는 거지. 나처럼은 아냐. 나는 멍
          청하고, 비굴하고, 유약한 동성애자지. 왜냐하면 자
          기 아내를 강간하고 그 삶을 망가뜨린 개자식을 보
          호하기 때문이야. 너 내 마누라를 몇번이나 따먹었
          어? 몇번이나, 이 후레자식아!
로베르또   헤라르도, 난……
헤라르도   헤라르도는 없어. 내가 여기 있어. 내가. 여기서는
          눈에는 눈, 이에는 이야, 맞아, 그게 우리 철학이 아
          니던가?
로베르또   난 그저 농담이었소, 그건—
헤라르도   그런데 생각해보니 왜 내가 너 같은 쓰레기 때문에

내 손을 더럽혀야 하지?

로베르또 ──농담이었다니까.

헤라르도 ──네 고통과 네 죽음에 훨씬 더 기쁨을 느낄 사람
이 있는데 말이야. 왜 아내에게서 그 즐거움 하나를
빼앗아야 하지? 당장 아내를 불러서 너의 더러운
대가리를 손수 날려버리게 해야겠어.

로베르또 가지 마. 그 여자 부르지 마.

헤라르도 나는 중간에, 너희 둘 사이에 끼어 있는 게 지겨워
졌어. 네가 그녀와 합의해, 네가 그녀를 납득시켜.

로베르또 헤라르도, 나는 겁이 나오.

사이. 헤라르도는 돌아서서, 목소리를 바꾼다.

헤라르도 나도 그렇소.

로베르또 그녀가 날 죽이게 하지 마시오.

사이.

로베르또 그녀에게 무슨 말을 할 거요?

헤라르도 진실을. 당신이 협력하려 들지 않는다는 것을.

로베르또 나도 내가 무슨 짓을 했는지 알고 싶다구요, 당신은
내가 뭘 자백해야 하는지 모른다는 걸 이해해야 해
요. 내가 그 사람이라면, 온갖── 세부사항을 알 거
아냐, 그렇지만 나는 아무것도 몰라, 그래, 그러

죽음과 소녀 217

니…… 내가 만약 실수를 하면, 그 여자는 내가— 난 당신 도움이 필요해. 당신은 내게 말해줘야 해 내가— 꾸며낼 수 있게. 꾸며내게. 당신이 해준 얘기에 근거해서 말이야.

헤라르도 당신 나더러 아내를 속이라는 거야?

로베르또 결백한 사람의 목숨을 구해달라는 거요, 에스꼬바르. 당신은 내가 무죄라고 믿지, 그렇지 않소?

헤라르도 내가 믿는 게 그렇게 중요한가?

로베르또 물론 그렇지. 그녀는 문명의 목소리가 아니야. 하지만 당신은 그래. 그녀는 대통령의 위원회 위원이 아니야, 하지만 당신은 위원이잖아.

헤라르도 *쓰라리고 슬픈 어조로* 그래, 그녀는 아니지…… 그녀가 무슨 생각을 하는지 누가 거들떠나 보겠어. 그녀는 단지……

그는 자리를 뜨기 시작한다.

로베르또 기다려. 어디 가? 그녀에게 뭐라고 말할 거요?

헤라르도 당신이 오줌 눠야 한다고 말할 거야.

조명이 어두워진다.

3막
1장

저녁 직전. 빠울리나와 헤라르도는 집 밖, 바다를 마주보는 테라스에 있다. 로베르또는 집 안에 여전히 묶여 있다. 헤라르도, 무릎에 카세트 녹음기를 놓고 있다.

빠울리나　　이유를 모르겠어.

헤라르도　　난 알아야 해.

빠울리나　　왜?

사이.

헤라르도　　빠울리나, 난 당신을 사랑해. 나는 당신의 입으로 그 얘길 직접 들어야겠어. 그렇게 여러 해가 지난 후에 내게 말해주는 사람이 결국 그가 된다는 건 옳지 않아. 그건 정말—— 참을 수 없을 거야.

빠울리나 반면에 내가 당신에게 말한다면 그건—— 참을 만하다는 거지.

헤라르도 그가 내게 먼저 말하는 것보다는 참을 만해.

빠울리나 당신에게 이미 이 얘기 했잖아, 헤라르도. 그걸로 충분하지 않아?

헤라르도 십오년 전에 당신은 내게 말하기 시작했지, 그런데……

빠울리나 그 화냥년이 거기 있는데 내가 계속 말하리라고 기대했어? 그년은 당신 침실에서 반쯤 벗은 채 나와서 왜 이렇게 시간이 걸리느냐고 물었잖아, 그런데 당신이 나한테 기대를 해——

헤라르도 그 여자는 화냥년이 아니었어.

빠울리나 그 여자가 내가 어디 있었는지 알고 있었나? 물론 알고 있었겠지. 갈보 같으니. 자신을 도저히 지킬 수 없는 상황에 처한 여자의 남자와 잠을 자, 흥?

헤라르도 그 얘길 전부 다시 시작할 건 아니잖아, 빠울리나.

빠울리나 시작한 건 당신이야.

헤라르도 내가 몇번이나 얘기를 해야 해……? 나는 당신을 찾느라 두 달을 보냈어. 그때 그녀가 나타났고, 돕겠다고 말했어. 우리는 몇잔 마셨고. 오 이런, 나도 인간이야.

빠울리나 내가 당신의 목숨을 지키는 동안, 당신 이름이 내

안에 숨어 결코 입 밖으로 나오지 않는 동안에 ──
그놈에게 물어봐, 미란다에게 물어봐, 내가 당신의
이름을 속삭이기라도 했는지, 그런데 그 사이에 당
신은……

헤라르도 당신은 이미 나를 용서했어, 당신은 나를 용서했어,
몇번이나 우리가 이걸 되풀이해야 해? 우리는 그렇
게나 많은 과거, 그렇게나 많은 고통과 원망으로 죽
게 될 거야. 이제 끝내자구 ── 여러 해가 지나버린
그 대화를 끝내자구, 단호하게 이 장부를 덮어버리
고 다시는 그것에 대해 얘기하지 말자, 다시는 하지
말자, 결코 결코 다시는.

빠울리나 용서하고 잊어버리자, 그 말이야?

헤라르도 용서는 하되 잊지는 말자고. 그렇지만 용서해, 그래
서 우리가 새출발을 할 수 있게 해줘. 살아야 할 이
유들은 너무 많아, 여보……

빠울리나 당신은 내가 뭘 하길 원했어? 그 여자 앞에서 말하
기를? 당신에게 말하기를, 그들이 내게 무슨 짓을
했는지, 그 여자 앞에서, 내가 말해야 해 ──? 몇번
이야?

헤라르도 뭐가 몇번이야?

빠울리나 그 여자랑 몇번이나 했어?

헤라르도 빠울리나……

빠울리나 몇번이냐구?

헤라르도 여보……

빠울리나	몇번이나 그 짓을 했어? 몇번, 몇번? 말하라고 하잖아, 말해.
헤라르도	필사적으로, 그녀의 몸을 흔들고는 팔로 안으면서 빠울리나, 빠울리나. 당신, 나를 죽이고 싶어? 그게 당신이 원하는 거야?
빠울리나	아니.
헤라르도	제발, 당신은 나를 죽이고 있어. 당신은 내가 사라진 세상에서 끝을 내려고 하고 있어, 난 죽어 여기서 없어지고 말 거야.
빠울리나	나는 당신이 그 화냥년과 몇번 했는지 알고 싶어.
헤라르도	나한테 이러지 마, 빠울리나.
빠울리나	그게 첫날밤은 아니었지, 그렇지, 헤라르도? 그 여자 전에도 만났지, 맞지? 진실을 말해, 헤라르도.
헤라르도	사람은 진실이라는 약을 너무 먹으면 죽게 돼, 알잖아.
빠울리나	몇번이야, 헤라르도. 말해, 내가 말하라고 하잖아.
헤라르도	두 번.
빠울리나	그날 밤에 말이지. 그날 밤 전에는?
헤라르도	아주 낮은 목소리로 세 번.
빠울리나	뭐?
헤라르도	목소리를 높이며 세 번.
빠울리나	그 여자가 그렇게 좋았어? 걔를 그렇게 좋아했어? 그년도 어지간히 좋아했겠군. 하긴 정말 그걸 즐겼으니 다시 찾아왔겠지—

헤라르도   당신 나한테 무슨 짓을 하는지 알고 있어?

빠울리나   돌이킬 수 없는, 그런 거? 돌이킬 수 없는.

헤라르도   필사적으로 내게 뭘 더 원하는 거야? 우린 독재를 견디
          고 살아남았어, 우린 살아남았어, 그런데 이제 우리
          는 바깥세상의 저 후레자식들도 우리에게 하지 못
          한 걸 서로에게 할 작정이야? 당신 그걸 원해?

빠울리나   조용히 아니.

헤라르도   당신은 내가 떠나길 원해? 원하는 게 그거야? 내가
          저 문 밖으로 나가서 다시는 보이지 않게 되기를 바
          라는 거야? 하느님 맙소사, 그게 당신이 바라는 거
          야?

빠울리나   아냐.

헤라르도   그게 당신이 보게 될 일이야.

          사이.

헤라르도   나는 아기처럼 당신 손에 맡겨져 있어. 난 방어할
          것도 없고, 당신 앞에 내가 아기로 태어난 날처럼
          발가벗겨져 있어. 당신은 그 인간을 다루듯이 나를
          다루길 원해?

빠울리나   아냐.

헤라르도   당신 나한테 원하는 게⋯⋯?

빠울리나   중얼거리며 나는 당신을 원해. 당신. 나는 당신이 내 안
          에 들어오길 원해, 살아 있는 그대로. 나는 침대에

귀신이 붙어 있지 않은 채로 당신이 나와 사랑을 하기를 원하고 당신이 위원회에서 진실을 수호하기를 원하고 당신이 내가 숨쉬는 공기 속에 있기를 원하고 당신이 내가 다시 듣기 시작할 수 있게 될 슈베르트 안에 있기를 원해——

헤라르도 그래, 빠울리나, 그래, 그래.

빠울리나 ——그리고 나는 우리가 아이를 하나 입양하길 원하고 그날 밤 이후 당신이 나를 돌봐주었듯이 내가 당신을 순간순간마다 돌보길 원해——

헤라르도 그날 밤의 그 여자는 다시는 언급하지 마. 그날 밤에 대해 끝없이 계속하면, 당신은 나를—— 죽이는 거야. 그게 당신이 바라는 거야?

빠울리나 아니.

헤라르도 그럼 나한테 말해줄 거야?

빠울리나 그래.

헤라르도 남김없이?

빠울리나 남김없이.

헤라르도 그게 길이야, 그게 우리가 이 늪을 벗어나는 길이야—— 서로에게 하나도 숨기지 않고, 함께하는 것.

빠울리나 그게 길이야.

헤라르도 녹음기를 켤게. 켜도 괜찮지, 여보?

빠울리나 켜.

헤라르도, 녹음기를 켠다.

헤라르도	우리가 위원회 앞에 앉아 있는 것처럼.
빠울리나	어떻게 시작할지 모르겠군.
헤라르도	이름부터 시작해.
빠울리나	내 처녀적 이름은 빠울리나 쌀라스입니다. 현재 나는 변호사인 헤라르도 에스꼬바르와 결혼했지만, 그 당시에는——
헤라르도	날짜.
빠울리나	1975년 4월 6일, 나는 미혼이었습니다. 나는 싼 안또니오 거리를 걷고 있었는데——
헤라르도	가능한 한 정확하게 해.
빠울리나	——오후 두시 십오분경이었는데, 내가 우에르빠노스 거리 모퉁이에 이르렀을 때 등 뒤에서 소리가 났습니다—— 세 남자가 차에서 내렸고, 그 중 하나가 내 등에 총을 들이댔어요. "한마디라도 말하면 쏴버릴 거야, 아가씨." 그는 그 말을 내 귀에다 내뱉었어요—— 그의 입김에서는 마늘 냄새가 났어요. 나는 그렇게 별 일 아닌 것, 즉 그가 점심으로 뭘 먹었는지 하는 데 대해 내가 정신을 뺏기는 것에 놀랐어요. 내가 해부학 시간에 배우던 모든 신체기관을 사용해서 그가 어떻게 그 음식을 소화시킬까를 생각하기 시작한 것에 놀랐어요. 나중에 난 스스로를 책망하곤 했죠, 그런 건 나중에 생각할 시간이 충분히 있었다고, 왜 나는 소리지르지 않았을까, 나는 알고

있었어요, 그런 일이 일어나면 비명을 질러야 한다
는 걸, 사람들이 누가 당하는지 알도록——이름을
소리쳐야죠, 나는 빠울리나 쌀라스예요, 나는 납치
당합니다. 만약 첫번째 순간에 소리를 지르지 않으
면 이미 진 거죠, 그런데 나는 너무 쉽게 굴복했고,
반항의 몸짓 한번 없이 바로 그들을 따라갔죠. 내
인생 내내, 나는 항상 너무 순종적이었죠.

조명이 어두워지기 시작한다.

빠울리나　의사는 그들 중에 있지 않았어요. 나는 닥터 미란다
를 사흘이 지나서야 처음으로 만났어요, 그때……
그때가 닥터 미란다를 처음 만난 때예요.

조명이 더욱 어두워지고 빠울리나의 목소리는 어둠속에서
계속되고, 카세트 녹음기만이 달빛에 빛난다.

빠울리나　처음에는, 그가 날 구해줄 거라고 생각했어요. 그는
아주 부드럽고, 아주—— 친절했죠, 다른 놈들이 내
게 저지른 일들이 끝난 후에. 그런데, 갑자기, 나는
슈베르트의 사중주를 들었어요. 어둠속에서 그 훌
륭한 음악을 듣는 것이 어떤 의미를 지니는지는 말
로 할 수 없어요. 사람이 사흘간 굶었을 때, 사람의
몸이 갈가리 찢길 때, 그리고……

어둠속에서, 로베르또의 목소리가 빠울리나의 목소리, 「죽음과 소녀」의 2악장과 겹쳐진다.

로베르또의 목소리 나는 음악을 틀곤 했지. 왜냐하면 그게 내 역할, 그들이 하는 말로 좋은 사람 역할이라는 것에 도움이 되었기 때문이야. 나는 슈베르트를 틀곤 했는데 그게 수감자들의 신뢰를 얻는 방법이었기 때문이지. 그러나 그게 그들의 고통을 덜어주는 길이라는 것도 알고 있었어. 그게 수감자들의 고통을 덜어주는 방법이었다는 걸 믿어줘야 해. 음악뿐 아니라 내가 한 다른 일들이 모두 그랬지. 그런 식으로 죄수들에게 접근했어, 처음에는.

달이 뜨는 것처럼 조명이 밝아진다. 밤이다. 로베르또, 카세트 녹음기 앞에서 자백하고 있다. 슈베르트 음악이 잦아든다.

로베르또의 목소리 수감자들이 그들 손에서 죽어나가고 있다고, 죄수들에게 누군가 돌봐줄 사람이, 누군가 신뢰할 사람이 필요하다고 그들이 말했어. 내게는 형이 하나 있었는데, 그는 비밀경찰 요원이었어. 넌 공산당들이 아버지에게 한 짓을 갚아줄 수 있어,라고 어느날 밤 그가 말했지 — 내 아버지는 농부들이 라스 똘떼까스에 있는 아버지 땅을 차지하던 날 심장 발작이 일어났어. 그 발작으로 아버지는 중풍이 왔지 ─ 그는 말을 못하게 되었고, 몇시간이고 나를 바라보기만 했어, 그의 눈은 말했지, 뭔가를 해라. 그러나 그게 내가 수락한 이유는 아냐. 진짜 진짜 진실은 인도주의적인 이유들이었어. 우리는 전쟁중이다, 나는 생각했어, 그들은 나와 내 가족을 죽이길 원한다, 그들은 전체주의적 독재를 세우려 한다, 그러나 그렇더라도, 그들은 의학적 진료를 받을 권리가 있다. 천천히, 어떻게 그리 되었는지 거의 모르는 채로, 나는 좀더 민감한 작전에 개입하게 되었어. 그들이 나를 투입한 업무에서 내 역할은 죄수들이 어느정도의 고문을 견딜 수 있는지, 얼마만큼의 많은 전류량을 견딜 수 있는지 판단하는 것이었어. 처음에 나는 스스로에게 이것이 사람의 목숨을 구하는 길이다, 하고 말했어. 그리고 실제로 나는 구했어. 여러 차례 그들에게 지시했거든 ─ 사실이 아닌데도, 오로지 고문당하는 사람들을 돕기 위해서 ─ 나는 그들에게 멈추라고 명령했어, 그러지 않으면 죄수는 죽는다고. 하지만 그러다 나는 드디어 ─ 내가 느끼던 선행은 조금씩 조금씩 흥분으로 바뀌었어 ─ 선행의 가면은 떨어져버렸고, 그것, 흥분, 그것은 내가 하는 짓을 스스로에게 숨겼지, 숨겼어, 숨겼어. 그 늪 같은 상황은 ─ 빠울리나 쌀라스가 들어왔을 때는 이미 너무 늦었어. 너무 늦었다구.

조명이 천천히 어두워지기 시작한다.

로베르또   ……너무 늦었어. 일종의— 야수가 발톱으로 내 삶을 움켜쥔 거야. 나는 내가 하는 일을 정말 진짜로 좋아하게 되었어. 그것은 게임이 되었어. 내 호기심은 부분적으로는 병적이고, 부분적으로는 과학적인 것이었어. 이 여자는 얼마나 견딜 수 있나? 다른 사람보다 더 견딜 수 있나? 그녀의 성적 능력은 어떤가? 전류를 통하게 하면 그것이 다 말라버릴까? 저런 상황에서도 오르가즘을 느낄 수 있을까? 그녀는 완전히 네 손에 있다. 너는 자신의 환상을 모두 실행해볼 수 있다. 그녀를 가지고 뭐든지 원하는 걸 할 수 있다.

조명이 계속 어두워지고 로베르또의 목소리는 반쯤 어두운 상태에서 계속 들리며, 달빛 한줄기가 카세트 녹음기에 떨어지고 있다.

로베르또   뭐든지 금지된 것, 어머니가 절대 하면 안된다고 다급하게 귀에 속삭여주던 것은 뭐든지. 저 모든 여자들을 생각하며 꿈꾸던 것을 그녀에게 하게 되는 거야. 이것 봐, 의사 양반, 그들은 말하곤 했어, 공짜 고기를 거절하지는 않겠지, 그렇지, 그들 중 하나가 나를 조롱하곤 했어. 그의 이름은——스터드라고 했지——별명이지, 그의 진짜 이름은 결국 알지 못했어. 스터드는 내게 말하곤 했지, 의사 양반, 쟤들은 그걸 좋아해—— 이년들은 모두 그걸 좋아해, 당신이 저 달콤하고 귀여운 음악을 틀면 쟤들은 더 포근해질 거야. 그는 이 말을 여자들 앞에서 하곤 했어, 빠울리나 쌀라스 앞에서도 말하곤 했지, 그리고 마침내 나는, 마침내 나는—— 그러나 나 때문에 죽은 사람은 아무도 없어, 남자 중에도 하나 없고, 여자 중에도 없어.

조명이 밝아지고 이제 날이 밝고 있다. 로베르또, 결박이 풀린 채 카세트 녹음기에서 흘러나오는 자신의 말을 종이에 적고 있다. 그의 앞에는 손으로 쓴 종이가 많이 쌓여 있다. 빠울리나와 헤라르도, 그를 지켜보고 있다.

로베르또의 목소리 녹음기에서 내가 기억하는 한, 나는—— 빠울리나 쌀라스를 포함하여 아흔네 명의 죄수들의 심문에 입회했습니다. 그게 내가 할 말의 전부입니다. 용서를 빕니다.

헤라르도, 로베르또가 글을 쓸 때 카세트 녹음기를 끈다.

로베르또 ——용서를.

헤라르도, 카세트 녹음기를 다시 켠다.

로베르또의 목소리 나는 이 고백이 내가 정말 뉘우치고 있다는 것을
입증하기를 바라며 이 나라가 화해와 평화에 도달
하고 있는 것처럼……

헤라르도, 카세트 녹음기를 끈다.

헤라르도 당신 그걸 썼어? 이 나라가 화해와 평화에 도달하
고 있는 것처럼이라고?

그는 다시 녹음기를 켠다.

로베르또의 목소리 ──그래서 저도 남은 인생을 제 끔찍한 비밀을 간
직한 채 살아가도록 허락받기를 바랍니다. 제 양심
의 목소리가 부과하는 형벌만큼 무서운 것은 없습
니다.

로베르또 글을 쓰면서 ── 형벌…… 내 양심.

헤라르도, 카세트 녹음기를 끈다. 사이.

로베르또 자 이제 뭐지? 서명하기를 원하오?

빠울리나	먼저 이 모든 것이 그 어떤 강압도 없이 당신의 자유로운 의지로 작성되었다고 적어.
로베르또	그건 사실이 아니오.
빠울리나	진짜 강압을 원하나, 의사 선생?

로베르또는 몇줄을 쓰고, 그걸 헤라르도에게 보여주고, 헤라르도는 고개를 끄덕인다. 로베르또, 서명을 한다. 빠울리나는 서명을 확인하고, 서류를 모으고, 녹음기에서 카세트를 꺼내고, 다른 카세트를 넣고 버튼을 누른다. 로베르또의 고백이 테이프에서 들린다.

로베르또의 목소리 테이프에서 나는 음악을 틀곤 했지. 왜냐하면 그게 내 역할, 그들이 하는 말로 좋은 사람 역할이라는 것에 도움이 되었기 때문이야. 나는 슈베르트를 틀곤 했는데 그게 수감자들의 신뢰를 얻는 방법이었기 때문이지. 그러나 그게 그들의 고통을 덜어주는 길이라는 것도 알고 있었어.

헤라르도 빠울리나. 이제 끝났어.

로베르또의 목소리 테이프에서 그게 수감자들의 고통을 덜어주는 방법이었다는 걸 믿어줘야 해.

헤라르도 카세트 녹음기를 끄면서 끝났어.

빠울리나 거의 끝났어, 그래.

헤라르도 그러니 이제 때가 된 거라고 생각하지 않아? 그러니까……

빠울리나   맞아. 우리는 합의를 했지.

그녀는 일어서서, 창가로 가서, 바다 공기를 깊이 들이마신다.

빠울리나   내가 여기서 이렇게 몇 시간을 보내리라고는 생각
못했어, 새벽에, 밤사이 조류가 남기고 간 것들을
이해하려 애쓰면서, 그 형상들을 뚫어지게 바라보
면서, 그것들이 과연 무엇인지, 그것들이 행여 다시
바다로 끌려들어가지 않을지 생각하면서. 그리고
이제…… 그리고 이제……

헤라르도   빠울리나!

빠울리나   갑자기 돌아서며 나는 당신이 여전히 원칙에 충실한 사
람인 게 기뻐. 나는 이제 내가 당신을 납득시켜야
할 거라고 생각했거든, 이제 당신이 그가 정말 유죄
라는 걸 알게 되었으니. 그를 죽이지 말라고 당신을
설득해야 할 거라고 생각했어.

헤라르도   나는 저놈 같은 인간 때문에 내 영혼을 더럽히지는
않겠어.

빠울리나   그에게 자동차 열쇠를 던지며 좋아. 가서 그의 차를 가져와.

사이.

헤라르도   그러면 내가 그자를 당신과 단둘이 둬도 괜찮아?

빠울리나   내가 그 정도 나이는 들었다고 할 수 있지 않을까?

사이.

헤라르도 좋아, 좋아, 차를 가져오지⋯⋯ 조심해.
빠울리나 당신도.

헤라르도가 문 쪽으로 움직인다.

빠울리나 아—— 그리고 그의 잭을 돌려주는 것 잊지 마.
헤라르도 미소지으려 애쓰면서 그리고 당신은 그의 슈베르트 카세트
를 돌려주는 걸 잊지 마. 당신 것은 따로 있으니까.

그는 퇴장한다. 빠울리나는 그가 나가는 걸 지켜본다. 로베
르또, 발목의 결박을 푼다.

로베르또 괜찮다면 나는 화장실에 가고 싶소. 이제 당신이 나
를 따라와야 할 이유는 없다고 보는데?
빠울리나 움직이지 마, 의사 선생. 아직 작은 문제가 하나 남
아 있거든.

사이.

빠울리나 믿을 수 없을 정도로 아름다운 날씨가 될 것 같아.
지금 유일하게 아쉬운 게 뭔지 알잖아, 의사 양반,

오늘을 정말 진짜로 완벽하게 만들기 위해 내게 필요한 한가지가 뭔지, 알잖아?

사이.

빠울리나 너를 죽이는 거지. 그래서 내가 나의 슈베르트를 들을 수 있도록, 네가 나의 오늘과 나의 슈베르트와 나의 나라와 내 남편을 더럽히면서 같은 음악을 듣고 있을 거라고 생각하지 않고 감상할 수 있도록. 그게 내가 필요한 거야······

로베르또 부인, 당신 남편은 믿고 떠났소, 당신 — 당신은 약속을 했소······

빠울리나 그런데 약속을 했을 때 — 난 아직 좀 의구심이 있었어 — 쬐그만 의구심 — 네가 정말 그 사람일까 하는. 그리고 헤라르도는 자기 나름으로는 옳았어. 증거, 움직일 수 없는 증거 — 그래, 내가 틀릴 수도 있는 거였지. 그러나 나는 알고 있었어, 네가 고백하면 — 그리고 네 얘기를 들었을 때 마지막 의구심은 사라졌어. 이제 내가 알았기 때문에, 이제 네가 그놈이기 때문에, 난 너를 살려두고 평화롭게 살 수는 없어.

그녀가 그에게 총을 겨눈다.

빠울리나	기도할 시간을 일분 주지, 의사 선생.

로베르또, 천천히 일어선다.

로베르또	이러지 마시오. 나는 결백하오.
빠울리나	너는 자백했어.
로베르또	그 자백은, 부인…… 그것은 꾸민 거요.
빠울리나	무슨 뜻이지, 꾸몄다니?
로베르또	내가 꾸몄소. 우리가 꾸몄소.
빠울리나	그건 내게는 정말 진실로 보였어, 내가 아는 한 고통스러울 정도로 낯익은 거였어……
로베르또	당신 남편이 무엇을 쓸지 말해주었소. 나는 몇가지를 꾸몄소. 그 중 몇가지는 내가 만든 거요. 그러나 대부분은 남편이 당신에게서 들은 얘기요. 그가 당신에게 생긴 일이라고 알고 있는 얘기요. 그래야 당신이 날 놔줄 거라고, 그게 당신이 나를 죽이지 않는 유일한 길이라고 당신 남편이 납득시켰고 그래서 나는 해야만 했소—— 당신은 우리가 어떻게 강압 때문에 무슨 얘기든지 하게 되는가를 잘 알고 있을 것 아니오, 나는 결백하오, 에스꼬바르 부인, 하늘의 신이 그걸 알아요——
빠울리나	신을 부르지 마, 닥터. 네가 신이 존재하는지 아닌지 알아낼 시간이 가까웠을 때는 말이야. 스터드.
로베르또	뭐라고?

빠울리나	네 자백 속에서 여러 번 너는 스터드를 언급했어. 그는 덩치 큰 남자가 틀림없어, 근육질의, 그는 손톱을 물어뜯는 자였지, 맞아, 그는 빌어먹을 손톱을 물어뜯는 놈이었어. 스터드.
로베르또	나는 당신이 묘사하는 남자를 만나본 적이 없소. 그 이름은 당신 남편이 말해준 거요. 내가 말한 것은 모두 남편이 내가 꾸미도록 도와준 거요. 돌아오면 물어보시오.
빠울리나	물을 필요 없어. 남편이 그렇게 하리라는 걸 난 알고 있었지. 그가 내 얘기를 당신 자백을 위해서 사용하리라는 걸 알고 있었어. 그는 그런 종류의 인간이야. 내 남편은 항상 자기가 다른 누구보다도 똑똑하다고 생각하지, 그는 항상 자신이 누군가를 구해야 한다고 생각하지. 나는 그를 욕하지 않아. 그게 남편을 사랑하는 이유인걸. 우리는 사랑 때문에 서로에게 거짓말을 했어. 그는 나의 행복을 위해 나를 속였어. 나는 남편의 행복을 위해 그를 속였어. 그러나 이 게임의 승자는 나야. 나는 그에게 버드라는 이름을 말했어, 의사 양반, 나는 그에게 틀린 이름을 줬어, 네가 그걸 고치는가 보려고 말이야. 그리고 너는 그걸 고쳤어. 너는 버드라는 이름을 고쳐서 스터드라는 이름으로 바꿨어. 네가 만약 결백하다면──
로베르또	내 말하지만 이름을 고친 건 당신의 남편이었소──

들어봐. 제발 들어봐. 그는 그런 남자가 가질 만한 이름은 스터드라고 생각했음에 틀림없어 — 그가 왜 그랬는지는 몰라 — 물어봐. 그에게 물어봐.

빠울리나 당신은 그것만 고친 게 아니야. 다른…… 거짓말들도 있었어.

로베르또 무슨 거짓말들, 뭐 말이야?

빠울리나 — 작은 거짓말들, 작은 차이들, 내가 헤라르도에게 한 이야기에 집어넣었지. 그리고 넌 그것들 대부분을 수정했어. 내가 계획한 대로 된 거야. 너무 겁먹은 나머지 넌 일을 제대로 해내질 못했지…… 그러나 난 유죄라는 이유로 널 죽이려는 건 아니야, 의사 양반, 네가 전혀 뉘우치지 않기 때문에 죽이는 거야. 나는 진심으로 뉘우치는 사람만을 용서할 수 있어. 자기가 해를 끼친 사람들 사이에 서서, 내가 이 짓을 했소, 내가 그것을 했소, 다시는 그 짓을 하지 않겠소, 하고 말하는 사람만을.

로베르또 더이상 뭘 원하는 거야? 당신은 이 나라에서 모든 희생자들이 얻을 수 있는 것보다 더 많은 것을 얻었어.

그는 무릎을 꿇는다.

로베르또 더이상 뭘 원하는 거야?

빠울리나 진실, 의사 양반. 진실, 그리고 난 당신을 풀어줄 거

야. 뉘우쳐, 그러면 난 당신을 보내줄 거야. 십초 남
았어. 하나, 둘, 셋, 넷, 다섯, 여섯. 시간이 없어. 일
곱. 말해!

로베르또, 일어선다.

로베르또 아니야. 난 안할 거야. 왜냐하면 자백을 해도 당신
은 결코 만족하지 않을 테니까. 당신은 어쨌든 날
죽일 거야. 그러니 계속해, 날 죽여. 어떤 병든 여자
도 나를 이렇게 취급하도록 허락하지 않겠어. 나를
죽이길 원한다면, 죽여. 그러나 넌 무고한 사람을
죽이는 거야.

빠울리나 여덟.

로베르또 그래 누군가 너에게 끔찍한 짓을 저질렀고 그래서
이제 너는 내게 끔찍한 일을 저지르고 있고 내일은
누군가 다른 사람이 또 그러겠지 ── 거듭해서 거듭
거듭. 나는 애들이 있어, 아들 둘에 딸 하나야. 그
애들이 너를 찾을 때까지 앞으로 십오년을 떠돌아
다니게 해야 하나? 그리고 나서 ──

빠울리나 아홉.

로베르또 오, 빠울리나 ── 이제 그만할 때가 되지 않았어?

빠울리나 그런데 왜 희생해야 하는 사람은 항상 나 같은 사람
이어야 하는 거지, 왜 뭔가를 양보해야 할 때가 되
면 양보를 해야 하는 건 우리여야 하지, 왜 자기 혀

를 깨물어야 하는 게 나여야 하지, 왜? 자, 이번은 아냐. 이번만은 난 나 자신을, 내게 필요한 것을 생각할 거야. 한 사건, 단 한 사건에만 정의를 행사하는 것이라도 좋을 텐데. 그런다고 우리가 잃을 게 뭐가 있지? 그들 중 하나를 죽인다고 우리가 뭘 잃지? 우리가 뭘 잃지? 우리가 뭘 잃지?

두 사람은 조명이 천천히 어두워짐에 따라 제자리에서 굳어진다. 모차르트의 「불협화음 사중주」 마지막 악장이 들려오기 시작한다. 빠울리나와 로베르또, 무대 위에서 내려오는 거대한 거울에 의해 가려지는데, 이 거울은 관객들이 자신의 모습을 바라보지 않을 수 없게 한다. 몇분 동안 모차르트의 사중주가 들리는 사이, 관객들은 자신의 모습을 거울에서 보게 된다. 몇개의 천천히 움직이는 스포트라이트가 관객들을 훑으면서 아래 윗줄로 이동하는 가운데 한번에 두세명씩을 비춘다.

2장

연주회장. 몇달 뒤의 저녁. 헤라르도와 빠울리나, 말쑥하게 입고 등장한다. 그들은 관객에게 등을 돌리고 거울을 바라보고 앉는다. 따로 두 개의 의자에 앉아도 좋고 관객석 자체의 의자 두 개여도 좋다. 음악이 깔리는 가운데 연주회장의 객석에서 나는 전형적인 소리가 들린다. 목청을 가다듬는 소리, 간헐적인 기침, 프로그램을 넘기는 소리, 심지어 잠이 든 사람의 숨소리 등. 음악이 끝나자 헤라르도는 박수를 치기 시작하고 눈에 안 보이는 청중들의 박수소리가 커져가는 게 들린다. 빠울리나는 박수를 치지 않는다. 박수는 잦아들고 프로그램의 1부가 끝났을 때 연주회장에서 흔히 나는 소리가 들린다. 목청을 가다듬는 소리가 더 많이 나고, 중얼거리는 소리, 사람들이 로비로 나가는 소리들이 들린다. 두 사람도 나가기 시작하면서 사람들과 인사를 나누고, 잠시 멈춰서서 얘기를 나누기도 한다. 그들은 천천히 좌석에서 멀어지기 시작하면서 청중들로 가득 찬 가상의 로비로 나아간다. 낮은 대화 소리 따위가 들린다. 헤라르도는 관객들에게 마치 연주회장에 온 것처럼 말하기 시작한다. 그의 말은 청중들의 웅얼거림을 뚫고 들린다.

헤라르도 친밀한 태도로, 청중들에게 아, 감사합니다, 정말 감사합니다…… 아, 나는 약간 피곤하지만, 그만한 가치가 있지요…… 그래요, 우리는 위원회의 최종보고서가 나와서 매우 기쁩니다.

빠울리나, 천천히 그에게 멀어져서 한쪽 편의 작은 바가 설치된 곳으로 간다. 헤라르도는 그녀가 돌아올 때까지 계속해서 청중들과 얘기를 나눈다.

헤라르도 사람들은 대단히 너그럽게 행동하고 있습니다. 조
금도 개인적 복수를 하려는 기미가 없어요…… 에,
저는 우리의 노력이 치유과정에 도움이 되리라는
걸 진작에 알고 있었죠. 그러나 그게 우리가 모인
첫날부터 시작된 데 대해 놀랐어요. 나이든 여성 한
분이 증언을 하기 위해 왔죠. 그분은 정말 소심했어
요. 일어서서 말하기 시작했죠. "앉으세요."라고 위
원장이 말하고 의자를 권하려고 일어섰어요. 그분
은 앉아서 울먹이기 시작했어요. 그러고는 우리를
보고 말했죠. "처음입니다, 선생님." 그분이 우리에
게 말했죠——그분 남편은 십사년 전에 실종되었고,
그분은 수많은 시간을 탄원서를 내고 기다리며 보
냈어요——"처음입니다." 그분이 우리에게 말했습니
다. "이 모든 세월 동안, 선생님, 누군가 내게 의자
를 권한 것이 말이에요." 누군가 그분에게 의자를
권한 게, 그때가 처음이었던 것입니다.

그 사이에 빠울리나는 사탕을 몇개 사고——그 값을 치르는
동안, 로베르또가 희미하게 환상적인 달빛 같은 조명을 받
으며 들어온다. 그는 실물일 수도 있고 빠울리나의 환상일
수도 있다. 빠울리나는 아직 그를 보지 못한다. 연주회가 다
시 시작된다는 것을 알리는 종이 울린다. 그녀는 헤라르도
의 옆으로 돌아가는데, 이때는 그가 독백을 막 끝내는 순간
이다. 로베르또는 뒤에 멈춰서서, 빠울리나와 헤라르도를

멀리 떨어져 바라본다.

헤라르도 살인자들로 말하자면, 그들의 실명을 알지 못하거
나 밝힐 수 없긴 하지만— 아, 폴리, 제때 왔군.
자, 나중에 보지, 친구. 자, 난 이제 드디어 자유시
간이 생겼어. 어쩌면 집에서 한잔할 수도 있겠네.
아내는 당신의 머리가 쭈뼛할 정도로 근사한 마가
리타를 만들 줄 알지.

헤라르도와 빠울리나, 자리에 앉는다. 로베르또는 계속 빠
울리나를 바라보면서 다른 좌석으로 간다. 가상의 연주자들
이 입장할 때 박수소리가 들린다. 악기들이 점검되고 조율
된다. 그리고 「죽음과 소녀」가 시작된다. 헤라르도는 빠울리
나를 보는데, 그녀는 앞만 보고 있다. 그가 그녀의 손을 잡고
자기도 앞을 바라보기 시작한다. 몇초 후에, 그녀는 천천히
몸을 돌려 로베르또를 바라본다. 그들의 시선이 한순간 얽
힌다. 그러고 나서 그녀는 고개를 돌려 무대와 거울을 바라
본다. 음악이 계속해서 연주되고 연주되는 동안 조명이 어
두워진다.

막이 내린다.

* "쬐금만", "쬐그만"은 로베르또가 자주 쓰는 표현이고, 빠울리나는 이를 근거로
고문에 참여한 의사를 알아본 듯하다. 몇줄 뒤의 "진짜 진짜 진실"도 마찬가지이
다—옮긴이.

아우구스또 삐노체뜨 장군이 아직 칠레의 독재자였고 내가 여전히 망명중이던 팔구년 전, 나는 마음속에서 극적인 상황 하나를 시험적으로 탐색하기 시작했는데 그것이 훗날 「죽음과 소녀」의 핵심이 될 것이었다. 타고 가던 차가 고속도로에서 고장난 한 남자가, 처음 만나는 친절한 사람 덕분에 그의 차를 얻어타고 집에 돌아간다. 남자의 아내는 그 낯선 이의 목소리에서 여러 해 전에 자신을 강간한 고문자를 확인했다고 믿고 그를 납치해서 재판을 하려고 마음먹는다. 여러번 나는 책상에 달려들어 그 당시에 내가 소설이 될 것이라고 상상한 것을 끄적거렸다. 몇시간이 지나 만족스럽지 못한 몇 페이지를 쓰고 나서 나는 좌절해서 포기하곤 했다. 뭔가 결정적인 것이 빠져 있었다. 예를 들어, 나는 여자의 남편이 어떤 사람일지, 그가 아내의 말을 믿는다면 그의 반응은 어떠할지에 대해서 생각을 정리할 수 없었다. 또 이야기가 전개되는 역사적 상황, 즉 나라 자체의 더 폭넓은 삶과의 상징적이고 은밀한 관련성들, 그 여자 집의 좁고 폐소공포증을 불러일으키는 경계를 넘어서 있는 세계가 내게 분명하게 드러나지 않았다. 막 자궁 밖으로 나오기 위해 도움이 필요한 아기의 탄생을 보장하기 위해서는 겸자의 사용이 필요할 수 있지만, 인물들이 태어나길 원하지 않을 때에는 겸자가 인물들에게 상처를 주고 돌이킬 수 없게 그 삶을 뒤틀수 있다는 점을 그 당시에 나는 다행히도 알고 있었다. 불행히도 나의 세인물은 더 기다려야 할 운명이었다.

그들은 오래 기다려야만 했다. 칠레가 1990년에 민주주의로 복귀하고, 그래서 나 자신이 십칠년의 망명생활 끝에 가족과 함께 다시 정착하러 되돌아가서야 비로소 나는 그 이야기를 어떻게 해야 하는지 이해하게 되었다.

나의 나라는 그 당시에 그리고 이 글을 쓰는 지금에도 여전히 민주주의로의 불안한 이행과정에 있고, 삐노체뜨는 더이상 대통령은 아니지만 여전히 군부를 지휘하고 있었으며, 국민들이 말을 듣지 않거나, 좀더 구체적으로는, 물러가는 정권의 인권 침해를 처벌하려는 시도가 행해진다면, 또다른 군사쿠데타를 하겠다고 위협할 능력이 있었다. 그리고 혼란과 계속되는 대립을 피하기 위해서 새 정부는 사법부, 상원, 지방의회──특히 경제 부문에서 여전히 중요한 권력을 점하고 있는 삐노체뜨 지지자들을 소외시키지 않을 방법을 찾아야 했다. 우리의 민주적으로 선출된 대통령인 빠뜨리씨오 아일윈(Patricio Aylwin)은 인권 분야에서 위원회를 하나 만들어 이 진퇴양난의 상황에 대응했다. 그 위원회는 그것을 이끈 여든살의 변호사 이름을 따서 레티히(Rettig) 위원회라고 했는데, 그것은 사망이나 사망으로 추정되는 결과를 낳은 독재체제의 범죄를 조사하지만 그 중범죄자의 이름을 밝히거나 처벌하는 일을 하지 못하게 되어 있는 위원회였다. 이것은 병든 나라를 치유하기 위한 중요한 첫걸음이었다. 우리가 겪었는데도 언제나 사적이고 파편적인 형태로밖에 알지 못했던 공포정치의 진실이 마침내 공적으로 인정될 것이었으며, 영원히 공식적 역사로 확립되어, 그 결과 우리가 과거의 것으로 돌려버리기를 바라는 분열과 증오가 금가게 한 공동체를 재창조할 것이었다. 다른 한편, 정의는 행해지지 않을 것이었으며, 수십만의 다른 희생자들, 즉 죽지 않고 살아남은 자들의 깊은 상처는 전혀 고려되지 않을 것이었다. 아일윈은 과거의 공포정치가 완전히 묻히기를 원하는 사람들과 그것이 완전히 폭로되기를 원하는 사람들 사이에서 사려깊지만 용기있는 길을 택해 나아가고 있었다.

그 위원회가 어떻게 자신의 어려운 과제를 수행하는가를 지켜보는 가운데, 내 머릿속을 여러 해 동안 빙빙 돌던 작품의 열쇠가 여기 있을지 모른다는 생각이 천천히 고개를 들기 시작했다. 그 가공의 납치와 재판은 독재자의 군홧발 아래 눌려 있던 나라가 아니라 민주주의로 이행하는 과정에 있는 나라, 즉 수많은 칠레인들이 자신이 입은 숨겨진 상처와 씨름하고 있는 반면에 다른 칠레인들은 자신의 범죄가 드러날지를 걱정하던 그런 나라에서 일어날 것이었다. 그 고문받은 여성의 남편이라는 인물이 그 납치의 결과에 많은 것이 좌우되게끔 만들기 위해서는 그를 바로 레티히가 이끈 것과 비슷한 위원회의 위원으로 삼아야 한다는 점 또한 분명해졌다. 그리고 소설이 아니라 희곡을 써야 한다는 결론을 내리는데 오랜 시간이 걸리지 않았다.

그것은 위험부담이 큰 발상이었다. 나는 거리두기가 작가에게 종종 최상의 동맹군이라는 점을 경험으로 알고 있었다. 우리가 바로 현재 역사에서 벌어지면서 갈래를 치고 있는 사건들을 다룰 때는 하나의 위험이 상존하는데, '도큐멘터리적'이거나 지나치게 사실주의적인 접근에 굴복하며, 보편성과 창조적 자유를 상실하고, 인물들이 본연의 모습으로 등장해서 우리를 놀라게 하거나 괴롭히지 못하고 우리 주변에서 실제 벌어지는 사건들에 맞추려고 하게 되는 위험인 것이다. 나는 또한 정치적 신중함을 분명히 요청받고 있는 바로 그 시기에 공포정치와 폭력의 인간에 대한 장기적 영향을 모든 이들에게 상기시킴으로써 "배를 흔들어댄다"고 고국의 어떤 사람들이 나를 극렬하게 비판할 것도 알고 있었다.

그러나 내가 느낀 것은, 한 시민으로서 내가 책임있고 합리적이어야 마땅하다면 예술가로서 나는 내 인물들이 내는 있는 그대로의 목소리에 답해야 하며, 새로운 민주체제에 '말썽'을 일으키는 것을 두려워하면서 스스로를 검열하는 수많은 동료 시민들을 짓누르고 있는 침묵을 깨야만 한다는 것이었다. 취약한 민주주의는 모든 이를 위해 그 아래 깔린 깊은 드라마와 슬픔과 희망 들을 볼 수 있도록 표현해야만 강화될 수 있다는 것, 우리가 스스로에게 저지른 피해를 숨기는 것으로는 재발을 피할 수 없다는 것이 당시의 내 믿음이었고 지금은 더욱 그러하다.

글을 쓰면서 나는 이 등장인물들이, 수많은 칠레인들이 마음속으로 스스로에게 묻고 있지만 공개적으로 제기하려는 사람은 거의 없는 종류의 문제들을 이해하려고 애쓰고 있음을 깨닫게 되었다. 어떻게 고문한 사람과 고문당한 사람이 같은 나라에서 공존할 수 있을 것인가? 공개적인 발언에 대한 두려움이 여전히 어디에나 깔려 있다면 억압에 의해 상처받은 나라를 어떻게 치유할 수 있을 것인가? 그리고 거짓말이 습관이 되어버렸다면 어떻게 당신은 진실에 도달할 수 있을 것인가? 우리가 어떻게 과거의 수인이 되지 않고 과거를 살아 있게 할 것인가? 미래에 과거가 되풀이될 위험을 방지하면서 어떻게 과거를 잊을 것인가? 평화를 보장하기 위해 진실을 희생시키는 것은 정당한가? 그리고 우리의 귓가에서 속삭이거나 울부짖고 있는 과거와 진실을 억누른다면 그 결과는 무엇이 될 것인가? 군부 개입의 위협이 괴롭히는 상황에서 정의와 평등을 추구할 자유가 우리에게 있는가? 그리고 이런 상황에서 폭력을 피할 길이 있는가? 그리고 가장 큰 고통을 받은 사람들에게 우리 모두는 얼마나 죄를 짓고 있는가? 그리고 어쩌면 이 모든 것 중 가장 큰 딜레마는, 민주적 안정을 만들어내는 국민적 합의를 깨지 않고 어떻게 이런 쟁점들과 씨름할 것인가였다.

삼주 후에 「죽음과 소녀」는 완성되었다.

이 희곡이 나라의 겉모습 바로 아래 숨겨진 갈등 중 많은 것을 드러내고 그럼으로써 사람들의 심리적 안정을 분명히 위협한다면, 또한 그것은 우리가 자신의 정체성과 앞으로 올 미래에 우리에게 주어질 모순되는 선택지를 탐구할 수단이 될 수도 있다.

오늘의 상상력이 낳는 숱한 메씨지들, 특히 대중오락매체를 통해 나오는 메씨지들은 대부분의 문제들에 대해 간단하고 손쉬운 편안한 정답이 있다고 거듭거듭 장담한다. 그러한 예술적 전략은 내게는 인간의 경험을 왜곡하고 경멸하는 것으로 보일 뿐 아니라, 칠레의 경우나 엄청난 갈등과 고통의 시대를 벗어나고 있는 나라라면 어떤 나라의 경우이든지 공동체의 성숙과 성장을 얼어붙게 하는 해로운 것임이 밝혀질 것이다. 나는 「죽음과 소녀」가 거의 아리스토텔레스적인 의미의 비극, 즉, 연민과 공포를 통해 공동체가 자신을 정화하는 일, 다른 말로 하자면 관객들로 하여금 대낮의 밝은 빛 아래로 끌고 나오지 않으면 그들 자신을 파멸시킬 난관들과 정면으로 맞부딪치도록 강제하는 일을 돕는 예술작품에 접근했다고 감히 생각한다.

이것은 달리 표현하자면 이 허구의 작품이, 과거에 내가 장단편 소설, 시, 다른 희곡 들에서 써온 것과 마찬가지로 단지 칠레에만 국한된 것이 아니라 20세기를 통틀어 전세계에서 발견될 수 있는, 시대를 넘어 모든 인류에게서 찾아볼 수 있는 문제들에 대응하는 것이다. 그것은 자신의 공포와 흉터를 두려워하는 동시에 이해할 필요를 느끼는 나라에 관한 것만도 아니고, 고문과 폭력이 인간이라는 존재와 그들의 땅이라는 아름다운 육체에 가한 장기적인 영향에 관한 것만도 아니다. 그것은 나를 항상 사로잡아온 다른 주제들에 관한 것이기도 하다. 여성들이 권력을 잡으면 과연 어떤 일이 벌어지는가? 당신이 택한 가면이 당신의 얼굴과 똑같다는 사실이 밝혀진다면 당신은 어떻게 진실을 말할 수 있는가? 기억은 어떻게 우리를 속이고, 구원하며, 우리에게 길을 인도하는가? 우리가 일단 악을 맛보고 난 뒤 자신의 순진성을 어떻게 유지할 수 있는가? 우리를 돌이킬 수 없게 상처입힌 사람들을 어떻게 용서할 것인가? 정치적이지만 정치 팸플릿과는 다른 언어를 어떻게 찾아낼 것인가? 대중적인 동시에 애매한 이야기들, 다수의 청중이 이해하지만 양식상의 실험이 담겨 있고 또 신비하지만 동시에 피부에 와닿는 인간 존재들에 관한 이야기를 어떻게 해낼 것인가?

「죽음과 소녀」는 인류가 놀라운 변화를 경험하고 있는 때, 미래에 대한 커다란 희망이 존재하는 동시에 그 미래가 무엇을 가져올지에 대해 큰 혼란이 존재하는 시기에 영어로 출간된다. 권력의 중심에서는 멀리 떨어져 있지만 고통의 중심, 거기에서 윤리적 선택들이 다가올 일들과 미뤄질 일들의 직접적인 형태를 결정하게 되는 바로 그 급소 가까이에서 살아가는 극히 가난한 인간들에 대한 이야기는 현재의 논의들에서 거의 들리지 않는다. 비참하고 먼 나라들이 시야에서 사라지는 듯한 지금의 시대에, 또다른 빠울리나들, 헤라르도들, 로베르또들을 생각하는 것, 세계를 생각하는 것——이 세 사람 중에서 우리가 누굴 가장 닮았는지를 스스로 따져보는 것, 이 세 인물 각각에게서 그리고 그들 모두에게서 그들과 멀리 떨어진 우리 자신의 삶이 얼마나 표현되어 있는지를 생각해보는 것이 어쩌면 '쬐금은' 도움이 되리라고 믿고 싶다. 그리하여 마침내 먼 칠레의 멀리 떨어진 이 사람들과 함께 지켜보고 속삭이고 아파할 때 우리가 느끼는 것이 바로 우리의 인정을 요구하는 인간성의 저 미지의 전율하는 상태, 즉 우리의 분열된 지구를 이어주는 다리임을 우리가 깨닫게 되리라고 또한 나는 믿고 싶다.

아리엘 도르프만
1991년 9월 11일

THE OTHER SIDE

경계선 너머

여기 국경 보이나? 국경은 결코 잘들지 않아. 항상, 늘 여기 있지. 언제나 여기서 토미스와 콘스탄자를 가르고 있어. 그러니 다시는, 다시는 전쟁이 일어나지 않을 거요. 아이들이 죽는 일도 더이상 없고, 마을이 폭격에 날아가는 일도, 물 때문에 일어나는 분쟁도, 콘스탄자 사람들이 토미스의 선량한 사람들 일자리를 빼앗는 일도, 토미스 사람들이 콘스탄자에 가서 여자들을 훔쳐오는 일도 더이상 없을 거요. 난 집에 가지 않아, 잠들지도 않고, 게으름을 피우지도 않지. 자, 러바나 줄렉, 비자를 원하나? 네요, 아니오요?

러바나 줄렉   55세에서 70세 사이의 활기 넘치는 여인
아톰 로마   55세에서 70세 사이의 정력적인 남자
국경경비대원   키가 크고 강인한 삼십대 중후반의 남자
때   지금, 어제, 내일
곳   평화를 기다리고 있는, 전쟁중인 두 나라

―――――――

관객들이 극장에 들어올 때, 멀리서 끊이지 않고 들려오는 대포 소리가 그들을 맞이한다. 불이 켜지면 무대 전체가 통나무 오두막의 내부임을 알아볼 수 있고, 오두막은 침실 겸 부엌, 작업실로 쓰이는 커다란 방이다.

무대 정 중앙에 커다란 침대가 하나 있다. 발치는 객석을 향해 놓여 있고, 침대 머리맡은 뒷벽 중앙에 있다. 벽 한가운데에는 대여섯살쯤 된, 천진하고 사랑스러운 아이 사진이 걸려 있다. 사진은 이 방에 있는 유일한 장식물이다. 침대는 커다란 다리 네 개로 당당하게 버티고 있으며, 다리가 높아서 침대 밑 공간은 수납 공간으로 쓰인다. 거기에는 조심스럽게 접어놓은 방수천, 옷가지로 가득 찬 채 열려 있는 옷가방, 그리고 커다란 종이상자가 보인다. 침대는 화려한 색의 침대보로 덮여 있고, 그 위에 이 집의 어두운 색조와 대조적인 느낌을 주는 밝은 색의 푹신한 베개 두 개가 놓여 있다.

침대맡에서 약간 떨어진 무대 앞쪽에는 침대보다 약간 낮은 작은 테이블이 있고, 테이블 양옆으로 의자가 하나씩 있다. 테이블 위에는 서류들이 있다. 무대 왼쪽 벽에는 책 몇권, 양초 몇자루와 함께 폴더와 서류들로 채워진 책꽂이가 있다.

뒷벽에는 창문이 하나 나 있다. 바깥을 제대로 내다볼 수는 없지만 황량한 풍경으로 보인다. 창을 통해 빛이 쏟아져 들어온다.

뒷벽이 왼쪽 벽과 만나는 구석에 나무 칸막이가 화장실을 가려주고 있다. 뒷벽이 오른쪽 벽과 만나는 쪽에는 오두막에서 하나뿐인 문이 부엌과 인접해 있다. 작은 석탄 난로와, 그보다 더 작은 씽크대가 있고, 밀가루, 통조림, 나이프와 포크, 양초 등이 놓인 선반이 있다. 선반에는 작은 라디오와 램프도 있다. 난로 위로 작은 창문이 하나 나 있다. 난로 위에서 냄비가 끓고 있다.

귀청을 찢을 듯한 폭발음. 불빛이 번쩍거리자 무대에는 아무도 없는 것처럼 보인다. 조명이 밝아지면 아톰 로마는 테이블 밑에 엎드려 있고 러바나 줄렉이 난로 뒤에 숨어 있는 것이 보인다.

러바나　　이쪽이었어요.

　아톰　　아냐. 콘스탄자였어.

아톰은 테이블 밑에서 나오지 않는다. 러바나는 숨어 있던 곳
에서 모습을 드러낸다.

러바나　　이쪽 토미스였어요. 여기. 우리 집 바로 옆에.

러바나가 아톰 쪽으로 간다. 포격소리가 점점 멀어지며, 덜 위
협적으로 들린다.

러바나　　어쩌면 가엾은 누군가가……?

잠시, 러바나가 아톰의 반응을 기다리며 멈춰서 있다. 아톰이
어쩔 수 없이 일어나지만 밖을 내다보는 대신 테이블에 앉아서

서류에 집중한다. 둘 다 두려움과 싸우면서 평상시의 모습으로
돌아가려고 애쓴다.

러바나   안 내다볼 거예요?

아톰   강 건너편이야, 콘스탄자라고.

러바나는 아톰을 내려다보고 있다.

아톰   그쪽 일이지, 우리 일이 아니야.

러바나는 아톰이 움직이지 않으리라는 것을 깨닫는다. 무대 뒤
편에 있는 창가로 가서 밖을 내다보고 고개를 끄덕인다.

러바나   누군가 그를 처리하겠지.

다시 부엌으로 돌아온다.

러바나   저쪽에서 말이야. 콘스탄자에서. 저쪽에 있는 당신 같
은 사람, 당신이나 나 같은 사람이 그를 처리하겠지?

아톰은 답이 없다. 러바나, 라디오를 켠다. 라디오가 지지직거
린다.

아톰   지난번 배급 때 배터리 주문하라고 했잖아.

| 러바나 | 전기가 다시 들어올 거라고 그 사람들이 약속했는데. |
| 아톰 | 그 사람들 만날 전기 들어올 거라고 말은 잘하지. 내일 배터리 주문해. |

러바나, 라디오를 손으로 친다. 클래식 음악이 나오기 시작한다.

아톰	그만 꺼.
러바나	포탄이 어디에 떨어졌는지 알고 싶지 않아요?
아톰	콘스탄자에 떨어졌다니까.
러바나	휴전협정이 체결됐을지도 모르잖아요?

라디오에서 아나운서 목소리가 나온다.

| 아나운서 | 잠시만 기다려주십시오. 곧 중대 발표를 하겠습니다. |
| 러바나 | 이것 봐요. |

| 아나운서 | 잠시만 기다려주십시오. 시민 여러분, 중대 발표를 하겠습니다. |

아톰, 의자에서 일어나서 라디오 쪽으로 걸어가 라디오를 끈다.

| 아톰 | 중대 발표입니다. 내일이면 이곳에 평화가 찾아올 것입니다. 내일이면 전기도 들어올 것입니다. 내일 방송을 들어주십시오. 그때까지는 전쟁을 계속하세요. |

그는 러바나를 바라보다가, 잠시 그녀를 포옹하고는 화장실로 간다.

아톰 아무것도 손대지 마.

아톰, 화장실로 가서 문을 닫는다. 러바나, 라디오를 켜려다 가 생각을 고쳐먹고, 수프 두 그릇과 수저를 가지고 테이블로 간다.

러바나 수프 다 됐어요.

아톰 _{화장실에서} 냄새 좋군.

러바나, 서류를 옮기려 한다.

아톰 _{화장실에서} 손대지 말라니까.

러바나 다 식겠어요. 당신 찬 수프 싫어하잖아.

아톰 _{화장실에서} 불에 올려놔.

러바나 석탄도 다 떨어져가요. 내가 뭐랬어요…… 화장실 짓 는 대신 일년치 석탄을 받았어야 했어. 아니면 침실을 하나 더 만들든지. 그 애 침실 말이에요.

포격이 멈춘다. 긴 정적. 화장실에서 변기 물 내리는 소리가 난 다. 다시 정적.

258

러바나   여보, 혹시 이번엔……? 사람들이 이번에는 정말일
             지도 모른댔어요. 그런 말이 계속 있었잖아. 혹시 아
             까 그 방송이 발표를 하려고 한 것은 아니었을까?

아톰, 화장실에서 나와 테이블로 돌아간다.

아톰   내가 한 일 중에서 제일 잘한 일이야. 저 화장실 지어
             놓은 것 말이야. 다시 도시로 돌아온 것 같아.

러바나   그 다음은 침실이지?

아톰   러바나의 비위를 맞추며 물론. 그게 다음이지.

러바나   난 느낌이 와. 이번은 정말일 거예요. 이번 협상은 성
             공할 거야.

아톰   당신은 지난 이십년 동안 줄곧 그렇게 말했어. 그 사
             람들도 그랬고.

러바나   언젠가는 끝나게 되어 있어요.

아톰   어째서?

러바나   점점 어려지잖아요. 다 사라지고 말 거야…… 사람
             들…… 아이들이 바닥나고 말 거라구.

러바나, 슬퍼한다. 아톰, 일어나서 그녀를 다독거린다.

아톰   당신 말이 맞아, 그래. 언젠가는 끝날 거야.

러바나   언제?

아톰 곧.

아톰, 러바나에게 키스한다.

러바나 그럼 그 애가 돌아와서 여기서 우릴 찾겠지?
아톰 그럼, 물론이지.
러바나 우리랑 같이 살 거야.
아톰 공간이 있으면. 우리가 그 애 침실을 준비해놓으면.
러바나 그 정도 공간은 언제든 있어.

아톰, 잠시 그녀를 애무한다.

러바나 방은 만들면 되지.
아톰 그래.

아톰, 그녀를 데리고 침대로 간다.

러바나 당신 찬 수프 안 좋아하잖아.
아톰 수프는 아무 때나 끓이면 돼.

두 사람은 천천히 침대가로 간다. 러바나가 침대 위에 앉는다.
아톰은 서서 그녀를 내려다본다.

러바나 신발 벗어요, 이 색골 양반.

아톰, 신발을 벗는다. 러바나, 눕는다.

러바나   문 잠가요.

아톰   괜찮아. 그동안 우릴 찾아온 사람이 몇이나 된다고?

러바나   꽉 잘 잠가요.

아톰, 문을 잠그고 침대로 돌아와 그녀 옆에 눕는다.

러바나   눈 감아요.

아톰이 눈을 감고 천천히 그녀의 옷을 벗긴다.

러바나   어때요?

아톰   하나도 변하지 않았어.

러바나   내가 누구예요?

아톰   러바나. 내 사랑. 우리의 첫날밤. 시간이 흘러가게 내버려두지 않겠다고 난 맹세하지. 당신 살결에 맹세해. 이 손에, 우리 입술에 맹세해. 당신과 함께라면 이쪽이든, 저쪽이든, 어느 쪽이든, 우리가 어딜 가든 항상 지금과 똑같을 거야. 당신은 내게 말하지……

러바나   우린 함께 늙어갈 거야.

아톰   또 난 당신에게 말하지……

러바나   우린 함께 젊어질 거야. 그 손과 이 살갗, 우리의 입술. 옛날 콘스탄자에서. 물이 들어오기 전……

아톰　물이 들어오기 전. 물이 전혀 들어오지 않았던 때. 언제나 지금 같았던 때.

두 사람은 정적에 귀를 기울이며 입맞춘다.

러바나　언제나 지금 같았던 때.

그들은 더욱 정열적으로 입맞춘다.

러바나　그래서. 결국 떠나고 싶지 않아? 지금 떠나고 싶지 않아? 그래, 지금 당장 말이에요. 도시의 밝은 불빛들, 그 모든 즐거움들이 그립지 않아?

아톰　아니. 지금은 아니야.

러바나　뭣 때문에 생각을 바꾼 거예요? 어제는 그랬잖아, 도시가 더 안전하다고, 당신 같은 사람이 이런 삶을 살 수는 없다고 했잖아요.

아톰　그건 어제였지. 나를 잘 알잖아. 난 당신이 싫어할 말을 오늘 하지는 않아. 절대로. 늘 어제, 아니면 그저께 했지. 절대 오늘은 아니라고.

러바나　늘 어제라고? 이 실없는 노인네 같으니.

아톰과 러바나, 서로 껴안는다. 폭발음이 울린다. 이전보다 더 가깝다.

러바나 이쪽이야. 여기 토미스였어.

러바나, 침대에서 벌떡 일어나 무대를 가로질러 오른편에 있는
창문으로 가서 밖을 내다본다. 포성이 계속 들려온다.

러바나 잘 안 보이네. 한 명인지…… 아니면 두 명인지……
저것 좀 봐요…… 아톰.

아톰, 하는 수 없이 침대에서 일어나 러바나 옆으로 간다.

러바나 몇 명이나……?
아톰 하나. 하나인 것 같아. 불쌍한 녀석.

러바나, 침대로 가서 방수천을 꺼내 아톰에게 준다.

러바나 조심해.
아톰 곧바로 쏴대진 않을 거야. 다시는 이 집을 겨냥하지
않겠다고 약속했고.
러바나 오분이야. 오분밖에 없어요.

아톰, 신발을 신는다.

아톰 저 수프나 데워놔.

아톰, 문을 열고 나간다. 러바나, 테이블로 가서 그릇들과 수저를 부엌에 갖다놓고 테이블로 다시 가서 아톰의 서류를 집어 책꽂이에 갖다둔다. 큰 폭발음이 몇차례 더 들리고 집이 흔들린다. 러바나는 바늘, 튜브, 가위, 외과용 메스, 종이 몇장을 가져다가 이것들을 모두 침대 위에, 아톰의 의자 위에 놓는다. 그녀는 옷이 반쯤 벗겨진 것을 깨닫는다. 옷을 고쳐 입는다. 신발을 신는다. 문 쪽으로 가로질러 가서, 밖으로 나간다. 문 밖에서 힘쓰는 소리가 난다. 아톰과 러바나가 방수천에 싸인 시체를 끌고 등장한다. 테이블까지 끌고 와서 그 위에 놓는다. 아톰, 지쳐서 의자에 쓰러진다. 관객들은 천 속에 든 시체를 볼수 없다. 러바나가 그 안을 들여다본다.

러바나   이 애는…… 혹시…… 닮은 것 같지 않아요?
아톰   너무 어려.
러바나   잘생겼네. 안 그래요?

아톰과 러바나, 익숙한 솜씨로 시체의 신원확인작업을 한다. 혈액, 피부, 머리카락 샘플을 만들어 데이터를 등록한다. 이런 일을 많이 해본 솜씨다. 아주 많이.

러바나   어디다 묻을까—?
아톰   지난번 남자들 묻은 데 자리가 남아 있을 거야.
러바나   아냐. 얘는 그 여자 옆에 묻어줘야 해요. 거기가 이 아이 자리야.

아톰 그러자면 일이 많아져.

러바나 이 아이는 그걸 원할 거야. 난 느낄 수 있어요. 그 여자도 친구가 있으면 좋아할 거고.

아톰 얘는 그 두 사내애들 옆에 묻어주자고. 당신이 형제일 거라고 했던 애들 말이야, 기억나? 거기다 묻으면—

러바나 여자 옆에 묻어.

아톰 우유 사러 나왔다가 죽은 여자 말이지?

러바나 아니. 어제 아기랑 같이 죽은 여자. 내가 도울게요—

아톰 땅은 내가 파지. 아직 그 땅은 굳지 않았어. 식은 죽 먹기지. 난 당신이 다른 여자 얘길 하는 줄 알았지.

러바나 나도 도울게요. 저쪽에서도 시체를 찾으면 엄마들이 우리처럼 해주면 좋으련만…… 당신 생각에, 이 사람 콘스탄자 출신인 것 같아요?

아톰 토미스 사람이야.

러바나 내기할래요? 애 엄마가 찾아오면 알게 될 거 아냐, 나랑 같은 콘스탄자 출신이라는 걸 말이야. 눈을 보면 알 수 있다구. 뭘 걸 거야?

아톰 아이고 됐네. 당신은 내기에 져도 절대 돈 안 내잖아, 러바나 줄렉.

러바나 내기할 자신 없지? 애가 콘스탄자 사람이라는 걸 아니까, 아톰 로마 씨. 우리 고향 사람인지도 몰라. 콘스탄자 사람들은 다들 이런 눈을 가졌지. 우리 아버지 눈처럼.

아톰　글쎄, 얘가 당신 고향 사람일 수는 없어. 이렇게 어린데.

러바나　그 근처, 산마을 출신일 수는 있어. 틀림없어, 아톰 로마. 두고 보라고.

쿵쿵거리는 포성이 멎는다. 아톰과 러바나, 기다린다.
침묵.

러바나　이번엔 정말 평화가 오는 게 아닐까?

아톰　이번이라고 뭐가 다르겠어?

러바나　느낌이 온다구요.

아톰　느낌이 온다고? 무슨 느낌?

아톰, 라디오 쪽으로 가서 라디오를 켜고 손으로 한번 때린다. 헨델의 메시아 중 「할렐루야 합창」이 흘러나온다. 그는 라디오를 켜둔 채, 시체 쪽으로 되돌아온다.

아톰　_{빈정대듯} 그래. 분명히 곧 발표가 있겠지. 할렐루야, 할렐루야. 가위 좀 건네주시겠습니까?

러바나, 아톰에게 가위를 건네준다.

러바나　이 애가 마지막일 수도 있어. 얘를 뭐라고 부르지?

아톰　오천구십육번.

러바나   뭐라고 부를까? 모르겠네. 뭐 좋은 이름 없을까⋯⋯
          애 부모도 좋아할 만한 이름 말이에요. 애를 데려다 고
          향 땅에 영원히 묻어주려고 찾아올 텐데. 돌봐줘서 고
          맙다는 인사를 하겠지. 재미있는 이름으로 부릅시다.

아톰   애 부모가 찾아올지 어떻게 알아? 그저 어디선가 기
          다리고만 있을지도 모르잖아, 그게 어딘지는 아무도
          모르겠지만.

러바나   그래서 우리가 여기 있는 거잖아요. 그래서 돈도 받는
          거고.

아톰   돈은 묻어주라고 주는 거야. 여기 나 좀 도와줘⋯⋯

러바나, 아톰이 시체를 테이블에서 내려놓도록 돕는다.

러바나   어떤 이름이 좋을까?

아톰   그게 무슨 상관이야? 이름이 중요하다고 생각해? 애
          한테? 누구한테 중요해?

라디오에서 음악이 멈춘다. 지지직거리는 소리가 난다.

러바나   잠깐!

러바나, 라디오 쪽으로 간다.

아톰   사람들은 애들한테 이름을 지어주고, 먹이고, 풀밭을

뒹굴며 같이 놀아주기도 하잖아. 풀밭. 그땐 풀밭이 있었어, 이 먼지구덩이 대신 말이야…… 그러다가, 어느날. 펑. 사라졌지.

러바나, 라디오를 때린다. 아나운서의 목소리가 들린다.

아나운서   다시 한번 뉴스속보를 전해드립니다. 다시 한번 전해드립니다. 평화가 왔습니다. 휴전협정이 체결되었습니다. 종전입니다. 토미스와 콘스탄자 사이의 전쟁은 끝났습니다. 이제 화해와 재건의 시대가 찾아왔습니다.

라디오에서 할렐루야가 다시 흐른다. 아톰, 러바나를 붙잡고 춤추면서 그녀를 빙글빙글 돌린다.

아톰   러바나, 평화야. 당신이 옳았어, 러바나. 끝났어, 끝이야, 끝. 전쟁이 끝난 거야. 이제 우리 떠날 수 있어.

러바나, 춤을 멈춘다.

러바나   떠날 수 있다고? 떠날 수 있다고 했어요?

아톰, 라디오를 끈다.

아톰   그래. 떠날 수 있어. 드디어 떠날 수 있어. 이십년이야, 러바나. 나와 함께 가겠다고 약속했잖아. 도시로.
새 인생을 시작하러. 약속했잖아.

러바나 아니, 당신이 약속했잖아요. 걔를 기다리겠다고 당신
이 약속했잖아. 그게 우리가 약속한 거잖아. 기다리는
거야. 그 애 방을 다시 짓고.

아톰 도시로 가면 정말 방다운 방을 만들어줄 수 있어. 걔
한테 전갈을 남기고 떠날 수도 있잖아, 우리가 있는
곳을 찾을 수 있게 말이지. 만약에 그 아이가 어디선
가 우릴 기다리고 있으면 어떡할 거야? 우리가 찾아
오길 기다리고 있다면 말이야.

러바나 여기서 기다려야 해요. 우리가 약속했던 건 그거라고.

멀리, 오두막 바깥에서, 모터 돌아가는 것 같은 희미한 소리가
들린다. 점점 전동 톱이 돌아가는 것 같은 소리로 변한다.

아톰 이봐, 당신은 이런 시골에서 태어나서 평생을 살았지
만 나는 도시에 가야 숨을 쉴 수 있을 것 같아, 난 도
시에서 자랐다고.

러바나 쉿.

아톰 나도 말 좀 하자고.

러바나 들어봐요!

아톰 아니. 난 여기가 지긋지긋해. 평화가 왔잖아, 젠장!

어떤 사람이 오두막을 톱으로 자르는 듯한 소리가 나더니, 우

레 같은 소리와 함께 구멍이 난다. 뒷벽의 큰 부분이 안쪽으로 무너진다. 아이 사진이 걸려 있던 벽 한가운데 부분이다. 문보다 더 큰 구멍으로 국경경비대원, 들어온다. 그는 몸집이 크고 군복을 입고 있다. 그는 변장이라도 한 것처럼 고글을 쓰고 이마를 가리는 군인 모자를 깊게 눌러 쓰고 있다. 한 손에는 망치를 들고, 다른 손에는 막대기 두 개와 노란색 줄 또는 끈을 끌고 있다. 무너진 벽 너머로 바깥의 황량한 풍경이 조금씩 보인다. 아톰과 러바나, 겁에 질려 있다. 국경경비대원이 줄을 끌면서 방 안으로 들어오자 아톰과 러바나는 침대 밑으로 숨는다. 군인이 침대 끝에 멈춰 서서 막대기 하나를 땅에 꽂고 망치로 박기 시작한다. 막대기 하나에 줄을 감아 잡아당기면, 줄은 뒷벽 구멍을 통해 멀리 바깥까지 일직선으로 뻗어나간다. 그는 신발을 신은 채 침대 위에 올라가서 침대의 길이를 잰 다음, 주머니에서 줄을 더 꺼내더니 침대를 가로질러 가서 아톰과 러바나가 숨어 있는 쪽 바닥에 두번째 막대기를 박는다. 그러고 나서 그 막대기에 줄을 감는다. 줄은 이제 방을 정확히 둘로 나누는 경계선이 된다. 군인, 만족한 듯 고개를 끄덕인다. 군인은 무엇에 홀린 사람처럼 정신없이 일을 해나간다.

군인   아톰 로마!

아톰이 숨어 있던 침대 밑에서 나오려고 하자 러바나가 그를 제지하고 자신이 먼저 나온다.

군인   아톰 로마!!!

러바나, 그녀가 있던 곳에서 나와서 벌어진 광경을 바라본다.
아톰은 천천히 보기만 하고 나오지는 않는다.

러바나   당신 뭐야? 감히 이런 식으로 여길 들어오다니, 대
체——

군인   당신은 아톰 로마가 아니잖아!

러바나   내 침대에서 그 더러운 발 당장 치워. 이 집은 군인 출
입금지구역이라구. 아톰.

아톰, 일어난다.

러바나   저 사람한테 말 좀 해봐. 뭐든 좀 해보라니까. 우린 양
쪽 모두를 위해 일하잖아, 우린——

군인   아톰? 아톰? 저 사람이 아톰 로마인가? 당신이 아톰
로마요? 아톰 로마, 토미스 출생, 토미스 시민권자?

아톰   그렇소.

군인   아톰 로마—— 저쪽으로! 토미스로!

아톰   대체 뭐——

군인   당신은 지금 불법적으로 콘스탄자에 있소. 당장 본국
으로 송환되게 되어 있소. 지금…… 당장!

아톰   여긴 토미스요. 콘스탄자는 저기, 강 건너편이고.

군인   당신 말은 내가 측량도 제대로 못한다는 거요? 국경

설치위원회가 거리도 제대로 못 쟀다는 거야? 콘스탄 자는 이쪽. 토미스는 이쪽. 이쪽으로 오시오. 아톰 로 마, 이쪽. 토미스로.

군인, 기다린다. 그는 아톰이 아이라도 되는 양, 그의 팔을 붙 잡고 침대 왼쪽으로 끌고 가서 내팽개친다. 러바나, 아톰에게 로 가서, 그를 돌본다.

군인   휴전관리당국에서 부여한 권한으로, 시민 아톰 로마, 당신에게 경고한다. 어떤 종류의 저항도 폭동으로 간 주되어 군사법정에 서게 될 것이다. 알겠나?

러바나   군사법정? 그건 또 무슨 말도 안되는 소리야?

군인   당신! 당신 이름은 뭐요?

러바나   아니, 아니, 잠깐. 당신 이름은 뭔데? 내가 군사령부 에다 당신에 대한 고발장을 접수할 거야.

군인   당신이 러바나 줄렉이오?

국경경비대원, 자기 서류를 들여다본다.

군인   러바나 줄렉. 그래, 틀림없군. 이런 골칫거리는 내가 해결해야지. 사람들이 경고하더군. 다른 집을 고르는 게 좋을 거라고. 하지만 난 고집을 부렸어. 내가 할 수 있다고, 여길 깨끗하게 정리해놓겠다고 맹세했지. 아 톰 로마와 러바나 줄렉은 내가 해결하겠다고, 제아무리 위험인물이라 해도 말이야. 그 장본인이 여기 계시는군. 골칫덩어리이시지. 옆에서 군화 따위에나 시비 걸고 있구만. 우리는 평화를 위해 일하고 있는데 말이야. 평화와 안정을 위해. 문명화를 위해. 규칙과 규정을 위해. 사람들이 말한 대로 여기 계시는군. 불법체류인데, 계속 권리를 주장하시면서 말이야. 러바나 줄렉? 당신이 콘스탄자에서 온 난민, 토미스에 불법으로 살고 있는 러바나 줄렉인가?

러바나 난 거주허가증이 있어요. 토미스 시민과 결혼했고요. 삼십년 넘게 여기서 살았다고요.

군인 러바나 줄렉? 저쪽. 콘스탄자로.

아톰 오해가 있는 것 같군요. 이봐요, 우린──

군인 러바나 줄렉, 내가 강제추방 절차를 시작하기를 원치 않겠지, 내 말을 듣는 게 좋을 거야.

러바나, 대답하기를 거부한다.
군인, 침대 위로 뛰어올라 침대맡에 있는 막대기를 온 힘으로 친다.

군인 러바나 줄렉! 저쪽으로!

러바나, 가까스로 자신의 품위를 지키면서 일어나 군인이 기다리고 있는 '국경' 쪽으로 걸어간다. 그녀는 군인을 노려본다. 군인은 그녀를 지나가게 한 뒤, 아톰에게 마치 그에게만 들리도록 한다는 듯이 말한다.

군인   생각해봐. 국경 어디에서나 수천명의 사람들이 눈물로 화해하고, 어머니 대지에 입을 맞추고 있지만, 여기 러바나 줄렉은 아니로군, 전혀.

러바나, 천천히 침대로 걸어가서 자기 쪽에 앉는다.

군인   그런데 여기 저 여자를 마중 나온 가족이 한 명도 없구만, 일가친척도 하나 없고. 저 여자가 늘 문제아였기 때문이 아닐까? 그런 거야? 이봐, 러바나 줄렉? 그래서 당신 고향으로 돌아가기 겁나는 건 아닌가?

러바나, 아무 말 없이 침대 반대편에 앉아 있는 아톰의 손을 잡는다.

군인   뭐 하는 거야? 벌써 밀입국을 하시려고?

군인, 그녀의 손을 강제로 침대 반대편으로 가져가더니 그 손을 내리치기라도 할 듯, 망치를 들어올린다.

아톰   안돼! 그만!

군인, 그를 보고 망치를 내려놓는다.

아톰 평화라면서요? 폭력은 이제 충분하지 않소?

군인, 러바나를 놓아준다.

군인 이 남자를 만나고 싶소? 토미스를 방문하고 싶소? 그
럼 비자가 있어야 해.

아톰 말도 안돼. 비자? 자기 남편을 만나려는 건데?

러바나 웃기는군요. 비자가 있어야 내 남편한테 음식을 해줄
수 있다고요? 내 집에서?

군인 음식을 해주겠다고? 그럼 취업비자가 필요하겠군. 서
류는 전부 여기 있소. 받으려면── 어디 보자── 십오
일 걸리겠군.

러바나 십오일이라고요?

군인 빠르면 십사일. 하지만 국경에서 허가를 받는 경우라
면 다르지. 내겐 통행허가증을 발행할 수 있는 권한이
있소. 휴전협정 제28조 97항. 그러니까, 소지품을 가
지러 간다거나 스포츠 행사에 참석하러 당신이 토미
스에 돌아가야 한다면, 뭐, 발행이 가능하지. 내가 당
신들한테 해줄 수 있는 일들이 많을 거요. 알게 되겠
지. 우린 잘 지낼 수 있을 겁니다. 얌전히 군다면 말이
지. 두 사람 다.

아톰 그 휴전협정인지, 휴전관리당국인지는 대체 뭐요? 당
신 아까부터 휴전, 휴전하는데──

군인　러바나 줄렉, 임시 통행허가증 신청하겠소? 할 거요, 말 거요? 비자심사국은 하루종일 열려 있지 않소. 우리도 문 닫는다고, 다른 관공서들처럼. 점심시간은 한 시간, 오후 다섯시에 업무 종료. 추가근무수당을 지급할 예산이 없거든. 자 그럼……

군인, 기다린다. 아무도 반응이 없다.

군인　좋아. 그럼 문을 닫지.
아톰　좋은 생각이오. 문 닫고, 집으로 가시오.
군인　집?
아톰　그리고 내일 다시 오면 되잖소.
군인　아하! 당신은 비자심사국이 문 닫으면 국경도 문 닫는다고 생각하나? 입국심사를 안한다고? 세관도 문을 닫을 거라고 생각하는 거요?
아톰　그런 얘기는 안했소.
군인　여기 국경 보이나? 국경은 결코 잠들지 않아. 항상, 늘 여기 있지. 언제나 여기서 토미스와 콘스탄자를 가르고 있어. 그러니 다시는, 다시는 전쟁이 일어나지 않을 거요. 아이들이 죽는 일도 더이상 없고, 마을이 폭격에 날아가는 일도, 물 때문에 일어나는 분쟁도, 콘스탄자 사람들이 토미스의 선량한 사람들 일자리를 빼앗는 일도, 토미스 사람들이 콘스탄자에 가서 여자들을 훔쳐오는 일도 더이상 없을 거요. 난 집에 가지 않아. 잠들지도 않고, 게으름을 피우지도 않지. 자. 러바나 줄렉, 비자를 원하나? 네요, 아니오요?

러바나 아뇨. 난 받아들일 수 없어요.

아톰 오줌 마려워요.

군인 뭐요?

아톰 오줌이 마렵다고요.

군인 휴전관리당국이 경계선 양쪽의 시민들이 자기 자신에게, 그리고 서로서로에게 뭘 하는지, 뭘 안하는지, 그런 것까지 신경 쓸 여유가 있다고 생각하시오? 가서 오줌 눠요.

아톰 화장실은 저쪽인데.

군인 어디요?

아톰 저쪽이라고요.

군인 콘스탄자에?

아톰 네, 그래요, 콘스탄자. 당신이 무슨 말을 하든, 무얼 원하든 다 좋으니까, 오줌이나 누게 해주쇼. 재료를 받아다가 내 손으로 직접 지은 화장실이오— 저거 짓는데 얼마 들었지?— 시체 서른 구였나?

러바나 서른다섯 구는 됐을걸.

아톰 서른다섯 구. 들었죠? 이봐요, 내가 이 국경 위에다 오줌을 누길 원해요? 원한다면 그렇게 해드리지.

군인 국경에 방뇨는 안돼. 어떤 충돌이 일어날지 누가 알겠어. 그건 국기를 태우는 것과 같은 일이야. 그러다 전

쟁이 나는 거지. 누가 그러는데, 이 전쟁도 그렇게 시
작됐다는 거야. 천년 전인가, 어떤 놈이 수도에 있는
동상에 오줌을 깔겼는데── 콘스탄자였던가? 토미스
였던가? 하여간 사람들은 그 일을 잊지 못하고, 아직
도 이를 간다는 거요.

아톰   그럼, 좀 지나갑시다.

군인   서류 좀 봅시다.

아톰   저쪽에 있는데.

군인   어디?

아톰   저쪽. 그러니까…… 콘스탄자에.

군인   그거 안됐군. 당신이 누군지 누가 알겠소. 893-H 서
류를 작성해야 서류를 가지러 갈 수 있소.

러바나   그만, 그만, 그만해둬요.

러바나, 서류로 가득한 책꽂이로 가서 상자 안을 뒤지더니 종
이 두 장을 찾아서 하나는 자기가 갖고 다른 하나는 아톰에게
건넨다.

군인   당신, 토미스로 가서 뭘 밀수하려는 거요?

아톰   군인에게 종이를 건네주며 내 신분증명서요.

군인   러바나에게 조심하는 게 좋을 거요, 부인.

러바나   저이는 그저 자기 화장실에 가겠다는 거잖아요.

군인   당신이 아톰 로마?

아톰   물론 그렇죠. 당신 정말──

군인 직업은?

아톰 아, 싸겠소.

군인 직업?

아톰 시체 처리요. 아내와 함께. 신분을 확인하고 시체를 묻지요. 전쟁이 끝난 후에 가족들이 와서 확인할 수 있게 말입니다. 공공 써비스죠. 다들 우리가 하는 일을 고마워한답니다.

군인 알았어, 알았다고. 임시 통행증. 오분이오. 자— 토마토나 상추 따위를 수확하는 것은 금지요. 설거지를 해서도 안되고. 불법 건축물을 짓는 것도 금지요. 알겠소? 이건 노동허가증이 아니란 말씀. 오줌 누는 것만 허가하는 거요.

군인, 노란색 줄을 들어올리고 아톰, 그 밑을 지나 화장실로 걸어가더니 나무 칸막이 뒤로 사라진다.

군인 자. 난 잠시 자리를 비워야 한다. 딱 이분 동안. 물론, 난 돌아온다. 그래야만 하지. 아톰 로마가 자국으로 돌아온 걸 확인해야 하니까. 거기 꼼짝 말고 있어요, 러바나 줄렉. 그게 당신 본명이라면 말이지.

군인, 벽에 뚫린 구멍으로 퇴장한다. 러바나, 그 구멍으로 나가 망을 본다. 망을 보면서 아톰에게 낮은 목소리로 말한다.

러바나　아톰! 아톰, 이제 어쩌지?

아톰은 화장실 문을 열고 슬쩍 내다보지만 발걸음을 내딛지는 않는다.

아톰　도망가야지, 최대한 빨리. 토미스 군사령관, 조사관한테 이 사실을 알려야 해…… 조사관은 내일 여기 올 거야.

러바나　그렇게 오래는 못 기다려요. 저 남자, 저 군인 제정신이 아닌 것 같아.

아톰　하자는 대로 해야 해. 고분고분 말 잘 듣는 척하면서 안심하게 만든 다음에 — 돌아오고 있어, 돌아오고 있다고.

러바나　기가 막혀서. 저, 저건 또 뭐야?

러바나, 다시 제자리로 돌아오고 아톰은 다시 화장실로 들어가서 문을 닫는다. 군인, 바닷가나 수영장에서 구조대원들이 앉는 바퀴 달린 망루 하나를 밀고 벽에 난 구멍 사이로 들어온다. 망루 밑에는 책, 호루라기, 망원경, 옷가지 들이 들어 있다. 군인은 벽의 무너진 부분 위에 망루를 놓는다. 망루 밑바닥에는 아이 사진이 떨어져 있다.

군인　좋아. 이제 제대로 일 좀 하겠군!

사이.

군인 내가 없는 동안 아무 일 없었겠지?

러바나 무슨 일이 있었겠어요? 남편은 저기 있고 난 여기 있는데.

군인 그녀에게 가까이 간다. 목소리를 낮추고 저 사람을 멀리하는 게 당신한테 이로울 거요. 저 사람도 가능한 한 빨리 콘스탄자를 떠나는 게 좋을 거고. 저 사람, 아톰 로마라는 사람에 대해 아시오? 저 사람은 콘스탄자에서 수배중이라구. 지명수배자. 콘스탄자 사람들은 저 사람 때문에 칼을 갈고 있소. 알아듣겠소?

러바나 칼을 갈다니요?

군인 저 사람이 위험에 처해 있다는 뜻이오. 예전에 거기서 끔찍한 짓을 저질렀거든. 그쪽 사람들은 저 사람을 잡으려고 삼십년을 기다렸단 말이오. 심지어 전쟁 전부터. 오분 다됐소!!!!

아톰 화장실에서 거의 다 됐어요!

러바나 끔찍한 짓이라뇨?

군인 이쪽에만 있으면 문제될 건 없소. 구체적인 지시가 있었지, 아톰 로마가 콘스탄자에서 머물지 못하도록 하라는. 그들이 그를 찾고 있어. 소문에 의하면 러바나 줄렉이라는 사람도 찾고 있다는데.

러바나 당신이 우리를 보호하는 게 아닌가요? 안 그러면 대체 국경경비대원이 무슨 소용 있어요?

변기 물 내리는 소리가 난다.

군인   그건 내 책임이 아니지. 난 오래된 지역분쟁이나 집안 싸움, 해묵은 원한관계 등에 관여할 수가 없소. 난 보고만 할 뿐이야.

아톰, 화장실에서 나온다. 오다 멈춰서서 망루를 쳐다본다.

아톰   저게 뭐야?

군인, 그 위로 올라간다.

군인   나도 이제 사무실이 있어! 봐! 이 위에선 더 잘 보이는군. 밀입국하려 해도 다 보인다구.

군인, 망원경으로 본다.

군인   다 보여. 누가 저쪽, 콘스탄자에서 오는지. 그 사람들이 아톰 로마한테 무슨 짓을 할지 누가 알겠어, 아님 러바나 줄렉한테. 뭘 꾸물대고 있는 거요? 돌아가!

아톰   여기 끝내야 할 일이 있소.

군인   뭘 해야 하는데?

아톰   저거.

아톰, 방수천에 싸인 채 테이블 위에 뻗어 있는 시체를 손가락
으로 가리킨다. 아톰, 테이블 쪽으로 걸어가려 한다.

군인 잠시 대기!

군인, 망루에서 내려와 시체 쪽으로 가서 시신을 자세히 보기
위해 고글을 벗고 모자도 벗는다. 러바나, 무엇인가에 놀란 얼
굴로 군인을 유심히 뜯어본다.

군인 이 남자 죽었잖아.
아톰 아직 어린애예요. 그런데 죽었죠.
군인 러바나에게 그러게 내가 아톰 로마는 위험인물이라고 말
       하지 않았소?

러바나는 대답 없이 놀란 얼굴로 계속 군인만 바라보고 있다.

군인 아톰에게 이 애 당신이 죽였나?
아톰 아닙니다. 우린 그 애를 구했죠. 저기, 토미스에서요.
       이제 묻어줘야 해요. 시신을 나중에 다시 파낼 수 있
       게. 나중에, 가족이 찾아오면.
군인 이 남자 토미스에서 죽었다고 했지? 하지만 현재 콘
       스탄자에 있군, 적어도 일부는. 그런데 지금 증빙서류
       도 없이, 세관신고서, 입국비자, 출국비자, 사망신고

서 한장 없이 시체를 가지고 국경을 넘어서, 당신이 이 남자의 국적이라고 주장하는 토미스에다 이 증거를 묻겠다고?

아톰 아내는 이 애가 콘스탄자 사람이라지만, 내가 보기엔 토미스 사람인데. 국적이 둘 다일 수도 있겠죠. 어쩌면 엄마는 이쪽 사람이고 아빠는 저쪽 사람이었을 수도 있겠죠. 그래서 이도저도 못하고 중간에 끼었겠죠.

군인 흠, 누구든 중간에 있다가는 엿먹게 돼 있어. 애들한테 물어봐. 부모가 있는 애라면 누구라도 말이야. 중간에 있다는 건 그런 거야. 좋지 않아. 마음에 안 들어. 어디서 온 줄도 모르고, 어머니는 이쪽, 아버지는 저쪽이다, 증명서도 없는 시체라니, 서류가 없어, 서류, 서류 말이야! 국경에 걸쳐 있을 순 없소. 지시는 내가 하지. 먼저, 아톰 로마── 토미스로 돌아가시오!

아톰 여기 조금만 더 있다 가면 안될까요? 제 아내 좀 보세요. 얼마나 겁에 질려 있는지──

군인 겁에 질린 것 같진 않은데. 뭐랄까, 행복해 보이는데.

둘 다 러바나를 본다. 러바나는 말이 없다.

아톰 말도 못하잖아요. 그 정도로 겁에 질려 있다는 거예요.

군인 이보세요, 아줌마, 걱정하지 마세요. 이 시체는 내가 처리하지. 당신은, 토미스로 돌아가.

아톰, 자기 쪽으로 돌아간다.

군인 그래! 자. 당신이 그랬지, 애가 토미스 쪽에서 죽었다
고, 그러니까 그쪽에다 묻어줘야 해. 걱정하지 마. 묻
어놓은 장소는 표시를 잘 해둘 테니까. 이름은?

러바나 없어요.

군인 이름도 지어주지 않았어?

러바나 이번에는 못했어요.

군인, 시체 있는 곳으로 가서 방수천으로 더욱 힘을 주어 묶은
다음, 뒷벽 구멍 쪽으로 시체를 끌고 가기 시작한다.

아톰 방수천은 다시 가지고 와요. 우리 것이니까. 일하려면
그게 꼭 필요하거든요.

군인 일은 끝났소, 아톰 로마. 그게 당신 본명이라면. 전쟁
은 끝났어.

아톰 그래도 그 방수천은 내 거요. 그러니 가져와요. 우리
계약이 아직 만료된 건 아니니까.

군인 좋아요, 좋아. 당신들 대신 일을 해주는데, 고마워해
야 되는 것 아니오? 그렇게 잔소리나……

군인, 문에서 발걸음을 멈춘다.

군인 종교는? 몰라요? 기독교도, 무슬림, 불교도, 유대교

도, 아니면 무신론자인가? 시체들을 묻을 때 뭐라고
하시오?

러바나 이렇게 말하죠. 미안합니다. 우리를 용서하세요. 당신
을 사랑하는 사람들이 찾아올 때까지 기다려주세요.
이제 여기가 당신 집이에요, 당신 집이랍니다.

군인 이제 여기가 당신 집이라. 알았소. 난 돌아올 거요.
곧. 국경에서 친목행위를 한다든가, 국경을 가로질러
음모를 꾸민다든가 하는 일은 없겠지, 당신들을 믿어
도 되겠지?

아톰 물론이죠. 우린 국경에서 음모를 꾸미는 행위에 대해
서 절대 반대입니다. 평생 동안 반대를 해왔죠.

군인 좋아. 그럼 믿겠어. 우린 그렇게 새로운 세상, 우리 두
나라를 만들어갈 겁니다. 지금부터. 믿음으로. 이제
여기가 당신 집이라. 좋아. 맘에 들어. 내가 돌아오
면…… 시작하는 겁니다!

군인, 시체를 끌고 퇴장한다.

아톰 지금이야. 어서!

러바나 그 애야.

아톰 무슨 소리야—— 저 문 밖으로 나가자구. 서둘러!

러바나 걔야. 우리 아들.

아톰 저 죽은 애? 내가 말했잖아, 너무 어리다고, 불쌍한 것.

러바나 저 군인 말이야!

아톰   군인?

러바나   그래요! 못 봤어? 고글을 벗었을 때 우리 아들의 모습, 우리 요셉이었어요. 우리 아들이야, 틀림없어. 우리 아들이 분명해. 잘 보라고요.

아톰   요셉이 아니야. 요셉은 키가 작았어. 그리고 걔는——

러바나   집을 나갈 때는 작았지, 당신이 쫓아냈을 때 말이에요.

아톰   난 아무도 쫓아낸 적 없어. 걔가 나간 건 당신 때문이야. 조상, 뿌리를 잊어선 안된다고 계속 말한 사람이 누군데? 너의 뿌리를 찾아야 한다고. 근본은 중요한 거라고. 네가 어디서 왔는지 알아야 한다고. 걔가 나무라도 되는 것처럼 말한 사람이 누구야. 나무에겐 뿌리가 있지만, 식물에겐 뿌리가 있지만, 사람에겐 없어. 우리에겐—— 발이 있다고.

러바나   우리한텐 눈이 있어, 이 늙은 바보 양반아. 창밖을 봐요, 쟤를 보라고. 저기 시체를 묻고 있는 게 당신 아들이야. 보라고.

아톰, 무대 오른쪽 창문으로 밖을 내다본다.

러바나   쟤가 시체를 여자들 옆에 묻고 있어요? 어제 아기 안고 있던 그 여자 옆에?

아톰   아무도 없는 곳에—— 묻고 있어. 내가 보기에는…… 남자들 옆에다. 포탄구덩이 속에 던져넣고, 흙으로 덮는 중이야.

러바나　오, 요셉! 분명 우리 요셉이야! 우리 말은 듣지도 않고, 하는 일마다 대충대충 엉망이고.

아톰　또 시작이군, 그 잔소리. 다 당신 때문이야, 당신이 늘 개를— 아니, 잠깐, 잠깐…… 당신 정말 믿는 거야……?

러바나　그럼. 난 느낌이 와. 알 수 있어. 우리 아들이야.

아톰　쟤도 알고 있을까? 알면서 돌아왔을까?— 뭘 하려고?

러바나　알고 있을 수도 있고 모를 수도 있고. 포탄에 맞아 기억을 잃었을 수도 있지. 콘스탄자 내 고향에 찾아갔는데 아무도 없고 온통 물, 물, 물뿐이니까…… 그러다 삼촌들한테 잡혔다가 도망나와서— 어쩌면 알고 있을 수도 있어요. 이참에 집으로 돌아오려고 하는지도 모르고, 우리가 아직도 자기를 기다리는지 알아보려는 건지도 몰라.

아톰　그냥 맛이 좀 간 놈일 수도 있어. 경비대원이 아닐지도 몰라. 내 말 들어. 우린 당장 여길 떠야 해.

러바나　난 안 가요.

아톰　또 시작이야, 또. 그건 전쟁이 터졌을 때도 했던 말이잖아.

러바나　어쨌든 이제 전쟁은 끝났어요.

아톰　좋아, 좋아. 정말 평화가 오고, 어떤 정신 나간 정치인 놈들이 새로운 국경선을 만들다가 우리 집 한가운데로 선을 그었다고 치자고, 그럼 당신은 그쪽에 있으면 위험해. 콘스탄자에 있으면 안돼. 우린 도망가야 해— 도시로, 아무도 우리를 모르는 곳으로. 당신 가족은 나하고 야반도주한 당신을 용서하지 않았잖아.

러바나　그 스위치를 누른 당신을 용서하지 않은 거죠.

　아톰　난 스위치 같은 것 누른 적 없어, 누구도 해친 적 없어, 난— 하지만 지금 이런 얘기 하고 있을 때가 아니지— 당신 오빠들이 당신을 찾아낼 수 있다구, 그 덩치 큰 오빠, 정말 어마어마하게 큰, 그 사람 이름이 뭐였더라? 그 오빠가 와서 당신을 아무 때나 죽일 수 있게 됐다구.

러바나　내 팔자려니 해야지. 난 이제 내 아들을 두곤 절대 여기를 떠나지 않을 거야, 난—

　아톰　잠깐, 잠깐만, 그 오빠, 당신 오빠 이름이 뭐였지? 불같이 화를 내던 그 사람—

러바나　당신이 오빠네 집을 빼앗으려고 했잖아요.

　아톰　아주 난폭하고, 또…… 당신 그렇게 생각 안해? 저 군인 그 사람하고 좀 닮았어, 혹시—

러바나　하! 이제 당신도 쟤가 내 가족하고 닮았다고 인정을 하시는군.

　아톰　쪼금. 얼핏 스치는 모습이— 만약 저 별난 군인이 당신 조카 중 한 명이면? 만약 이 정신 나간 휴전당국의 묵인 아래서 자기 가족의 복수를 하러 왔다면? 전쟁이 이십년 전에 일어났으니까 당신을 잡으러 올 수가 없었던 거야, 그러니까, 내가 국경경비대원으로 훈련을 받자, 전쟁은 언젠가는 끝이 날 테니까 그때 그 여

자를 맡겠다고 하자, 러바나 줄렉을—— 그렇게 생각
한 거지.

러바나 말도 안돼.

아톰 그 여자를 찾아가자, 가서, 그 여자와 토미스에서 온
그 여자 남편이 우리 집에 한 짓을, 우리한테 한 짓을
그대로 갚아줄 거야, 꼴 좋겠지. 집을 없애버리는 거
야. 그놈들도 같이. 이게 뭐가 말이 안돼.

러바나 어쨌거나, 쟤는 내 조카가 아니야. 내 아들이라구. 내
가 속임수를 써서라도 인정하게 만들 거야, 그 애를
쥐어짜는 한이 있더라도. 두고봐요.

아톰 그런 생각 하지도 마.

러바나 두고봐. 날 따라만 해요.

군인, 문으로 다시 들어온다.

군인 자, 그 애는 이제 집에서 편히 쉬고 있소. 저 밖에 시
체가 몇구나 있소?

아톰 오천구십육 구요.

군인 저 애까지 포함해서?

아톰 오천구십오 더하기 이 애.

군인, 아톰에게 방수천을 건넨다.

군인 여기 있소. 이젠 필요 없을 거요.

군인이 종이에 도표를 그린다. 아톰과 러바나가 군인을 조심스 럽게 바라본다.

군인 여기가 무덤의 정확한 위치요. 내가 가지고 있겠소. 왜 날 그렇게 보는 거요? 내가 무슨 실수라도 했나?

러바나 아뇨. 그런 것 없어요.

군인 규칙은 정확하게 명시되어 있소. "위 장소는 휴전 이후에 십이개월에서 십년을 넘지 않는 기간에 한해, 국경경비대의 관할과 감독 아래, 일반 시민들의 출입 허가를 보장한다." 법적 용어에 익숙지 않은 사람들을 위해 간단히 말하자면 임시 공동묘지라는 뜻이지. 그러니 그 애 부모가 언제든지 보고 싶을 때 찾아올 수 있지.

러바나 그렇지만 그 애 엄마가 콘스탄자 사람이라면요, 그럼 어떻게 찾아올 수 있어요? 그리고 아버지는 토미스 사람이면—

군인 뭐, 그건 그 사람들이 결정해야지, 그 사람 어머니나 아버지가. 안 그런가? 누가 그 사람들더러 일을 복잡하게 만들고, 국제결혼을 하고, 질서정연한 인구이동을 교란시키라고 했나, 이쪽에서 저쪽으로, 저쪽에서 이쪽으로, 앞으로 뒤로, 들락날락. 애새끼를 만드는 일은 좋았겠지. 안 좋았겠어? 앞으로 뒤로, 들락날락. 이제 그 뼈저린 결과에 직면하게 된 거지. 우리가 방문권을 안 주겠다는 것은 아니오. 와서 애를 봐도 돼.
예를 들어, 러바나 줄렉, 당신이 원한다면 일요일마다
방문을 할 수도 있지. 우리한테도 감정은 있어. 우리
도 이런저런 일을 겪어봤으니까.

러바나 수프 좀 드시겠어요?

군인 뭐라구?

러바나 수프 말이에요. 막 식사를 하려던 참이었거든요, 당신
이 나타났을, 아니, 전쟁이 끝났을 때…… 이제 평화
가 왔고, 새 국경도 생겼고, 모든 것이 완벽해요. 축하
를 해야죠. 수프로. 내가 만든 거예요. 콘스탄자, 제
고향에서 전해내려오는 전통적인 조리법으로. 콘스탄
자 가본 적 있어요?

군인 어느 마을을 말하는 건지 모르겠군.

러바나 수프, 먹을 거예요, 말 거예요?

군인 내 전투식량 있어요.

러바나 배고플 텐데, 가엾어라. 따뜻한 게 뱃속에 들어가면
세상이 달라보일 텐데.

군인 협정에는 내가 그래도 된다는 조항은 없을걸—

러바나 당신이 평화를 축하하는 모임에 참석할 수 없다고 어
디에 써 있나요? 당신이 감사의 식사 한 끼도 거절했
다는 말이 휴전관리당국 사람들 귀에 들어가면 뭐라고
할까요?

군인 알았소, 알아. 대신 각자 자기 쪽 국경에서 식사를
하도록. 난 여기 중간에서— 아톰 로마는 토미스에

서, 러바나 줄렉은 콘스탄자에서. 난 여기 있겠소. 마
지막 식사를 위해서.

러바나 마지막 식사라뇨?

군인 이 집에서는 마지막이라는 말이오. 국경 주변을 정리
하면——

러바나 국경을 정리한다니 그게 무슨 말이에요?

군인 당신들은 여기서 이렇게, 야영장 같은 곳에서 언제까
지나 살 수 있을 거라고 생각했나, 양쪽에서, 난잡하
게? 그리고 나는 당신네들이 낮에는 요리하고, 밤에는
자빠져 자고, 시체를 묻는 것을 지켜볼 것이라고 생각
하나? 그러니까, 국경 양 옆에 무인지대를 만들어야
해, 비무장지대를. 여기다 장벽을 세울 거요. 전기가
흐르는 벽 말이오.

아톰 여긴 전기가 끊긴 지 몇년이나 되는데요.

군인 다시 들어올 거요. 믿어도 됩니다. 지뢰를 매설할 돈
도 들어올 거고. 양쪽에 모두 묻을 거요. 그리고……
써치라이트에 경비견.

러바나 경비견이라구요?

군인 경비견 없는 국경 봤소? 지상에서 공중에서 감시망을
넓히는 거지. 저 위엔 카메라를 설치해서 가능한 모든
불법행위를 적발하게 될 것이오. 이 침대. 국경 중앙
에 떡 버티고 있는 이 침대! 두 나라 사이에 말이야.
이것도 옮겨야 해. 시체처럼. 국경 사이에 있는 침대
가 그 카메라에 잡히면 어떻게 되겠소? 상관들이 뭐

라고 하겠냐구.

아톰　침대는 안 보일 거요. 지붕이 있잖소.

군인　지금은 그렇지. 하지만 곧 하늘이 뻥 뚫릴 거요. 지붕
이 없어질 테니까.

아톰　언제요……?

군인　물자가 준비되는 대로. 불도저들이 벌써 작업중이니까.

러바나　난 가서 수프를 준비해야 해요. 따끈하게 덥혀야지.
내 수프 같은 건 오랫동안 맛보지 못했을걸요? 그건
그렇고 그동안 어디서 지냈어요? 전쟁 동안 말이에요.

군인　음식을 만들 거요, 아니면 수다를 떨 거요? 서류는?

러바나, 서류를 군인에게 건네준다.

러바나　여기 있어요.

군인　당신 같지 않은데.

러바나　삼십년도 더 된 사진이거든요. 우리 애가 태어나고 몇
해 뒤에 찍은 거니까.

군인　애는 어디서 태어났나?

러바나　여기. 이 침대에서요.

군인　애를 낳으러 토미스까지 온 거요? 왜 여기까지 와서—

러바나　사랑에 빠졌죠. 외지 사람하고. 똑똑하고 잘생긴 외지
인하고 말이에요. 난 생각했어요. 이 남자는 좋은 아
빠가 될 거야.

군인　아들은 지금 어디에 있나?

러바나   실종됐어요. 오래전에.

군인   안됐군. 전쟁은 모든 사람들에게 상처를 남겼지.

러바나   그래서요……?

군인   허가한다. 수프 준비하는 데 오분.

러바나, 무대 오른쪽에 있는 부엌으로 간다. 군인, 망루에서 내려와 망루 밑에 있는 철조망을 꺼내기 시작한다.

군인   내가 마음이 약해졌다고는 생각하지 마시오. 특권이나 예외 같은 건 없어. 밥 한 끼만 같이 먹어도 사람들은 무슨 특권이라도 생긴 줄 알고, 입국관리사무소며, 난민관리국, 식량구호단체, 송환위원회에 잘 봐달라는 부탁을 하기 시작하지.

군인, 침대밑에 박아둔 막대기에 철조망을 감기 시작한다.

러바나   저 부탁이 있는데, 신발은 벗고 하면 안될까요? 그 침대보는 우리 부모님이 물려주신 건데, 제가 갖고 있는 유일한 유품이랍니다. 할머니하고 증조할머니께서 어머니 혼인 첫날밤을 위해 손수 만드신 거예요.

군인   제법…… 근사하군.

러바나   우리 집안 대대로 내려온 거죠. 내 아들한테 물려주고 싶었는데. 우리 아들이 돌아오면 말이에요.

군인   돌아올 것 같소?

러바나   틀림없이 돌아올 거예요.

군인, 침대에서 내려와 군화를 벗어서 망루 옆에다 놓는다. 그
러는 동안 그들은 계속 대화를 나눈다. 침대에 있는 철조망으
로 돌아가지 않는다.

군인   당신이 친절하게 부탁했기 때문에 들어준 거요.
아톰   태어난 곳이…… 토미스요?
군인   당신이 알 바 아냐. 그건 기밀이오.
아톰   저기, 그러니까…… 뭐라 불러야 할지. 성함을 말씀
        안하셔서.
군인   신경 쓰지 마시오.
아톰   그래도 같이 식사를 할 건데. 뭐라고 불러드리면 좋을
        지.
군인   뭐든 원하는 대로 부르시오.
러바나   요셉. 당신만 괜찮다면 요셉이라고 부르지요.

긴 침묵이 흐른다.

아톰   그 이름이 맘에 안 드시나봐.

다시 긴 침묵이 흐른다.

군인   아뇨. 요셉. 나쁘진 않군. 내 이름은 아니지만. 내 이

름은…… 부모님이 지어주신 이름은…… 다른 거지
만. 요셉이라고 해둡시다.

러바나, 그릇 세 개, 숟가락 세 개를 테이블로 가져온다.

러바나 돌아가셨나요?
군인   누구 말이오?
러바나 당신 부모님.
군인   죽었죠. 전쟁 통에.
아톰   안됐군요. 부모 없는 아이들이 있어서는 안되는데.

러바나, 수프가 담긴 냄비를 테이블로 가지고 온다.

러바나 살아계실지도 모르지요.
군인   무슨 뜻이오?
러바나 자기 자식이 죽은 줄만 알았는데, 살아 돌아오는 경우
       가 얼마나 많은데요. 똑같은 일이 당신 부모님한테도
       일어날 수 있죠. 죽은 줄로만 알고 있는데, 저 문으로
       뚜벅뚜벅 걸어들어올 수도 있다 이 말이에요.

러바나, 구멍난 벽을 손가락으로 가리킨다.

아톰   저건 문이 아냐. 벽에 뚫린 구멍이지.
러바나 어떤 문이 됐든. 죽은 어머니가 살아 돌아오신다면 그

게 대수예요? 시신을 확인하고 묻어드리기 전까지는 절대 희망을 잃어선 안돼요.

군인 난 내 손으로 어머니를 묻어드렸소. 당신 같은 사람들한테 가서 확인할 필요도 없지. 이 눈으로 봤으니까. 아버지가 죽는 것도. 그걸로 끝이야. 그때 난 국경을 지키는 데 내 인생을 바치기로 했어. 이쪽, 저쪽 손바닥만한 땅을 가지고, 아니면 이 강, 저 강을 조금이라도 더 차지하겠다고, 자기네 신, 우리 신, 이것저것 손톱만한 것들 때문에 서로 죽고 죽이지 않게 하기 위해서 말이야. 모든 것을 제자리에. 그게 내가 원하는 거요.

군인, 잠시 생각에 잠긴다.

군인 무슨 뜻인지 알겠소, 러바나 줄렉? 시간이 다 됐소. 콘스탄자로 돌아가시오.

러바나 수프를 마저 덜고요.

군인 시간 초과! 콘스탄자로 돌아가라고 했다! 수프는 내가 던다. 이 사람이 덜어도 되고, 누구든 수프 따윈 덜 수 있어. 돌아가, 돌아가, 돌아가!

러바나, 군인에게 자기 서류를 건네준다. 군인이 서류를 살펴본다. 군인을 뚫어지게 보다가 '국경'이 있는 무대 왼쪽으로 가려는 러바나를 군인이 멈추게 한다.

군인   잠깐, 잠깐! 신고할 물품은 있나?

러바나, 아무 말이 없다.

군인   토미스에서 구입한 물건이 있나? 주류는? 담배는? 농
        산물은? 체류중에 농장을 방문한 적은? 총기나 위조
        지폐를 소지하고 있지는 않나? 여기다 서명하시오.

러바나 신고할 것이 아무것도 없으니 서명도 하지 않겠어요.
        난 당신을 위해서, 우리가 먹을 수 있게 수프를 준비
        한 것밖에는 없어요.

군인   신고할 것이 없다? 서명하지 않겠다? 좋아, 좋다고.

밀수품을 지니지 않았다는 것을 확인이라도 하듯 군인, 러바나
의 몸을 더듬는다. 거의 성적인 느낌을 준다. 그녀의 가슴까지
손이 갔을 때 그녀가 단호히 군인이 손을 떼도록 만든다. 둘
다 난처해한다. 군인이 러바나에게 서류를 건네주고 지나가게
한다.

군인   특권은 없다.

군인, 돌아서서 군화를 다시 신는다. 러바나는 잠시 안정을 되
찾고, 의자를 들어 테이블 중간에 놓더니 그녀 자리로 돌아와
앉은 다음, 아톰에게 앉으라는 몸짓을 한다. 그들은 군인이 자
리로 돌아오기를 기다린다. 마음 내키지 않아하던 군인이 마침

내 테이블에 와서 앉는다. 아톰이 수프를 떠서 그릇에 담는다. 그릇 하나를 군인에게 건넨다. 군인, 수저를 들고 막 먹으려다가 멈춘다. 그릇을 러바나에게 건네자 러바나는 아무 말 없이 고개만 끄덕인다. 아톰, 다른 그릇에 수프를 담아 군인에게 건넨다. 군인, 그릇을 다시 아톰에게 준다. 아톰, 그릇을 감사히 받아 자기 앞에 내려놓고 마지막 그릇을 채워 군인에게 건네자 군인이 이번에는 그릇을 받는다. 다들 기다린다.

군인   우리 집에선 식사기도를 올리곤 했는데. 여기서도 합니까?

아톰   그랬죠. 하지만…… 요 몇십년 동안은 별로 감사드릴 일이 없어서.

군인   감사드릴 일이야 언제나 있지. 러바나 줄렉, 당신은 하고 싶은 말 없소?

러바나   있긴 한데 못하겠어요. 내가 정말 하고 싶은 말은 할 수가 없어요.

아톰   우리 손님께서 해주시겠지.

군인   모든 양식은 기적과 같습니다.

아톰   모든 양식은 기적과 같습니다.

러바나   모든 양식은 기적과 같습니다.

세 사람은 다음 구절을 기다린다. 그러나 아무 말도 나오지 않는다. 먹기 시작한다. 천천히 먹는다. 군인, 중간에서 소금과 빵을 '국경'을 넘나들며 두 사람에게 건넨다. 평화롭고 조용한 분위기가 길게 연출된다. 군인, 정신없이 먹는다.

러바나 그 사람들, 그 사람들이 먹을 것도 제대로 안 줬나요,
        그 긴 세월 동안?

군인   그 사람들이라니, 누구 말이오?

러바나 당신을 훈련시킨 사람들이요, 음식을 제대로——

군인   짬밥이라고 하지.

아톰   짬밥?

군인   그런 곳은…… 고아원 같은 곳이죠. 따뜻한 밥도 없
        고, 웃음도 없고. 그렇다고 해서 내가 불평을 하는 것
        은 아니오, 절대. 날 받아줬으니까…… 우리 부모가
        날……

러바나 사진은 갖고 있어요?

군인   사진?

러바나 부모님 사진. 아버지 사진요.

아톰   아니면 어머니 사진.

군인   없어요.

러바나 당신 사진은요? 당신이 어렸을 때 사진.

군인   난 어렸던 적이 없어요.

러바나 어떻게 어렸을 때가 없을 수 있어요?

군인   기억 안 나요.

러바나 그래도 막 태어났을 때는 누구나——

군인   기억에 없는 건 존재하지 않는 거요.

러바나 어린 시절이라든가——

군인	전혁.
러바나	그러니까 전쟁중에 다쳐서 그만—
아톰	젠장. 애 좀 그냥 내버려둬.
군인	뭐라고? 당신 지금 나보고 애라고 했나?
아톰	아니, 그게 아니라—
군인	난 애가 아냐. 애였던 적도 없고.
아톰	그렇게 부르지 않았—
러바나	그랬잖아. 그랬어요. 우리 둘 다 들었어요. 이이는 항상 이런 식이죠. 사람들을 아래로 보면서 자기만 잘난 줄 안다니까요.
군인	당신네들, 성가시게 굴지 마시오. 뭐야 이게? 심문하는 거야?

군인, 일어나서 서성거리기 시작한다.

군인	질문은 내가 한다. 당신들은 대답이나 해. 질문을 원하면, 내가 질문을 하지.
아톰	우린 질문을 원하지 않아요.
러바나	무슨 질문인데요?
군인	재산문제. 식사가 끝나고 철거가 시작되면 이 테이블을 누가 가질 것인가? 향후 거주문제. 어디로 갈 것인가? 거기까지 어떻게 갈 것인가, 러바나 줄렉, 당신 고향까지 어떻게 갈 거지? 걸어서, 수레를 끌고, 차를 얻어 타고, 어떻게 갈 거야?

러바나   난 고향으로 돌아갈 수 없어요, 절대. 거긴 아무것도 없어요. 물 밑에 있으니까. 알잖아요.

군인   내가 어떻게 알겠나?

러바나   계속 그런 식으로 나온다면 할 수 없군요. 아톰, 말해 줘요.

아톰   우리가 이렇게 만났거든요. 난 저 사람 고향에 갔었 죠. 사람들을 설득해서 이주시키려고요. 우린 댐을 짓 고 있었거든. 하지만, 장인 양반이 ——

군인   발전, 좋은 거죠. 저수지. 전기. 공장. 하지만 사람들 은 고집이 세요. 이주를 하면 인생이 도시 빈민가에서 끝장날 거라고 생각하거든. 천국을 준다고 해도 듣질 않아. 사람들 고집이 장난 아니거든. 이해합니다, 이 해해요.

아톰   나도 경비대원님의 고충을 이해합니다, 제가 그렇게 불러도 되겠죠? 고향을 떠나도록 사람들을 설득하는 건 정말 어려운 일이지요. 그때 내가 깨달은 게 뭔지 아십니까? 강제로 이주시키는 것보다는 그냥 내버려 두는 것이 낫다는 거예요. 기다려보는 거죠.

군인   그럼 다 죽을 텐데. 그냥 거기 있다가 강물이 밀려내 려오면 다 죽을 것 아니오.

러바나   죽었지요. 우리 아버지도 죽었고. 꼼짝도 안하셨거든. 한 발짝도 떼질 않으셨어.

군인   안됐군요. 하지만 그분 자신이 알고 한 일일 테죠. 경 고도 충분히 했을 것이고, 당신 아버지한테. 당신네들에게 한 것처럼 말이에요. 내가 충분히 경고하지 않았다고 할 수는 없겠죠?

러바나 난 아무 데도 안 가요.

군인 내 말 못 들었나본데. 이봐요, 아줌마. 당신 수프 하나는 잘 만들지만 귀가 좀 어두운 것 같아.

러바나 내가 말귀가 어두울 수도 있겠지. 하지만 애야, 넌 모르나 본데, 요셉—

아톰 저기, 대원님, 우리 마누라가 조금—

군인 내가 모른다고? 내가? 뭘? 난 알고 있소. 식사는 끝났고, 요셉도 끝났고, 수다 떠는 것도 끝이오. 철거 준비하시오. 당장.

러바나 요셉, 요셉, 요셉. 난 내가 하고 싶은 말을, 내 집에서, 내가 하고 싶을 때, 내가 말하고 싶은 상대하고 하겠어. 우린 이 집을 다시 지었다. 폭격에 무너진 집을 하나하나 다시 쌓아올려, 이 부엌과 벽을 만들었다. 난 우리 아이를 갖게 된 이 침대를 떠나지 않을 거고, 할머니가 물려주신 이 침대보를 버리지 않을 거야—

군인 침대보는 가져가도 좋다니까. 원한다면 침대도.

아톰 이 침대는 우리 증조할머니, 증조할아버지 것이었소. 여기 토미스에 있어야 해.

군인 그럼 지금 옮깁시다. 침대보는 벗겨서 콘스탄자에 두고, 침대는 이쪽으로 조금만, 아주 조금만 밀면—

러바나 그 침대에 손도 대지 말아요, 아톰 로마.

군인 그렇게 나오시겠다. 그럼 여기부터 시작하지.

군인, 테이블 위에 있는 냄비에 남은 음식과 숟가락들을 다함
께 넣는다.

군인   이건 부엌을 갖는 사람 거고. 러바나 줄렉이 부엌을
　　　갖기로 했으니까 계속 맛있는 수프를 만들 수 있겠
　　　군——

아톰   내가 화장실을 갖고. 좋아요, 좋아. 이제 문제 없네요.
　　　그런데 쉽지 않은 게 있습니다. 이 파일들은 어쩌죠?
　　　오천구십육 구의 시체들요. 그 시체들은 어떻게 되는
　　　거죠? 친척들이 왔는데…… 아무것도 없고, 지뢰밭
　　　에다 장벽에다, 무너진 집밖에 없다면 말입니다.

군인   우린 지금 시간 낭비를 하고 있는 거요. 당신은 국경과
　　　관세협정에 능통한 나 같은 인재를 언제까지 시체타령
　　　이나 하면서 여기에 묶어둘 수 있다고 생각하나?

군인, 그릇들을 포개어 아톰에게 건네준다.

군인   대화는 여기까지. 설거지나 해요.

군인, 테이블을 들어올린다.

군인   이건 어디로 갈 건가? 누가 가질 거요?
아톰   우리 건데.

군인   아니. 당신 아니면 당신 아내 둘 중 한 사람 거지. 누구 거요?

아톰도 러바나도 말이 없다.

군인   그래. 철거.

군인, 테이블을 들어 구멍 쪽으로 가서 밖으로 던져버린다.

군인   필요 없으면 다른 사람이 쓰면 돼. 다음?

군인, 미친 사람처럼 두리번거리다 아톰이 들고 있던 그릇들을 빼앗아든다.

군인   그릇은 누가 가질 거요? 그릇이 세 개니까. 당신 하나, 당신 하나. 그럼 나머지 하나는? 하! 결정을 해야 한다니까.

군인, 기다린다. 러바나와 아톰은 협조적이지 않다. 군인은 그릇도 구멍으로 던져버린다. 그러고는 부엌문 쪽으로 가서 경첩을 떼어낸다.

군인   이건 토미스에 남는다!

군인이 문을 떼어내 구멍 바깥, 토미스 쪽으로 던진다. 방을 가
로질러 반대편으로 가더니 화장실 문의 경첩도 떼어내기 시작
한다.

아톰   이봐, 그건 내 문이야!
군인   저 문을 쓰면 되잖아!

군인, 화장실 문을 구멍으로 던진다.

군인   각자 문 한짝씩은 가질 수 있다고. 다음, 다음은 뭐야?

군인, 망치를 가지고 무대 중앙으로 와서 바닥 널빤지를 떼어
내려 한다. 그러나 실패한다.

군인   이건 불도저가 하면 돼. 또 뭐가 남았지, 뭐가 남았어?
러바나   시체요.
군인   시체?
러바나   시체 말이에요. 남편이 물어봤잖아요. 서류들하고 시
         체들.
아톰   맞아요. 시체들은 어떻게 되는 거죠? 저 시체 하나하
        나를 돌보라고 돈도 받아왔고, 저것들은 우리 책임이
        라고요. 우린 저 시체들을 어떻게 할 것인지 알기 전
        까지는 여길 못 떠나요——
군인   나한테 해답이 없을 줄 알아? 우리가 빼먹은 게 있을

것 같아? 협정서에 다 있어. 모든 답은 이 휴전협정문에 다 있다구. 다 적혀 있어.

군인, 망루로 가서 두꺼운 책을 하나 꺼내 망루로 올라가 책을 펴서 정신없이 보기 시작한다.

군인 여기 다 있어, 이 책에. 온갖 상황, 온갖 위기, 온갖 비상사태. 시체와 침대보와—— 모든 것이 다. 내가 이렇게 열심히 답을 찾고 있는데, 당신들도 답을 준비해야 할 것 아냐? 이사할 준비가 돼 있어야 할 거야.

러바나 난 테이블이 아니야.

군인 말 조심해! 난 바빠. 난 지역민들이 제기하려는 모든 합법적 질문에 답을 해야 해.

아톰 그래서요?

군인 그러니까, 방해하지 마. 그냥…… 하던 일이나 계속해.

군인, 책을 읽기 시작한다. 군인이 책에 집중하는 사이, 아톰이 러바나에게 손짓한다. 러바나는 알아듣지 못한다. 아톰이 침대를 가리키면서 무릎을 굽히고 기어가서 말하는 시늉을 한다. 러바나, 고개를 끄덕인다. 그녀가 천천히 테이블에서 침대 쪽으로 가서 무언가를 찾는 듯 두리번거린다. 아톰, 침대를 배회한다. 군인은 책을 읽느라 아무 말도 하지 않고, 아무것도 보지 못하는 듯하다. 아톰이 자기 쪽 침대 바닥에 눕는다. 러바나도 따라한다. 그들은 방해받지 않고 대화를 할 수 있다. 그들은 침대 밑에서 낮은 목소리로 얘기하면서 점점 서로에게 다가간다.

아톰   러바나, 우리 빨리 여기를 떠야 해. 이 사람 위험한 사람이야.

러바나   쟤는 그냥 시험해보는 거예요. 우릴 놀리는 거라고요.

아톰   놀리는 거라고? 저 사람은 이 집을 철거할 거야. 불도저가 도착하면 다 쓸어버릴 거야—

러바나   요셉이 그럴 리 없어. 요셉은 늘 착한 애였어요. 마음속 깊은 곳에서는 아직도 착한 아이라구.

아톰   요셉이 아니야. 들었잖아. 부모가 죽었다잖아.

러바나   그럼 걔가 뭐라고 하겠어요? 그렇게 말 안하면 우리가 의심할 텐데. 걔는 우리가 속아넘어갔다고 생각하는 거라구요.

아톰   저 사람은 우릴 속이고 있는 게 아니야. 아주 엿먹이고 있는 거라구.

러바나   우리가 연합전선을 펴야 해요. 예전처럼 걔 앞에서 싸우거나 하는 실수를 하면 안돼. 엄마, 엄마, 아빠 좀 보래요. 아빠, 엄마 좀 보래요. 당신과 내가 어긋나는 짓 말이야. 나가서 놀아도 돼요? 아빠가 나가서 놀아도 된다고 했는데. 그 앤 참 영리한 애였어요. 걔가 돌아와서 난 기뻐요. 당신도 그렇죠? 우리 가족이 다시 모이게 된 거잖아.

아톰   다시 모이게 됐다고? 저 녀석이 집을 부수고, 폭격을 하고, 흔적도 없이 뭉개버린다잖아. 우리까지 같이.

그러니 여기를 떠나야—

러바나 당신은 늘 여길 떠나고 싶어했지.

군인 하! 제40조. 믿을 만한 조항 제40조! 이게 최고로군.

아톰과 러바나, 서로를 향해 다가간다.

아톰 보고 싶어. 벌써부터 당신이 보고 싶어.

서로의 손가락을 만지다가 손을 꽉 잡는다.

러바나 눈 감아요.

아톰, 눈을 감는다.

러바나 어때요? 달라진 게 있나요?

아톰 아니. 여전히 똑같은 손. 같은 입술…… 고집도 똑같고.

러바나 난 당신을 따라왔어요. 아버지 곁에 남지 않고. 떠났죠. 난 고집스럽지 않았어요. 하지만 지금은 달라요. 이젠 떠나지 않을 거야.

아톰 당신 없이는 나도 못 가.

두 사람, 입맞춘다.

러바나 　이제 어떡하죠?

아톰 　뭘 하든 좋은데, 요셉이라고 부르지는 마. 저놈 성질
이 더럽던데. 가만 보니까 요셉하고 비슷해.

러바나 　당신은 그 애를 사랑하지 않았어.

아톰 　난 그 애를 너무 사랑한 거야, 지나치게. 우리 둘 다
그랬던 거야.

러바나 　누굴 지나치게 사랑할 수는 없어요.

아톰 　남자나 여자에게라면 그렇겠지. 하지만 자식에게는
그럴 수 있어.

군인 　제40조의 각주. 그럼 그렇지. "사망한 군인이나 민간
인의 시신 또한 생존자들과 동일하게 취급한다. 각자
의 출생지로 송환한다." 잠깐! 각주에 달린 각주. "모
든 시신이 아버지의 땅, 어머니의 땅으로 송환되는 것
은 국경경비대원의 책임이다." 국경경비대원? 국경경
비대원의 책임? 그럼, 내가 해야? 어, 둘 다 어디 갔
어—?

러바나, 침대 밑에서 기어나온다.

러바나 　우리 여기 있어요. 놀랐죠.

군인 　침대 밑에서 뭘 하고 있었던 거요?

아톰, 침대 밑에서 기어나와서 군인에게 가방을 보여준다.

아톰 뭘 챙겨 가고 뭘 두고 가야 할지 고민중이었소. 그걸 하라고 한 것 아니었소?

군인 협조하기로 결정했다니 기쁘군.

아톰 그럼요.

군인 당신은?

러바나 나도요.

군인 좋소! 당신들이 떠나고 집을 철거하기 전에, 조촐한 잔치라도 합시다. 기자들도 부르고, 사진도 찍고, 당신들을 모델로 삼는 거요. 국경정리에 협조한 빛나는 본보기로. 사랑으로 결혼하고 사랑으로 이별하다. 우리 눈앞에서 평화를 이루다. 아니면…… 침대 밑에 뭐가 또 있소?

군인, 망루에서 내려와 침대로 가서 몸을 구부리고 밑에서 상자를 꺼낸다.

군인 이게 뭐요? 숨겨둔 무기인가?

러바나 열어봐요.

군인, 몹시 주저하며 상자를 연다. 상자 안에서 장난감 열차, 어린이책 몇권, 빨간 공 들을 꺼낸다. 하나하나 신기한 듯 바라본다. 공을 가지고 놀면서 그가 말한다.

군인 얼마나 오래된…… 건가요?

러바나 여러 해가 지났죠. 우리 아들…… 열다섯살 되던 때부터요. 걔가 떠난 후부터죠.

군인 아들을 정말 사랑했나보군.

러바나 아직도 그렇지요.

군인, 공을 가지고 잠시 논다. 러바나를 바라보다가 아무런 예고도 없이 '국경'을 넘어, 배구를 하듯이 공을 그녀에게 던진다. 그녀가 웃으면서 공을 잡는다. 러바나, 아톰과 군인을 번갈아 바라본다. 아톰한테 공을 던지려다 말고 군인에게 공을 던진다. 군인, 공을 잡고는 아톰과 러바나를 바라보면서 망설인다. 둘은 기다린다. 군인, 아톰에게 공을 던진다. 아톰, 공을 잡는다. 군인, 기다린다. 아톰, 러바나에게 공을 던진다. 러바나, 공을 받자마자 군인에게 다시 던진다. 다들 기다린다.

군인 자. 이걸 누가 가질 거요? 아버지? 어머니?

러바나 당신이 가져요.

군인 당신 아들이 좋아하지 않을 텐데.

러바나 좋아할 거예요.

군인 아톰에게 당신은 어떻게 생각하시오?

아톰 마누라 생각과 같소.

군인, 공을 위아래로 여러번 던져본다.

군인 받을 수 없소. 난민으로부터는 어떤 것도 받을 수 없소. 규정에 있으니까— 뇌물 수령 금지.

아톰 선물이에요.

군인 예의바르게 내 윗사람들은 그렇게 생각하지 않을 거요. 미안하지만, 선물에 대한 규칙이 엄격해서.

아톰 만약 내 아들이 지금 내 눈앞에 기적같이 살아 돌아왔다면 내가 아들한테 무슨 말을 하고 싶은지 아십니까? 네가 생각하기에 바보 같고 틀린 규칙에는 복종하지 마라 얘야,라고 할 거예요. 네가 규칙보다 아는 것이 더 많기 때문이란다,라고 할 거요. 공은 당신이 가져요.

군인, 망설인다.

군인 내가 어렸을 때 무슨 놀이를 좋아했는지 아세요? 공을 있는 힘껏, 아주 높이 차는 거였어요. 공은 언제나 다시 돌아오죠. 그땐 높은 곳 어디에서 누군가가 공을 나한테로 돌려보내줬다고 생각했죠. 나를 돌봐주는, 날 보호해주는 사람이, 언제나, 언제까지나, 날 보호하는 사람이 말이에요. 하지만 내가 뭘 깨달았는지 알아요? 전쟁이 나에게 가르쳐준 게 뭔지?

군인, 공을 상자 안에 넣는다.

군인 아무도 없다는 거예요. 어머니도, 아버지도, 아무도.

규칙만 있을 뿐이에요. 규칙만. 규칙 때문에 내가 살아 있죠. 사람들이 날 없애버리려 하고, 날 어떻게 못해 안달——

러바나 누가요?

군인 당신 쪽 사람들, 그리고 당신 쪽 사람들, 둘 다 날 죽여버리고 싶어하지. 난 기다렸지. 기다렸어. 나는, 나는 태어났을 때부터, 살아남기 위해서 기다렸지. 따뜻한 온기 따윈 옆에 없었지. 차가운 짬밥만 먹어가면서, 조용히, 조용히, 모든 규칙에 복종하면서, 숨죽이며 살았어. 그렇게 해서 여기까지 온 나를 당신들이, 당신 둘이 내 성질을 돋우고 있어. 자꾸만—— 만져봐. 만져보라고.

군인, 러바나에게 가서 그녀의 손을 자신의 심장에 갖다놓는다.

군인 난 살아 있어. 아까 그 애는—— 그 녀석, 그 불쌍하고 멍청한 녀석은 그 재수없는 구덩이 속에서 썩고 있지. 이름도 없이. 내가 그를 위해 기도해준들 누가 그걸 듣겠어…… 여기서 혼자, 오는 친척들이나 맞으면서 죽은 자를 돌봐야 해. 당신들도 들었잖아, 제40조 항목의 각주의 각주. 그 각주의 각주에 의하면 난 여기 있어야 해. 당신들이 다른 곳에서 전쟁을 잊고 어디에선가 댐을 만드는 동안. 당신들은 운이 좋은 거야. 고향으로 돌아가잖아.

러바나	우린 아무 데도 안 간단다. 너와 함께 여기 있을 거야. 우리 집에서. 네 집에서.
군인	여긴 내 집이 아니오.
러바나	이십년이야. 이십년 동안 여기서 기다렸어. 네가 짬밥을 먹고, 짬밥 식당에서 계획을 세우고, 안락한 짬밥 꿈을 꾸고 있을 때도 여기엔 포탄이 계속 떨어졌지. 널 기다리면서, 요셉, 네가 돌아오길 기다리면서—
군인	그렇게 부르지 마시오.
러바나	집을 지키면서. 우린 떠나지 않았어. 네가 우릴 찾을 수 있게. 우린들 여기 살고 싶었겠니? 폭격에 무너진 집을 다시 지어가면서? 하지만 네 아버지가—
군인	아버지라니, 무슨 아버지?
러바나	아톰이, 네가 오지 않을 테니, 가자고, 이 지옥 같은 곳을 떠나자고 할 때— 당신 뭐라고 했지, 아톰? 뭐라고—
아톰	이 지옥 같은 곳을 떠나자고. 걔는 돌아오지 않아.
러바나	우리 아들이 절대 돌아오지 않을 거라고? 절대 안 올 거라고?
아톰	절대.
러바나	난 여기서 기다리고 있어요. 우리 아들을 기다려요. 한 발짝도 떼지 않겠어.
아톰	뭘 먹고 살 건데?
러바나	난 안 가요. 걔는 이 집에서 나갔으니까, 이 집으로 돌아올 거야. 걔가 어디로 가겠어요? 우리가 위험을 무

316

릅썼듯이 강물 가까이, 우리가 위험을 무릅썼듯이 국경 가까이, 우리가 겁없이 그랬듯이 내 오빠들 가까이로 올 거예요. 여기예요, 우리 아들이 태어난 곳, 우리 애가 돌아올 곳은.

아톰 뭘 먹고 살 거냐니까?

러바나 죽은 이들. 죽은 이들을 팔아서 살지. 하나씩, 하나씩. 여기서 나오는 건 그것밖에 없잖아. 죽은 이들을 팔아 우유도 사고 죽은 이들로 수프도 끓이고, 죽은 이들을 팔아 석탄도 사서 몸을 덥히고, 죽은 사람들 쌤플을 팔아 당신 화장실도 지을 거야. 밤마다 사랑을 나눌 거야, 죽은 이들을 축복하며, 그들에게 감사하면서, 포탄이 떨어지는 걸 헤아리고, 촛불의 수를 세면서 다음 보고서를 준비하는 거야. 이십년, 아니 그보다 더 오래라도. 내가 언제 이곳을 떠날 거냐고? 요셉이 돌아오면 떠날 거야. 네가 스스로 요셉이라고 할 때. 네가 집에 왔다는 걸 받아들일 때. 그때 난 떠날 거야. 너하고. 네 아버지하고. 어디로 갈까? 저기, 여기, 저 너머, 가까이, 아주 멀리. 우린 어디든 갈 수 있어. 우리 셋을 받아주는 곳이면 어디든. 우린 함께 가고, 함께 살 거야.

아톰 우린 함께 사는 거야.

긴 침묵이 흐른다.

군인	우리 부모님은 돌아가셨소.
러바나	집으로 돌아가고 싶지 않아? 헤매는 게 지겹지도 않아?
군인	집에 가고 싶죠. 하지만 우리 부모님은 죽었어요.
러바나	죽지 않았어, 요셉. 여기. 널 기다리고 있잖아. 오랫동안. 이젠 집으로 돌아올 시간이야, 요셉.
군인	집으로 돌아올 시간?
러바나	집으로, 요셉. 우리에게로.
군인	우리?

다들 군인이 무슨 말을 더 하기를, 결정을 내리기를 기다린다. 먼 곳에서 포성이 한번 들려온다. 또 한번 들려온다.

| 군인 | 들었어요? |

같이 듣는다. 또다시 들려온다.

군인	이건…… 안돼, 안돼. 또…… 시작했어. 그들이 …… 시작하고 말았어.
러바나	아냐. 듣지 마. 듣지 마. 시작된 게 아냐. 네가 그랬잖아. 다 해결됐다고. 작은 것 하나하나까지도. 네가 그랬잖아. 이젠 평화라고.
군인	평화, 맞아.

폭발음이 계속해서 들려오고 조금씩 가까워진다. 군인, 라디오

를 켠다. 지지직거리는 소리만 난다. 그는 라디오를 잡아 벽에
난 구멍 밖으로 던져버린다. 그는 망루로 간다.

군인   빌어먹을 놈들. 거짓말이었어. 전쟁은 끝났다며. 국경
이 평화를 가져올 거라며. 무슨 평화? 평화가 어디 있
냐구!

군인, 혼잣말을 하면서 망루를 넘어뜨린다. 엄청난 폭발음이
난다.
군인, 무시하고 비난하는 듯한 눈길로 러바나와 아톰 쪽으로
돌아선다.

군인   당신들 때문이야.

아톰   누구의 잘못도 아니란다. 네 잘못도, 우리 잘못도. 전
쟁이란 것이 ——

군인   당신네 잘못이야. 당신들 때문에 다시 시작됐어. 당신
같은 사람들. 꼼짝도 않고, 협조도 안하고, 이주도 안
하는 사람들 때문이야. 이 집을 원하신다 이거지? 침
대를, 침대보를, 이 지저분한 부엌과 저 멍청한 화장
실, 밝히는 남편을 원하신다? 다 가지라고. 이젠 당신
거야. 하지만 난 아냐. 난 아니라고. 잘 봐.

군인이 자기가 설치했던 철조망, 줄, 막대기를 뽑아내고 국경
을 해체한다.

군인 난 이 전쟁에서 가장 강한 편, 이기는 편에 붙어 있을
거야. 상대편 놈들이 다시는 일어나지도 못하게 위아
래로 죽도록 패준 다음에 돌아올 거야. 다음번에는 유
예기간도, 웃음도, 가족을 추억할 시간도 없을 거야.

군인, 그릇을 들어 수프를 바닥에 쏟는다.

군인 다음번엔 수프도 먹지 않겠어.

러바나, 군인 뺨을 때린다.

러바나 내 집에서 이게 무슨 짓이야, 요셉 로마. 네가 태어난
이 집에서 이러면 안된다.
군인 난 요셉이 아니에요.

군인, 막 퇴장하려 할 때, 아톰이 그를 가로막는다.

아톰 요셉!

군인, 멈춘다.

아톰 요셉.

아톰, 군인에게로 간다.

아톰   날…… 용서해주겠니? 그땐…… 정말 미안했다. 그
때 널 보낸 것을, 너를 떠나보낸 것을. 네 엄마한테 그
냥 가게 내버려두라고 했다. 너한테 좋은 경험이 될거
라고 했어, 기억나니? 사내애한테 좋은 경험일 거야.
금방 돌아올 거야. 강 건너 콘스탄자에 가봐야, 깊은
호수 바닥에 잠긴 마을하고 시체들 말고는 아무것도
없다는 걸 걔는 금방 알게 될 텐데, 뭘. 거기 있는 건
그게 다란다, 요셉. 물속에 잠긴 오래된 마을. 내 아들
아. 전쟁이 시작되려 한다. 애야. 가지 마라, 요셉.

아톰, 군인에게 사진을 건네며 아이 모습을 보여준다. 군인, 사
진을 보면서 아무 말도 하지 않는다.

아톰   이번에는, 요셉, 이번에는 말이다, 요셉 로마, 우리하
고 함께 있자. 네 엄마, 네 아빠하고.

군인, 떠나면서 아톰과 러바나에게 차례로 애정어린 손길을
준다.
뒤 벽에 있는 구멍에서 잠시 멈춘다.

군인   수프는 미안해요.
러바나   내가 미안하다. 가지 마라. 제발 가지 마.

군인, 마지막으로 그들을 돌아본다. 퇴장한다. 지금까지 들린 것 중 가장 가까운 곳에서, 가장 큰 대포 소리가 들린다. 집밖에서 잠시 동안 불꽃이 타오른다. 군인이 포격에 맞는다. 비틀거리면서 다시 집으로 들어온 군인, 침대에 쓰러져 눈을 크게 뜬 채로 마지막 숨을 쉰다. 러바나, 군인을 안고 잠을 재우듯이 흔들어 달랜다. 아톰, 그런 두 사람을 서서 지켜본다.

러바나 자장자장 우리 아가, 작고 작은 우리 아기, 깃털 같고, 꽃과 같네. 내 젖 먹고, 내 젖 먹고.

또 한번 폭발음이 들려온다. 군인, 죽는다.

러바나 잠을 자네. 자장자장, 잘도 자네. 이제 더는 없단다, 없어.

아픔의 침묵.

아톰 내가 안을게, 여보.
러바나 싫어.
아톰 나도 우리 아들을 안아볼게.
러바나 싫어. 내 품에서 놓지 않을 거야.
난 여기서 죽을 거야. 우리 아들하고 같이. 난 여기서 굶어 죽을 거야.

아톰   러바나에게 여보. 불쌍한 내 아들.

         사이. 멀리서 폭음이 계속 들려온다. 가까운 곳에서 터지는 폭
         발에 집이 흔들린다.

아톰   여긴 위험해.

         러바나는 꼼짝하지 않는다.

아톰   여보, 우리 아들을——
러바나   싫어.
아톰   다 끝났어.

         갑자기 아톰의 말 뜻을 이해한 러바나가 그를 쳐다본다.

러바나   우리 아들을 묻겠다고?

         사이. 전쟁의 포성이 멀리서 들려온다.

러바나   우리 아들을 묻겠다고?

         사이.

아톰   그래. 해야만 해. 우리 아들을 묻어줘야 해.

러바나   그러고 나서 떠나자고?

아톰   그래.

러바나   이 애를 묻고 나서 떠나자는 거군, 그냥 떠나면 된다고. 그리고 보러 오자는 거지. 나중에. 다른 부모들처럼. 방문객처럼.

아톰   그래. 이젠 끝났어.

사이. 러바나, 일어난다.

러바나   끝나지 않았어. 절대 끝나지 않아.

러바나, 책꽂이로 가서 바늘, 튜브, 외과용 메스, 가위, 종이 한 장을 가져온다. 아톰, 죽은 군인 옆에 앉는다.

아톰   그럴 필요 없잖아.
      누군지 알잖아, 러바나. 보고서 작성할 필요 없잖아.

러바나, 아톰 쪽으로 온다.

러바나   오천구십칠번.

아톰   아니. 이름 있잖아. 요셉. 요셉 로마 줄렉. 태어난 날과 죽은 날도. 처음으로. 처음으로 보고서 작성할 필요 없는 애야. 돈도 받지 않아도 되는.

러바나   아니야. 아니었어. 우리 아들이 아니었어.

아톰　뭐?

러바나　신원불명이야. 가족들이 찾아오기 전까지는.

아톰　요셉. 로마. 줄렉. 이 집에서 태어나 이 집에서 죽었
지. 장례를 치르고 우리는 떠나는 거야. 여보, 이제 갈
시간이야. 움직여야 할 시간이라고.

러바나　그럼 움직여.

아톰　당신 없이는 안돼.

러바나　난 할 일이 있어. 이 아이에게 이름을 지어줘야 해. 아
침에 죽은 애하고, 어제 죽은 여자 옆에다 묻어줄 거
야. 이 사람 부모가 올 때까지 기다려야지.

아톰　안돼.

러바나　누군가는 여기 있어줘야 해.

아톰　아니야.

러바나　누군가는 기다려줘야지. 지키고 있어야지.

같이 포격 소리를 듣는다.

아톰　왜 하필 우리야?

러바나　아니. 뭔가 다른 말을 해. "우리를 용서하세요. 그들
이 당신을 찾으러 올 때까지 조금만 기다리세요. 그때
까진 우리가 여기, 당신 곁에 있을게요." 할 말 없어?
아무 말이나.

아톰　이제 이곳이 당신의 집입니다?

러바나　그래.

아톰   이제 이곳이 당신의 집입니다.
러바나   그래.
        여기야.

러바나, 시체 확인을 위한 기구들이 담겨 있는 주머니를 아톰
에게 내민다. 아톰이 받는다.

러바나   그래. 참 잘생겼지, 그렇지 않아? 뭐라고 부를까? 이
        아이를 뭐라고 부르면 좋을까? 이 아름답고, 아름다
        운 아이를.

아톰, 대답하지 않는다. 그들은 시신을 보고 있다.

러바나   가위 좀 줄래요?

침묵. 시신에 작업을 해야 하지만 하기를 원치 않는다. 시작할
수가 없다. 조명이 어두워지면서 대포 소리가 끊임없이 계속
이어진다.

한국 공연에 부치는 글

이 희곡의 서울 첫 공연은 내게 매우 각별한 것이다. 내가 이 작품을 토오꾜오의 신국립극장을 위해 쓰게 된 계기 중 하나는 연출자가 나의 벗 손진책(孫振策)이었기 때문이다. 나는 그가 이 작품에 자신의 다채로운 재능뿐 아니라 그 나름의 시각을 불어넣어줄 것을 알고 있었다. 분단과 국경선과 전쟁으로 인해 고통받는 이들이 겪게 되는 끔찍한 문제들을 몸으로 살아낸 이로서의 시각을 말이다.

이미 한국에서 내 작품 중 「죽음과 소녀」와 「독자」 두 편이 공연된 적이 있지만, 이 작품 「경계선 너머」는 내가 서울 공연을 염두에 두고 구상한 유일한 작품이고, 따라서 한국어로 번역 출간된 책들을 통해 나를 이미 알고 있는 관객과 새로운 방식의 대화를 열게 될 수 있을 것이다.

내 희곡은 건국 이래 서로 전쟁을 해온 두 나라의 국경을 배경으로 삼고 있다. 이 작품에는 사랑과 파괴, 이주와 정착, 실종된 자식과 잊혀진 부모, 희생자와 승리자, 기억과 화해라는 주제들이 울리고 있다. 이는 여러분들, 한국인의 역사와 나의 역사, 그리고 우리의 영광스럽고도 슬픈 지구의 다른 나라들 대부분의 역사를 특징짓는 주제들이다. 아톰과 러바나, 그리고 그들을 찾아온 손님의 이야기를 당신과 세계 앞에 내놓는 지금은 우리 시대의 매우 특별한 싯점이다. 점점 더 많은 사람들이 자신들이 어찌할 수 없는 힘에 의해 난민이 되고, 갈수록 더 많은 이들이 어렵고 심지어 비극적인 상황 속에서 자신의 정체성과 구원을 찾고 있음을 지켜보는 싯점인 것이다. 그리고 여러분들의 나라가 북의 형제자매들과 좋은 열매를 맺을 대화를 지속하는 길, 하나의 한국인 공동체를 다시 만드는 길을 찾느라 애쓰는 싯점이기도 하다.

한국은, 전쟁이 무엇을 의미하는지, 어머니와 아버지들이 자신의 아들과 딸들을 땅에 묻는다는 것이 얼마나 끔찍한지를 이해하는, 우리 시대의 몇 안되는 나라 중 하나이다.

한국은, 침략한다는 것, 또 침략을 당한다는 것이 무엇을 뜻하는지, 포격을 한다는 것, 또 포격을 당했다는 것이 무엇을 뜻하는지를 아는 과거의 혹은 현재의 몇 안되는 나라 중 하나이다.

한국은, 전쟁에서는 언제나 가장 평화로운 이들이 가장 큰 고통을 당한다는 것을 깨닫고 있다.

한국은, 갈라진 이후에 통일을 이뤄낸다는 것이 얼마나 어려운지를 깨닫고 있다.

「경계선 너머」는 여러분들에게 작은 선물로 드리는 작품이다. 이로써 우리는 우리가 공유하는 인간성을 함께 탐구할 수 있을 것이며, 상상력을 활용하여, 우리가 올바른 질문을 던지는 방식을 어떻게 찾는지 보여줄 수

있을 것이고, 나아가, 누가 알랴, 어쩌면 올바른 답을 찾는 길을 보여줄 수
있을지도 모른다.

아리엘 도르프만

2005년 3월

PURGATORIO

연옥

너는 나를 소유하지 못해. 내가 너에게 원하는 걸 주기 전까지
는, 내가 뉘우치기 전까지는. 그러나 한가지는 말해주지. 후회한
다면 그건 내가 아냐. 나는 나 자신이기를 멈추게 될 거야. 내일
아니면 다음날 아니면 지금부터 백만년 뒤에 뉘우치는 사람이
누구든 그건 내가 아냐. 알아들어? 네가 이걸 기억하면 좋겠어.
이이, 거기 너, 멍청한 카메라로 이걸 찍고 있는 너희들. 내 말
들어. 나를 너의 눈과 귀에 똑똑히 새겨둬. 그런 말을 하는 여자,
너 너 너 앞에 무릎을 꿇고 그런 말, 미안하다 내 남자를 훔친 갈
보를 죽여서 미안하다 말하는 여자, 무릎 꿇고 고백하는 그 여자
는 다른 누구일 거야. 내가 아냐. 내일, 그걸 꼭 기억해.

앙헬리까를 위해

남자

여자

───────

이 극은 중간 휴식 없이 공연되어야 한다.

하얀 방. 엄숙한 분위기. 장식이 전혀 없음. 벽 높은 곳에 두어 군데의 틈에서 빛이 스며든다. 잘 정돈된 작은 침대 하나. 탁자 하나. 의자 둘. 정신병원이나 감옥에서 재소자와 그 배우자 간의 부부 만남이 이루어지는 방이 연상된다. 문이 하나 있고, 거기에는 쇠망으로 된 작은 창이 달려 외부에서 안을 들여다 볼 수 있다. 작은 거울이 벽 한켠에 비스듬히 놓여 있다.

방에는 남자 하나와 여자 하나. 여자는 죄수복 색의 옷을 입고 있고 거의 허리까지 내려오는 긴 머리. 남자는 의사의 흰 가운을 입고 있다. 가운은 가벼운 소재로 만들어져 그것을 벗을 때 마치 벗기기 쉬운 제2의 피부가 벗겨지는 것처럼 느껴져야 한다. 의사 가방이 남자 곁에 놓여 있다.

남자 그러니까 탈출을 원하는 거로군. 좋아……

가방에서 칼 하나를 꺼낸다.

남자 여기 칼이 있어.
여자 아무도 다치지 않을 거라고 네가 말했잖아.
남자 그건 너한테 달렸지, 그렇지 않아? 칼을 집어. 집으라구.

여자, 칼을 집는다.

남자 좋아. 누군가가 다치냐 아니냐는, 너에게 달려 있으니까. 아냐? 그렇지 않아?
여자 그래.
남자 좋아, 좋아. 정말 진전이 있군.
여자 난 어제도 당신에게 똑같이 말했어.
남자 어제와는 달라. 지금 네 대답은 진심에서 나온 거야.
여자 알 수 있어?
남자 그런 재주는 있지. 나는 '그래'라는 대답을 가지고 놀 정도지. 내가 담당자가 된 게 당신에게는 행운 아닌가?
여자 그래!
남자 좋아! 자 오늘 진도를 더 나갈 수 있을지 보자고. 저기 위에 뭐가 있는지 봐.

남자, 제4의 벽에 걸린 비디오 카메라를 가리킨다.

여자 저게 어떻게 작동하는지 다시 말해줘.

남자 잊어버린 거야?

여자 당신이 설명해주는 게 좋아.

남자 저건 카메라야. 촬영을 하지.

여자 촬영을 한다.

남자 저건 너와 나, 이 방, 우리가 하게 될 일의 영상들을 잡아서 그것들을 저기에 저장하지. 그래서, 나중에, 우리는 보여주고 싶은 누구에게나 그 장면을 보여줄 수 있지. 우리는 그 장면을 우리가 원하는 만큼 반복하고 또 반복할 수 있지. 그래서 저들, 책임자들이 여기서 일어난 일을 볼 수 있는 거야. 그게 우리가 이 일을 하는 이유지. 기억나? 그들에게 보여주기 위해. 그게 가능하다는 걸 증명하기 위해.

여자 그들에게 보여주기 위해서. 그들이 다시 나에게 감탄하도록 하려고. 그래서 그들이 내가 누군지, 내가 내키기만 하면 무슨 짓을 할 수 있는지 이해할 수 있게 하려고. 그들을 떨게 만들려고.

남자 아무도 다치게 하지 않으면서.

여자, 칼을 내려놓는다.

여자 더이상 하고 싶지 않아. 더 악화되는 게 난 싫어. 이게 더 악화되는 것 말이야. 만일 우리가 걸리면⋯⋯

남자 어떻게 더 악화될 수 있지?

여자 그들이 너를 못 오게 할 수도 있잖아.

남자 네가 탈출하려 하는 한 그러지는 않아. 넌 탈출을 하려 애쓰도록 되어 있어. 그게 너의 특색이잖아, 여기를 정말 떠나려는 갈망 말이야. 그게 너를 계속 꿈꾸게 만들지. 내 약속하지. 아무도 너의 탈출하려는 욕망을 너에게 불리하게 써먹지는 않을 거야.

여자 내가 탈옥해도? 복도를 기어서 잠든 경비원들을 지나쳐서 아래층까지 내려가고 정문을 나서서, 그래서—

남자 그래서 바로 다시 돌아오게 되는 거지, 이 방으로, 너와 나와 칼이 있는 곳으로.

여자 그리고 네가 한 약속들도 있잖아.

남자 그래, 내가 한 약속들도 있지.

여자 넌 네가 원하는 것은 뭐든지 약속할 수 있어. 그런데 너는 그걸 어떻게 알지? 그러니까 내 말은, 너 밤에 코를 골고 자나?

남자 무슨 소리야?

여자 밤에 말이야. 코를 고냐구.

남자 난 잠을 자지 않아, 알고 있잖아.

여자 여기 오기 전 그때에, 옛날에. 옛날에 너— 밤에 코를 골았어?

남자 아니.

여자   어떻게 알아? 네가 어떻게 알아? 네 옆에서 자는 여자만이, 그 여자만이 네가 코를 고는지 아닌지 알 수 있어.

남자   내가 사랑한 여자는 나를 깨웠을 거야.

여자   나는 안 그랬어. 그는 코를 골았어, 내 남자 말이야. 그리고 난 절대 그이를 깨우지 않았어, 그에게 말도 하지 않았어. 나는 그저 그를 지켜봤고, 먼저 어둠속에서 귀를 기울였지, 그리곤 날이 밝아가면서 그의 입술이 미세하게 움직이는 걸 지켜보고 숨결과 숨소리가 그의 몸을 들락날락하는 걸 봤지, 그이가 나를 꿈꾸는 걸 말이야. 나는 손으로 그의 씰루엣을 그리곤 했어. 그를 보호하는 그림자처럼. 내가 언젠가 그의 몸 전체에 발랐던 향유처럼. 문지르고, 문지르고, 문질렀지, 피부 하나하나를. 이 두 손으로 그를 가리고 보호하면서. 먼 곳에서부터 그리고 다시 가까운 곳에서부터 문질렀지.

남자   하지만 절대 그를 깨우지는 않았어.

여자   그는 전혀 몰랐지. 네가 절대로 알 수 없는 것과 마찬가지야. 그들, 책임자들이 뭘 계획하고 있는지. 혹은 네가 코를 고는지 아닌지.

남자   내가 사랑한 사람이 언젠가 나한테 말해주지 않는다면 네 말이 맞지. 내가 그 사람을 마주칠 수만 있다면 달라지지.

여자   그럴 가능성이 있을까? 여기가 어떻게 조직되어 있는지 알잖아. 그런 일이 일어난 적이 있나? 너도 알겠지만, 남자와 여자, 둘 사이가 저 과거에, 이승에서……

남자 결코 그럴 수 없지. 그건 규칙 위반이야.

여자 규칙. 규칙. 그 규칙들에 질렸어. 난 이곳에 질렸어.

남자 정말 질렸다면 뭘 해야 하는지 알잖아. 준비되면 언제든지. 그렇지만 내 말은 정말 준비되었을 때란 뜻이야.

여자 너도 알겠지만, 저 과거에, 그러니까 전생에, 아무도 내 계획을 눈치채지 못했지. 아무도 내 머릿속에 든 생각을 몰랐지. 그것이 내가 유리한 점이었어. 그들은 내가 저지른 일을 내가 할 수 있다고는 상상도 하지 못했어. 심지어 자신들의 악몽 속에서도 그러지 못했어. 그것이 그들보다 내가 더 유리한 한가지 점이었지.

남자 그 남자보다.

여자 그래. 그보다도. 그래서 이 다른 사람들, 너를 매일 여기에 보내는 자들, 그들에게 내가 큰 위험이라는 건 알아. 그들은 나를 언제나 감시하지.

남자 그들은 너를 감시할 필요가 없어. 그들은 조직이야. 가장 오래된 조직이지. 그들에게는 신경 쓸 다른 일들이 있어.

여자 어떤 일?

남자 위원회 회의라든가. 그 비슷한 것들.

여자 아, 그들이 나에 대한 모든 걸 알아내는 데 지쳤어. 네가 모든 걸 아는 것 말이야, 난 아무것도……

남자 모든 것? 난 그렇다고 말하지 않겠어. 나는 우리가 그 정도까지 나아갔다고 말하지 않겠어. 네가 나한테 말하지 않은 것들이 아직 많잖아.

여자　네가 떠나면 저 침대에 앉아 또다른 것, 내가 잊어버린 것들을 생각하지. 그러나 아무것도 생각나지 않아, 여러 해 동안 새로운 것은 아무것도 생각나지 않았어. 너는 내 과거가 마치 죽은 독수리라도 되는 듯 샅샅이 뒤졌어. 너 자신이 독수리라도 되는 것처럼. 남은 건 없어. 뼈조차도.

남자　뭔가 남은 게 있잖아.

　　　여자, 대답하기를 완강히 거부한다.

남자　좋아. 다른 얘기를 하지. 거기로 돌아간다면 어쩔 거야. 당신이 살던 섬 말이야. 당신의 섬으로 돌아갈 수 있다면. 다시는 보지 못한 그 섬 말이야. 후회할 일이 하나도 없나, 어떤 장소라든가……?

여자　그렇지. 내가 살던 섬에는 만이 있었어, 거기는—— 내가 그이를 처음 본 곳에서 멀지 않은 곳이었지.

남자　네 남자 말이지.

여자　이 일은 그가 오기 전에 벌어졌어, 그가—— 난 평판이 나빴어. 사람들이 나를 좋지 않게 말하곤 했지. 아버지는 그들에게 귀를 기울이지 않으셨어. 귀를 기울였어야 했는지도 몰라. 아니면 내 남동생이라도 그래야 했는지도. 하지만 가족들은 나를 욕하는 말을 들으려

하지 않았어.

남자 너를 믿은 거지.

여자 그 처녀를 믿은 거지. 그래, 아침이면 동트기 전에 일
어나서 떠오르는 태양을 바라보고 그것에 감사하는
처녀 말이야. 태양은 주기만 하고 아무런 댓가도 바라
는 법이 없지. 단지 감사드리기만 하면 되고, 태양을
닮겠다고만 하면 돼. 내가 당신에게 말하지 않은 것이
있어. 산 위로 일마일쯤 가면, 마지막 집들에 다다르
기 직전에 고양이들이 몇마리 있었지. 어린 새끼들이
었어. 첫번째 녀석이 나를 보았을 때 그놈 —— 아니 암
놈일지도 모르지, 고양이는 암수를 구별하기 힘들어,
하긴 인간도 우리가 항상 잘 구별하는 건 아니지 ——
그 작은 녀석이, 암컷인지 수컷인지 하여간 나를 보고
는 가냘프게 울기 시작했어, 새소리처럼, 듣기 좋게.
그러고는 계속 산을 올라가는 나를 향해 달려왔지 ——
나는 열매와 나뭇잎과 꽃을 찾고 있었고, 머릿속에서
술 빚을 준비를 하고 있었어, 그 인생의 젊은 날 그 이
른 아침에, 나는 찾고 있었지, 무엇이 상처를 아물게
하고, 무엇이 사람을 죽이고, 무엇이 사람들을 꿈꾸게
하는지, 무엇이 죽은 자들을 살아나게 하고, 무엇이
한 남자가 한 여자를 영원히 아니면 영원에 가깝게 사
랑하게 하는지. 그리고 만일에 대비해서, 만일에 대비
해서, 무엇이 피부를 태우고 옷 안에 감춰져 있어도
불붙게 하는지를, 그리고 나뭇잎들 중에 그 잎이면 될

지를, 그래, 그 노란 잎, 그 이름을 알아낼지, 아니면 사용하기 전에 그것에 이름을 붙여줄지를 찾고 있었어—그래 나는 산을 오르고 있었고, 그 새끼 고양이는 나를 앞질러 달렸어. 그 딱한 녀석은 내가 자기한테 먹을 것, 우유를 갖다준다고 생각했지.

남자 고양이들이 어떤 소리를 내던가?

여자 난 흉내를 잘 못 내.

남자 한번 해봐.

여자 야옹, 야옹, 야옹, 그렇게, 부르고 있었지. 더이상 오지 않는 사람을 향해, 죽었거나 신에게 희생당했거나 지쳤거나 노예로 팔려간 사람 말이야—고양이들은 내가 그 사람이라고 생각한 거야. 내 다리에 털을 부빌 지경이었어—어느 순간 나는 고양이들을 뒤로 하고 내 오른편으로 동굴 하나를 지나게 되었지. 거기는 고양이들의 은신처였을 거야. 그때 그 고양이들은 내가 녀석들이 기다리는 사람이 아니라는 걸 알았을 거야, 아무것도 가져다주지 않으리라는 걸. 그때 녀석들은 자신을 먹여주던 사람이 죽어서 그 몸이 갈가리 찢겨 바다에 던져지고 다시는 돌아오지 못한다는 걸 알았을지도 몰라. 내가 그 산을 다시 오른 그 다음날은 빼고—아니면 이틀이 더 지난 후였는지도 몰라—녀석들은 날 환영하는 행사를 내내 반복하곤 했지, 내가 선물을 들고 오리라는 것에 너무 기뻐서 말이야. 하지만 난 그러지 않았어. 나는 매번 선물을 가져가지 않았어. 그때 내 남자가 이미 와 있었던 거야. 나는 그를 봤고, 우리는 같은 바람에 흔들리는 나무 두 그루처럼 서로 바라보며 서 있었어. 나는 그가 바다 건너 멀리 나를 데려가리라는 걸 알았어. 난 내가 그에게 왕국을 열어 보이고 왕국의 비밀과 정복하는 법을 누설할 걸 알고 있었어.

남자 네가 그에게 네 마음을 열어 보인 것처럼?

여자 그래. 나는 내가 누구인지를 그에게 보여주었고, 그가 모든 것을 보게 해주었어. 심지어 내가 뭘 하려 할지까지— 그래서 그땐 고양이 새끼들 따위엔 관심도 없었어. 그게 내가 후회하는 거야. 그곳이 내가 가고 싶은 장소야. 녀석들에게 우유를, 아니면 따뜻한 빵이라도 좀 가져다주고 싶어. 내가 손수 구운 걸로. 내 손으로. 녀석들이 여전히 날 기다릴지도 몰라. 녀석들, 그 작은 동물들이 얼마나 놀랄지 상상해봐. 그때 녀석들은 자기들이 틀리지 않았다는 걸 알게 될 거야. 나는 녀석들이 기다리던 사람이었어. 내 영혼, 내 부드러운 영혼…… 네가 무슨 생각을 하는지 알아. 어떻게 나 같은 사람이 그럴 수 있는지 생각하는 거지—이 손, 바로 이 손이—

남자 그럼 녀석들은 너와 있으면 안전할까? 새끼 고양이들 말이야.

여자 네가 그 질문을 할 줄 알았어.

남자 내 질문에 대답하지 않았어. 새끼 고양이들. 녀석들을 해칠 생각을 한 적이 있나?

여자, 칼을 집어든다.

여자 칼을 지니는 것에 대해 규정은 뭐라고 되어 있지?

남자 네가 느꼈던 것을 말해줘. 네 남자가 다른 여자, 그 처
녀와 결혼하겠다고 말했을 때 네가 뭘 느꼈는지. 그가
너를 위해, 너의 아들들을 위해 그러는 거라고 말했을
때 말이야. 너의 행복을 위해서라고, 그가 말했지.

사이.

여자 내가 그 얘길 했던가?

남자 그렇지 않으면 내가 어떻게 알았겠어?

여자 그럼 다시 말할 필요 없겠네.

남자 이거, 오늘은 별로 협조적이질 않네.

여자 오늘은 다르면 좀 어때?

남자 아직까진 오늘이 그리 다른 것 같지 않아. 내가 뭔가
놓치고 있나?

여자, 칼을 내려놓는다.

여자 저기, 네가 어제 생각하라던 속담 말이야. 그 중국 속담.

남자 여자가 복수를 하기로 하면……

여자 ⋯⋯ 무덤을 두 개 판다. 그래, 그거야. 그걸 생각해왔어. 여자가 복수를 택하면 무덤을 두 개 판다. 어쩌면 내가 자살했을지도 모른다고 난 생각해왔어. 내가 그의 무덤을 판다고 생각하던 내내 내 무덤도 파고 있었다고. 여기가 내가 있는 곳이라고, 스스로 판 무덤 안에 있는 거라고. 그리고 그이는 누군가 자신을 고문하는 다른 방에 있는 게 틀림없다고ㅡ

남자 그게 내가 하는 일이라고 생각해? 널 고문하는 것이?

여자 너같은 누군가가 그를 고문하는 것, 그게 내가 생각해온 거야. 어쩌면 나는 그를 여기서 고문할 필요가 없겠지. 내 머릿속에서 말이야. 내 머릿속에서 내가 얼마나 그를 증오하는지 그에게 말할 필요가 없을 거야. 대신 나는 그를 보고, 듣고, 상상할 수 있어, 아마도 옆방에서, 이 건물 어딘가에서, 그리고 그는 누가 됐든 불운하게도 자신이 방문자로 뽑은 사람, 꼭 당신 같은 사람에게 말할 거야, 난 그가 외치는 소리를 들을 수 있어. "그만해. 내가 충분히 고통받았다고 생각하지 않나?"라고 하겠지.

남자 그건 좀 심하지 않아? 멜로드라마적이잖아? 내가 볼 때 그건 좀 사내답지 않게 들리는데. 마치 우는 애 같아. 징징거리는 친구 말이야. 네가 묘사한 그와는 전혀 다르군. 전설로 전해오는 그의 얘기하고 다르군.

여자 당신 같은 인간들은 누구라도 뒤바꿀 수 있지ㅡ 우리의 기운을 서서히 꺾어놓잖아. 아마도 네가 그를 녹

346

초로 만들어놓았을 거야.

남자 그래서 그가, 그만해, 그만해 하는 걸 상상하는 거로
군.

여자 어떤 지점에서는, 그래. 그가 무너지지. 언제냐면 그
건 바로 네가——

남자 나는 아냐.

여자 너 같은 누군가가 그에게 대답하겠지. 너…… 너 같
은 누군가가 그에게 뭐라고 대답하지? 말해봐, 그러
면 아마 난—— 아마 그게 나한테 필요한 것일 거야,
그저 한번 더 약간 찌르는 것. 그를 내 안에서 쫓아내
는 것. 그게 내가 생각해온 거야.

남자 안다 해도 난 말할 수 없어. 그건 규칙 위반이야.

여자 누가 알겠어? 넌 그들이 감시하지 않는다고 말했잖
아. 계속해. 날 기쁘게 해줘. 네가 어떻게 반응할지,
네가 어떻게 그를 궁지에 몰고, 어떻게 심문할지 말해
줘. 만약 네가 그의 방문자라면 말이야——

남자 난 아니라니까.

여자 그냥 네가 그를 담당한다고 상상해. 그리고 그가 네
앞에 서 있고 이렇게 말한다고 말이야, 내가 충분히
고통받지 않았나?

남자 좋아. 너의 게임을 받아주지. 끝까지—— 끝이 나면 그
땐 더이상 게임이 아니게 될 거야. 그리고 어떤 게임
이든 규칙이 있어. 뭘 말해줄까. 나한테 시동을 걸어
봐. 네가 그 사람에게 할 첫번째 얘기로. 말만 해, 그

러면 거기서부터 시작할 테니.

여자 좋아. 넌 아무리 고통받아도 충분하지 않아.

남자 그거야? 네가 그에게 말할 게? "넌 아무리 고통받아도 충분하지 않아."

여자 그래. 이제 네 차례야.

남자 내가 그에게 말하겠지. "넌 아무리 고통받아도 충분하지 않아." 내가 그에게 말하겠지. "누구한테 책임이 있지? 미친 여자야, 여자를 미치게 한 남편이야?" 내가 그에게 말하겠지. "네가 바로 당사자야, 네가 바로 여자를 버린 그놈이야."

여자 그래.

남자 "네가 여자가 위험스럽다고, 여자가 제 아버지와 남동생에게 한 짓을 보라고 말한 바로 그자야."

여자 내가 그를 위해 한 일들이지.

남자 내가 그에게 말하겠지, "여자가 널 위해 한 일들 말이야, 널 구하기 위해, 너에 대한 사랑 때문에."

여자 그래. 그리고 그는 웃었어. 그 미소를 잊을 수 없어.

남자 "넌 웃었어," 내가 그에게 말하겠지, "넌 웃었어, 여자가 아들들과 함께 거리로 쫓겨나리라는 생각에 네가 미소지었을 때 여자가 무엇을 느꼈을지 생각해보라구……"

여자 어딘지도 모르는 거리로.

남자 "자신을 지키고 이해시킬 언어도 없이." 내가 그에게 말하겠지, "네 아들들이 갈 곳도 없이, 집도 남아 있지 않은 채. 여자는 네게 왔어……"

여자 난 무릎을 꿇었지.

남자 "여자는 무릎을 꿇었어. 이전에는 한번도 해보지 않은 일, 무릎을 꿇었지. 그리고 너에게 남은 인생 동안 자기는 문전 구걸을 해야 한다고 말했지. 추수의 여왕, 곡식이 땅에서 솟아나오게 했던 그 여자가……" 또 뭐, 뭐가 있지?

여자 그가 내 집과 내 아버지한테서 날 떼어놓지 않았다면 나는 다른 사람들의 상처를 돌보면서 평생을 보낼 수 있었어.

남자 "여자는 자신에게 이런 짓을 하지 말라고 너에게 빌었어, 한번만 더 기회를 달라고, 단 한번만."

여자 한번만 더 기회를 달라고, 단 한번만, 내가 변할 수 있다는 걸 증명하기 위해 몇주 정도는 얻을 자격이 있잖아? 나를 봐. 무릎을 꿇고 있어. 그러자 그는 말했어. 그게 무릎의 용도라고, 그게 입의 용도라고. 그의 아내에게, 그의 애들 엄마에게. 이제 겸손을 배울 때라고 했어.

남자 그래. 그게 그가 한 말이야.

여자 그래. 그는 내게 물었어. "너의 미신적인 마술은 지금 어디 있지? 너의 가짜 뱀들은 어디 갔지?" 그는 내게 다른 사람을 찾으라고 했어. 하룻밤 상대로 날 좋아할 남자들은 많다고 했어. 넌 아직도 따먹을 만해,라고 그가 말했어. "내 결혼식 전에 마지막으로 침대에서 한번 굴러보길 원해? 아냐? 그러면 돌아가, 돌아가, 네 아버지한테 돌아가." 그가 말했지. "난 믿어 의심치 않아. 네가 네 남동생을 토막내서 물에 던져버린 다음에는 네 아버지가 근사하고 따뜻한 환영을 준비하고 있겠지." 그리고 그가, 내 남편이 말했지. "내가 결혼하는 건 너를 위해서야. 와서 내 신부를 만나봐. 넌 그녀를 정말 좋아할 거야. 둘이 좋은 친구가 될 거라고 믿어. 넌 방중술을 좀 가르쳐줄 수 있을걸, 알잖아, 그녀의 뻣뻣한 골반을 어떻게 휘게 하는지를 말이야, 그녀에게 좀 가르쳐줘."

남자　그를 속이려고 결심한 건 바로 그 순간이로군.

여자　내가 새 아내의 좋은 친구가 될 거라고 그가 말했을 때야. 그가 그 생각을 내게 불어넣었어.

남자　넌 그로 하여금 네가 뉘우쳤다고 생각하게 만들었지. 변했다고 말이야.

여자　그는 나를 전혀 이해하지 못했어.

남자　넌 여전히 그를 사랑해.

여자　아냐.

남자　네가 여전히 그를 사랑한다고 인정할 수만 있다면……

여자　난 그를 사랑하지 않아.

남자　…… 그러면 그를 용서할 수 있을 거야. 아니면 심지어 그의 용서를 구할 수도 있을 거야.

여자　그게 사실이라는 걸 네가 어떻게 알아?

남자 방법이 있지. 우리에겐 검사법이 있어.

여자 어떤 검사?

남자 말로는 결코 충분하지 않지. 우리가 너를 돌려보내길 원한다면, 네가 과거를 깨끗이 지우고 순수하게 다시 출발하기를 우리가 바라게 되려면 말로는 충분하지 않지. 네가 완전히 정화되려면.

여자 말하자면, 내가 뉘우치면이라는 거로군.

남자 누구나 결국 그렇게 하지.

여자 누구나?

남자 거의 누구나.

여자 생각해본 적 있어?— 이 일에 해결이란 없다는 걸? 나 같은 사람에게 그런 건 없다는 걸. 없어. 이 일엔 행복한 결말 따윈 없어. 유일한 해결책은 제거하는 것, 없애는 것, 그 사람을 영원히 끝내버리는 것인 그런 경우를 만나본 적 있어? 그 여자를 명단에서 삭제해. 그 남자도 명단에서 삭제해. 구원은 없어.

남자 우리는 누구도 명단에서 삭제하지 않아. 누구도. 너보다 수천 배 더 나쁜 남자도 여자도 삭제하지 않아.

여자 그런 사람들이 많아?

남자 방마다 많이 있지. 끝없는 바다의 밑바닥에 있는 모래 알들처럼. 방마다 가득 차 있고 빠르게 채워지고 있어, 너같은 여자들로 넘쳐나고 그 같은 남자들로 넘쳐나지. 저 아래에서는 상황이 — 악화되고 있어. 왜 우리가 너에게 특별 대우를 해야 하지?

여자　내가 특별하기 때문이지. 그는 분명히 그렇게 생각했어. 그에게 물어봐. 그를 맡은 사람이 누구든, 그 사람에게 물어봐. 옆방에서 그에게 똑같은 일을 하는, 그를 심문하는 사람에게. 과업, 심문, 임무로 가득 찬 사람에게. 지금 그는 가장 어려운 일, 나를 용서하는 일에 부딪혀 있을 거야. 나는 생각해왔지, 어쩌면 내가 그를 이길 수 있을 거라고. 난 그가 나를 용서하기 전에 그를 용서할 수 있어. 당신이 말한 것처럼 무덤 두 개를 파지는 않는 거지.

남자　네가 그를 속인 것처럼 날 속이려고 하는 말 아니야? 네가 아버지와 남동생과 다른 이들을 모두 속인 것처럼, 심지어 네 아이들까지도 속인 것처럼 말이야.

여자　다른 검사법들이 있다고 말했잖아. 검사해봐.

남자　준비됐다는 거야?

여자　전에도 이런 말을 한 적이 있었던가?

남자　그게 준비되었다는 걸 뜻하지는 않아.

여자　검사해봐…… 겁나?

남자　실패하길 바라지 않아.

여자　그건 둘 다 마찬가지야. 나도 네가 실패하기를 바라지 않아.

남자　농담처럼 받아들이는군. 속이려고 들면 그들은 나를 이 사건에서 빼버릴 거야, 그들, 그들이 널 내게서 빼앗아갈 거야.

여자　신뢰가 깨져버릴 테니까, 그래, 알아, 넌 그 모든 걸

나한테 말했어. 내가 널 잃는 위험을 감수할까, 만약
에 ── 자, 넌 그들에게 겁먹은 거야.

남자 아니야. 그저 네가 충분히 진전되었다고 생각하지 않
는 거야. 넌 지쳤어, 그냥 편한 출구를 찾고 있는 거
라구.

여자 그 말을 그에게 해주지 않겠어? 지금 그가 네 앞에 서
있다면, 그리고 자신이 충분히, 충분히 고통받았다고
말한다면, 자신이 얼마나 미안한지 말하고 싶어한다
면, 너는 그냥 그 사람을 쫓아버릴 거야? 아니면 그에
게 한번 더 기회를 줄 거야? 진실을 말해.

남자 기회를 주겠어.

여자 그는 남자니까. 넌 남자들은 약속을 지킨다고 믿고 있
지. 하지만 난 여자니까…… 따라하지 않는 것이 최
고의 복수라며. 이 말은 네가 한 거잖아. 하지만 지금
넌 여자가 할 수 있다고 생각하지 않지 ──

남자 너는 이 일로부터 달아날 수 없어. 그러면 너는 이 일
을 망쳐서 우리 둘 다 끝장낼 거야. 너는 이 일이 얼마
나 험난한지를 몰라.

여자 오, 벌써부터 떨리는군. 너 정말 날 겁나게 만드시네.

남자 경고하는 거야.

여자 나를 위해서?

남자 그래. 난 너의 행복을 염두에 두고 있어. 그게 내가 하
게 되어 있는 일이야.

여자 내 행복이라. 내 행복은 내가 결정해야 한다는 생각은

들지 않아? 너는 생각해본 적 없지? 늘 남자에게 결정권을 주는 것이 여성으로서는——

남자 좋아, 좋아. 나는 이게 미친 짓이라는 걸 알아. 난 알아, 네가 안하리라는 걸…… 들어봐. 잘 들어. 이건 효과가 없어…… 네가 나한테 복종하지 않는다면. 내가 말하는 그대로 해.

여자 그게 내가 너에게서 배웠다는 것 아냐? 착한 작은 여자애가 되는 것, 그래서 돌아가서 다시 삶을 즐기는 것 말이야.

남자 너 뭘 제일 그리워하나?

여자 쎅스. 넌 뭐가 제일 그리운데?

남자 난 그 얘기를 하도록 허락받지 않았어.

여자 그러면 보나마나 쎅스지.

남자 넌 아직 이 일을 할 준비가 안됐어. 말했잖아, 너는 아직 아니라고……

여자 좋아, 좋아. 더이상 농담하지 않을게. 봐. 나 여기 있어. 순종적이고 준비되어 있어.

남자 이제 그들이 지켜볼 거라는 것, 이제 모든 것이 공식적으로 녹화될 거라는 걸 알아야 해. 네가 내 기대를 저버리면, 그들은 내가 너를 다루지 못하게 할 거야, 그럼 나는 결코 돌아올 수 없어. 누군가 대신하겠지만—— 그러나 난 아니게 돼. 알아들어? 좋아. 자. 우선, 내가 네 남자인 것처럼 행동해야 해.

여자 그러니까, 이게 게임이야?

남자   아니야. 내가 그인 거야. 할 수 있어? 나를 그로 볼 수
있어?

여자   넌 그와 닮지 않았어, 전혀, 그렇지만 좋아, 그렇게 할
수 있어. 그게 너한테 필요한 것이라면.

남자   아냐. 너한테 필요한 거야. 넌 내가 그라고 믿을 필요
가 있어. 그리고 우리 아이들에 대해 말해야 해.

여자   우리 아이들?

남자   우리 아이들. 내가 그 사람이잖아. 기억나?

남자, 카메라를 작동시킨다.

남자   이제 내가 알고 싶은 것은, 무엇이 최악이었느냐야.
그게 바로 네가 나에게 말해줬으면 하는 거야. 네가
언제나 말하기를 거부해온 것 말이야. 네가 첫 핏방울
을 봤을 때, 네가 시작한 짓을 돌이킬 수 없다는 것을
알았을 때였나……? 그때였어?

여자   아니야. 그건 최악의 것이 아니었어.

남자   말해.

여자   나는 내 노예들한테 방에서 나가라고 지시하고 문을
잠갔어 —— 이것 참 어렵군.

남자   아마 큰애가 한 말 때문이었을지도 모르지. 그 애가,
첫애, 네가 처음으로 낳은 애가 너에게 한 말이 뭐였
지? 그 애가 첫번째 순서였지, 맞지? 내 추측이 맞지?

여자   그래.

남자 왜 그랬지?

여자 그 애가 동생보다 힘이 셌어. 그 애를 잡는 것은 힘들었을 거야. 그 애는 달아났을 거야. 그 애가 나를 본다면, 큰애 말이야—— 그 애가 나를 지켜봤더라면……

남자 뭘 지켜봤다는 거야?

여자 내가 한 짓…… 그걸 하는 것.

남자 한다고 하지 말고. 말해. 말을 해.

여자 죽이기.

남자 아냐. 말해.

여자 살해하기.

남자 좋아. 다시 말해.

여자 큰애가 내가 자기 남동생을 살해하는 걸 봤다면, 똑같은 일을 하긴 더 어려웠을 거야.

남자 말해. 단어들을 사용해.

여자 내가 큰애를 나중에 살해하기는 더 어려웠을 거야.

남자, 경악하지만 침착하게 자제한다.

남자 그런 계산을 했군. 너는 미친 게 아니었어. 네가 계속 말해온 것처럼 네 남편이 너를 미치게 만든 게 아니었어. 너는 잘 알고 있었어. 아이들이 태어났을 때부터 그 가능성을 두고 계획하고 있었던 거야.

여자 태어났을 때부터. 태어나기도 전에. 그때부터. 우리가 태어나기 전부터였는지도 모르지. 그 누구도 태어나기 전에.

여자가 말할 때 조명이 어두워지기 시작한다. 암전이 되자마자 놀랄 정도로 다른, 끙끙거리면서 활달하게 숫자를 세는 남자의 목소리가 들린다. 그는 장면 전환이 이루어질 때까지 숫자를 계속 센다.

남자   하나. 둘. 셋. 넷.

하얀 방에 불이 들어온다. 침대가 정돈되어 있지 않고 칼이 없다는 것 외에는 모든 것이 똑같다. 남자는 하얀 가운을 입지 않고 있고, 그래서 그의 옷과 그 색깔은 암전이 되기 전 여자가 입고 있던 것과 매우 흡사하다. 그는 더이상 안경을 쓰고 있지 않고 머리칼이 더 길어 보인다. 그는 마루에서 운동을 하고 있다. 팔굽혀펴기일 수도 있고 윗몸일으키기일 수도 있다. 긴장한 상태로 숨을 내쉬면서, 마치 훈련을 하는 양 숫자를 센다.

남자   다섯. 여섯. 일곱.

문이 열린다. 여자가 들어온다. 그녀는 의사 가운을 입고 있다. 그리고 전 장면에서 남자가 입었던 평상복 바지와 터틀넥 스웨터, 신발을 신고 있고, 남자가 썼던 것과 같은 안경을 쓰고 있다. 전 장면의 긴 머리는 깔끔하게 말아올려져 있다. 여자는 똑같은 모양의 큼지막한 의사 가방을 들고 있다. 여자는 문을 닫는다. 남자는 그녀를 보지만 운동을 계속한다.

남자   기다려. 몇개 안 남았어. 잠깐만…… 그저— 기다려
주면— 내가…… 끝날 때까지.

그녀는 고개를 끄덕이고 테이블로 가서 앉는다. 가방을 열고
노트를 꺼내 들여다본다. 남자는 운동을 끝내고 일어서서 헐떡
거리며 그녀에게 간다. 그녀는 그를 쳐다보지 않고 계속 노트
를 읽는다.

남자   미안. 운동을 다 마치는 게 낫다고 생각했어…… 늦
었네.

사이. 그녀는 자신의 노트를 계속 들여다본다.

남자   늦었다는 사실이 네가 참석한 회의가— 네가 소식을
가져왔다는 뜻이길 바래. 좋은 소식. 그들— 그들이
뭐라고 했어?

여자   확실히 다 마친 거야? 끝냈어? 방을 몇바퀴 더 뛰고
싶은 거 아냐?

남자   우리가 돌보지 않을 거면 왜 우리에게 몸을 주겠어?

여자   책임자들은 그게 거주자들의 집중력을 유지하게 한다
는 걸 알았지. 자신의 육체가 없으면 사람들은 자신이
누군지를 잊기 시작해. 그러나 그들은 거주자들이 마

라톤 훈련을 시작하길 기대했던 건 아냐.

남자　어쨌거나 모두 환상이야. 내가 내 환상을 가지고 무슨 짓을 하건 그들이 왜 상관하는 거지?

사이.

남자　판결을 빼면 말이야. 판결이 있었지, 그렇지?

여자　그들은 너의 최후진술에 감동받았어. 인상적이었다는 말을 너에게 전해 달라더군. 그들에게 네 진술은 아주 진실되게 들렸어. 대체로.

남자　정말 그들이 그런 말을 했어? 진실되게 들렸다고? 그럼 그 테이프, 그들이 그걸 좋아한 게 틀림없지—?

여자　그들은 그 테이프를 봤어. 두 번.

남자　두 번이라고! 그들은 모두에게 그렇게 하나? 그들은 틀림없이 바쁠 텐데, 내 말은, 그들이—

여자　그들이 테이프를 두 번 보는 게 항상 좋은 징조는 아니야. 하지만 이 경우에는—

남자　그들이 결심을 했고, 나를 통과시켜주었다, 계속해, 말해.

여자　음, 그들은 여전히 몇가지 질문할 게 있지만, 정말 사소한 것들일 뿐이지.

남자　그러나 그들이 테이프를 좋아했군, 내 그럴 줄 알았어. 다른 말은?

여자　그들은 말했어…… 이 남자, 그는 들어왔다가 가장 빨리 나간 사람이 될 만해,라고— 책임자들 중에서 회의에 참석한 한 사람은 심지어 이런 말을 흘리기도 했는데, 기대한 대로 진행된다면 기록을 세울 거라는 거였어.

남자 기록!…… 음, 넌 자랑스러워해야 해. 그걸 해낸 건 너야. 아마 그들은 너를 칭찬하고, 네게 줄 거야— 뭔지는 난 모르지, 특별히 잘한 일, 효율적인 일에 대해 그들이 여기서 보너스를 주나? 아니면 그들이— 내 말은, 승진 같은 것이 있나?

여자 승진과는 아주 거리가 멀지. 게다가 그들을 놀라게 한 사람은 바로 너야. 그들은 네가 장기간 있을 거라고 생각했어. 네가 들어오기 전에 그들은 이렇게 말했지. "그의 경우는 영원의 시간이 걸릴 거야. 이 일은 어려울 거야."

남자 그런데 아니었지. 그러니까 첫번째 충격 후에, 내 말은, 네가 저 문으로 들어왔을 때— 내가 불쾌하게 굴었던 건 미안해, 하지만 난 오랜 세월 여기서 그저 기다리기만 했어, 오직 저 여자들, 저 끔찍하고 못생긴 여자들만이 하루에 한번씩 들락날락했지. 말 한마디 안했어— 알아, 알아, 나는 그들의 외모 따윈 신경 쓸 처지가 아니라는 거. 심지어 미소조차도 짓지 않았다구—

여자 그들은 너의 매력에 무감각했지.

남자 그건 나한테 유익했어, 내가 마땅히 받을 대접이었지.

내가 일을 시작할 기분이 되게 해주었어. 이것에 대해 과분하게 칭찬받는 것을 바라지 않아…… 우리, 너와 내가 세운 기록, 그건 물론 명예로운 것이지만 나는 준비되어 있었다는 걸 부정할 수 없어, 나는 다른 사람들에 비해 남다르게 시동을 걸었던 거야. 내가 자살했다는 사실, 음, 그것이 나를 도와준 게 틀림없어.

여자 난 우리가 그게 비겁한 짓이었다는 데 동의했다고 생각했는데.

남자 그렇지. 물론 그렇지. 첫 시간에 네가 그걸 들고 나왔을 때 나는 인정했어.

여자 두번째 시간이야.

남자 넌 정말 모든 걸 기억하는군. 겁나네.

사이.

남자 그게 여기서 나에게 활력을 불어넣었다는 걸 너도 인정해야 해, 내가 곰곰이 생각하면서 그렇게나 많은 시간을 보냈다는 사실 말이야. 유리한 점이었다고 말해도 좋아. 나는 한가지는 망치지 않았어. 목을 매다는 것, 내 말은…… 이런 종류의 일에 대한 통계를 가지고 있나?

여자 목매다는 것에 대한?

남자 자살에 대한 통계 말이야. 자살과 회전율, 즉 얼마나 빨리 사람이 여기에 들어왔다 나가는가, 말하자면 졸

업생이지, 이 두 가지를 연결지어본 적 있어?

여자 시간 낭비 같아 보이는걸.

남자 모르겠어, 그게 네가 계획을 세우는데 도움이 될 거야. 내 말은, 너는 그러니까 해야만…… 뭔가 계획이 진행되고 있어야만 해. 이 사람은 자기 자신을 버렸다, 그는 더 빨리 나가게 될 거다, 우리는 다른 사람을 곧 비게 될 방에다 우리의 기록부나 그 비슷한 것에 따라서 옮겨놓을 수 있다. 여기에 이 여자가 있다, 그녀는 여기 오기 전에 뉘우치는 조짐이 없었다, 이제 그녀는 더 오래 걸릴 거다. 아마 이게 당신에게 도움이 될 거야, 알잖아. 전입과 전출을 통제하는 것 말이야. 내 얘기는, 영혼들이 다 없어지면, 네가 저 아래로 보낼 영혼들이 충분히 없다면 무슨 일이 일어나는 거냐고.

여자 너 여기를 운영하려고 드는 거야? 난 네가 나가려고 애쓰는 줄 알았는데.

남자 기다릴 수가 없어. 다시 나가서 거기로 가는 것, 이승으로 돌아가는 것── 그 어떤 일도 벌어지기 전으로── 왜냐하면 다른 이들이 여전히 여기 있기 때문이야, 다들 그렇지?

여자 누구 말이야?

남자 내가 삶을 함께했던 이들 말이야, 그들은 여전히──? 그러니까, 내가 가장 빨리 나간다면, 그러면 그들은 여전히 여기 있게 되겠지, 그러니까, 이 방처럼 생긴 방에서. 즉, 그들에겐 시간이 더 걸리겠지.

여자 그 여자. 그게 네가 말하는 사람이지, 그렇지? 그 여자? 만약 그녀가 벌써 자유의 몸이라면?

남자 음, 그래. 그녀가 뉘우쳤거나 빛을 봤기 때문은 아니겠지. 그 여자는 아냐. 절대 아냐. 그녀가 벌써 나갔다면 그건 그 여자가 퍽 교활하기 때문이지. 나는 그 여자가 분명히 나보다 먼저, 누구보다도 먼저 나갔을 것 같았어. 그 여잔 날 우롱했지, 그건 확실해.

여자 그 여잔 아직 여기 있어, 날 믿어.

남자 누가 그렇게 생각할 수 있겠어. 여전히 안에 있다고.

여자 너는 그게 좋아? 누군가 그녀를 고문하는 게?

남자 아니, 사실은, 난 그녀······ 탈출했기를 바라고 있었어. 바깥으로 나갔기를. 그녀를 다시 만나고 싶었어. 그 여잘 다시 찾기를.

여자 그 여잘 찾는다고?

남자 다른 육체를 타고 나겠지, 우리 둘 다, 당연히. 그러나 난—— 우리가 서로를, 상대방을 알아볼 방법이, 누군가의 눈을 들여다 볼 방법이 있을 거야. 어떤 속임수나 가면보다도 깊이 그 안에 있는 걸 들여다 보는 거지. 우리가 처음 만나서 그 여자가 내가 생각하고 있는 걸 한마디 한마디 말해주던 때처럼. "나의 남자여, 당신이 원하는 건 우리가 쎅스를 할 때 당신 밑에 깔린 내 얼굴을 보는 거지, 내가 누구에게도 보여주지 않은 얼굴. 그리고 그때—— 조심해. 내 얼굴을 한번

보고 나면, 당신은 날 결코 잊을 수 없을 거야. 경고하
는 거야. 당신은 무슨 일이 일어나든, 얼마나 많은 시
간이 지나든, 항상 나를 알아보게 될 거야. 당신이 일
단 내 감춰진 속 안에서 억지로 쥐어짜내 내 얼굴을
보고 나면, 당신은 날 결코 잊을 수 없을 거야. 그 위
험을 무릅쓸 준비가 되지 않았으면 보지 말라고 당신
에게 경고하는 거야."

여자   여자들이 남자들에게 늘 하는 말이지.

여자, 그에게 다가가 자신의 몸을 그의 옆에 놓는다.

여자   만져봐.

남자   나더러 뭘 하라는 거야── 내가 널 만질 수 있어? 이
게 허용되는 이유는 내가 이제──?

여자, 그의 손을 잡아 자기 얼굴에 올리고는 목을 거쳐 어깨로,
다시 손에까지 이르게 한다.

여자   그저 껍데기야. 더이상 아무것도 아니야. 우리가 여기
있기 때문에 그런 것만은 아니야. 육체는 외부의 굴레
에 불과해. 벗어던질 옷이지, 심지어 저 밑에서도 말
이야, 심지어 네가 자신 속으로 더 깊이 파고들어간대
도. 그녀가 어떤 모습일지, 네가 어떻게 보일지, 성별
은 무엇일지, 얼마나 나이가 들었을지, 머리와 피부색

은 어떻고 입술은 얼마나 부드러운지— 아무것도 중
요하지 않아, 아무것도 누가 정말 어떤 사람인지 아는
데 손톱만큼도 도움이 되지 않아. 어떻게 그 여자를
알아볼 수 있겠어?

남자, 손을 뺀다. 침묵이 흐른다.

남자 사랑에 빠져본 적 있어? 저 옛날, 저 밑에서? 넌 아
주— 거리가 멀게 느껴져. 내가 아무리 열심히 들여
다 봐도 마치 네 안에 아무도 없는 것처럼. 과거의 너
를 완전히 제거했어, 아무것도 남지 않았어. 그렇게
텅빈 너— 너는 사랑에 대해 아무것도 모르는 것 같
아, 무엇이 두 사람에게 일어날지를…… 때로 당신
은 상대방을 깨서 열어봐야 해, 그들의 평소 모습을
밀쳐버리고, 그리고 너도 마찬가지로 그들이 깨버리
게 해야 해. 그게 우리가 한 일이야. 상대방을 마지막
뼈까지 다 발가벗겨버리는 것. 그녀는 나를, 모든 사
람을, 꿰뚫어보는 능력이 있었어, 마치 칼처럼.

여자 칼처럼. 마녀로군.

남자 그 여자는 마녀는 아니었어. 그저 아주…… 영리했
지. 그녀는 세상에 대해, 사람들에 대해 잘 알고 있었
지. 그 여자는 사람 속을 들여다 볼 수 있었기 때문에

미래를 볼 수 있었어.

여자 그러나 그녀는 네가 자신에게 무슨 짓을 할지 눈치채지 못했어. 그러니 네가 옳아. 그 여자는 어쨌든 마녀라고 하긴 어려워. 그냥 그 낯선 나라의 실상을 알고 있었을 뿐이야.

사이.

여자 어쩌면 너는 운좋게 다음 번에 다시는 그 여자를 만나지 않겠지.

남자 다음 번에. 우리가 그럴까— 넌 여전히 조금도 말해주지 않았어 내가 어디로— 정보가 있는 거야? 아니면 아마 넌 그걸 내게 알려주지 못하게 되어 있겠지.

여자 항상 그렇게 서두르는군. 나는 우리에게 질문이 몇 개더 남아 있다고 생각했는데.

남자 심각한 것은 아니라고 하지 않았나, 그렇지?

여자 내가 그렇게 말했는지는 잘 모르겠네. 말하자면, 불일치, 빈 구멍, 사소한 한두 가지 모순점들. 정화되지 않은 채, 더러운 상태로 다음 단계로 넘어가고 싶은 건 아니지?

남자 그들이 테이프를 좋아했다고 말했잖아. 그러니 뭐가 되었든 불일치는 깨끗이 해결해야겠지…… 그리고 우리는— 나는 그 다음에……

여자 준비되었다는 거지, 좋아. 보자. 넌 아이들과 관련해서 이런 말을 했어. "나는 그 애들을 내 영혼보다 사랑했어요." 그러나 이틀 뒤에 우리가 여기 앉아 있을 때—내 옆에 앉아……

남자 오늘 아침 침대 정리를 안했는데.

여자 그건 다른 누군가가 처리할 거야.

네가 여기서 나가기만 하면.

남자 그들이 세탁물을 갈아주나?

여자 지금 빨래를 어떻게 하느냐를 우리에게 일러주려는 거야? 이 모든 과정을 어떻게 손아귀에 쥘지는 그만 생각하시고 얘기를 하자고.

여자, 정돈되지 않은 침대를 탁탁 두드린다. 남자, 그녀 옆에 앉는다.

여자 그러니까, 이틀 뒤에, 보자. 그래, 너는 진술하지, 여기, 이걸 읽어.

남자 "그녀가 나를 경악하게 만든 것은 내가 그녀를 사랑한 이유와 같았습니다. 그녀가 무슨 일이라도 할 수 있다는 것, 무엇이든 시도해보려고 한다는 것, 어떤 관습이든 무시하고, 어떤 규칙이든 깨뜨리고, 자신의 집과 가정을 내던져버리고, 자신이 잘 알지도 못하는 남자와 새로 시작할 수 있다는 것."

여자 그리고 그때 너는 깨달은 거지, 만약 그 여자를 뿌리 뽑고, 배신하면, 그녀를 막을 길이 없다는 것, 어떤 규칙도 적용될 수 없다는 걸 말이야. 내가 잘못 인용하면 정정해줘.

남자 그래, 맞아. 나는 그녀가 끔찍한 일을 할 수 있고, 광기에 사로잡혀 내게, 우리가 낳을 아이들에게 무슨 짓이라도 할 수 있다는 걸 알았어.

여자 심지어 죽일 수도?

남자 그래. 속으로 그렇게 생각했어. 내가 그 여자를 떠나면, 감히 떠나려 하면. 나는 그걸, 미래를 봤어. 그걸 보고는 눈을 감았어. 그리고 몸을 던졌지. 난 그 여자를 길들일 수 있다고 생각했어. 나는 그 여자를 내가 원하는 일이면 다 하게 만들 수 있다. 그 여잔 너무나 사랑에 빠져 있어서 내가 모든 걸 조종할 수 있다, 그녀의 광기조차도.

여자 그래서 너는 그 여자를 어느날 헌신짝처럼 버릴 계획을 세웠지. 너의 언어를 말하고 같은 피부색을 가지고 있고 야만인이 아니고 어느날 아침 너의 목을 따버릴까 염려하지 않아도 될 여자를 찾으려고 했어. 처음부터 그런 계획을 가지고 있었지? 더이상 쓸모가 없으면 그녀를 치워버리려고. 자. 나는 알고 싶어. 네가 몸을 던진 날 — 넌 눈을 뜨고 있었어 감고 있었어?

남자 감았어. 눈은 감고 있었어. 이미 말했잖아.

여자 뜨고 있었어. 눈을 뜨고 있었어. 무슨 일이 일어날지 넌 알고 있었어.

남자 아니야.

여자 아니. 넌 알고 있었어. 인정해. 눈을 크게 뜨고 있었지. 인정해. 여기서 나가길 원해?

남자 그래. 눈은—크게 뜨고 있었어.

여자 고비마다 눈을 크게 뜨고 있었지. 그러니 네가 자신의 영혼보다 애들을 더 사랑했다는 것은 사실이 아니야. 너는 애들을 네 야심, 네 쾌락보다는 덜 사랑했어. 넌 애들을 희생시켰어, 아냐? 아냐?

사이.

여자 내가 책임자들에게 뭐라고 말하지? 너는 자신과 아들들 중에 어느 쪽을 더 사랑했어?

남자 낮고 쉰 목소리로 나 자신.

여자 뭐라고?

남자 나 자신. 나는 나 자신을 더 사랑했어.

여자 그게 이 사건에 대해 진술할 내용의 전부야?

남자 그래. 빌어먹을. 됐어? 네 생각에는 책임자들이— 이걸로 충분해? 그들이 받아들일까?

여자 너의 열렬한 감정을 전달하도록 노력하지.

남자 그들이 할 일이란 테이프를 보는 거야— 그러니까, 이것도 녹화하고 있지, 맞지?

여자 이걸 녹화하다니?

남자 오, 아니군, 카메라가 켜져 있지 않군. 녹화를 하지 않앉어. 우리의 마지막 시간, 마지막 만남, 작별의 자리인데, 이걸 네가 뭐라고 부르든 말이야.

여자 왜 우리에게 테이프가 필요하다는 거지?

남자 냉소적으로 그러면 네가 내 열렬한 감정을 전달할 필요가 없게 되지. 그러면 내가 스스로 내 사건을 변호할 수 있지.

여자 변호할 것은 아무것도 없어. 그들은 내 보고에 만족할 거야.

남자 음, 그렇다면 안심이지. 그러면 난 가는 거네. 좋아. 그러면 난 이제 떠나, 바로, 작은 소년이 되어 새로운 삶을 향해——

여자 아니면 작은 소녀가 되어.

남자 나는 소녀로 돌아가는 것도 개의치 않아, 전혀. 알잖아. 우리는 그걸 토론했잖아. 무엇이 되든 누가 되든 괜찮다고. 내가 삶을 다시 한번 누리는 한.

여자 다시 삶을 누린다고?

남자 정말 기다려져. 아기들은 최고의 모험을 하게 되지. 모든 것이 새롭지. 미지의 것. 모든 것이 처음과 같은. 그 첫걸음. 나는 넘어질 거야. 울지 않고. 고개를 들면 손이 보이지, 내가 다음 걸음을 떼어놓는 걸 도와주려고 기다리는 엄마의 손. 나는 그 손을 움켜쥐어, 손을 놓고, 넘어지고, 무릎이 까지고, 엄마가 날 일으켜주고, 달래주지.

여자 그 여자가 너를 달래줄 거라고 확신하는 것 같네.

370

남자 그 여자는 내 엄마잖아.

사이.

남자 넌 나한테 그런 짓을 하지 못해, 나한테 그런 엄마를 보내지 못해⋯⋯

여자 그런 엄마라니?

남자 넌 내게 그런 짓을 못해.

여자 우리는 너한테 아무 짓도 안해. 우리는 절대 안해.

사이.

여자 무슨 짓을 하는 엄마냐니까?

남자 내가 돌아가게 되었을 때— 나를 되찾을 수 있을까— 그러니까, 제때 되찾을 수 있을까? 그러니까, 너는 항상 시간은 우리가 생각하는 대로가 아니라고 말해왔잖아, 시간은 빙 돌아서 오는 경우가 있어서, 사람을 계속 괴롭히거나, 이상한 방식으로 되풀이될 수가 있다고, 처음에 일어나는 것처럼 보이는 일이 사실은 뫼비우스의 띠처럼 나중에 일어날 수 있다고 말해왔지. 그게 내가 말하려던 거야.

여자 그래서?

남자 내가 돌아갈 가능성이 있을까, 저 누군가가 되어⋯⋯

여자 누구? 누가 되는 게 제일 두려워?

남자   내 아들. 아들들 중 하나. 나는 그러고 싶지 않아—
그 애의 육체에 들어가고 싶지 않아. 그건 공평하지
않은 거라구—

여자   너를 잡아 올려주는 손이 그 여자 손이 되는 것이 공
평하다고 생각하지 않아? 네가 그 작은 육체 속에 들
어 있는 너 자신을 발견하고 그 여자가 손에 칼을 들
고 다가오는 것을 보는 것이 극히 공평하다고 생각하
지 않아? 이 칼 말이야.

여자, 가방에서 칼을 꺼낸다.

여자   이 칼을 알아보겠어?
그 비명소리가 네 것이 되는 게 공평하지 않겠어?

남자   그렇지만 그렇게 해서 네가 얻는 게 뭐지, 나는 뭘 얻
는 거야? 아무라도 좋아, 뭘 얻는 거지? 내가 뭘 배우
게 되는 거지, 뭘—?

여자   나는 그 일이 일어날 거라고 말하지 않았어, 너는 어
떻게 될 사람이냐면— 그러나 그게 네 생각에 자신
에게 마땅한 것이라고 생각한다면, 네가 그런 생각을
한다면……

여자, 조심스럽게 칼을 다시 가방 속에 넣는다.

여자   어쩌면 너의 제안을 내가 전달해야 할지 모르지, 어쩌

면 뭔가 조치가 취해질 수도 있어. 둘 중 어느 편이……?

남자 너는 그러지 못해—— 너희들은 그런 짓을 하지 않아.

여자 무서운 거야?

남자 너는 그런 짓을 하지 않을 거야. 아무도 자신의 아들이 되어 돌아갈 수는 없어.

여자 아무렴. 그런 식의 일은 일어나지 않아. 너는 여기 처벌받으러 온 게 아니니까.

남자, 무릎을 꿇는다.

남자 난 다음 번에 절름발이나 아니면…… 불쌍한…… 아니면 그 비슷한 어떤 것이 되어도 좋아. 난 뭐라도 달게 받겠어——

여자 넌 늘 자신을 비하하지. 어떻게 그 여자가 너와 사랑에 빠졌을까, 너의 그 마녀가 어떻게 너를 자신 속에 받아들였을까? 어떻게 그 여자가 너 같은 사람을 영웅적이라고, 자기 고향을 떠날 만한 가치가 있는 사람이라고, 자기 자식을 죽일 만한 가치가 있다고까지 생각했을까?

남자, 일어선다.

남자 그녀는 내가 자신과 동등한 사람이라고, 세상에서 가장 창조적이고 모험적인 사람이라고 생각했어. 세상을 바꾸고 큰 도시들을 건설하고 대단한 발명을 하고 국경을 가로지르고 불과 바람을 다스리고 대지가 그 보물들을 내놓도록 할 어떤 사람. 그리고 그 여자는 내가 자신을 필요로 한다는 걸 알았어. 어둠을 정복하기 위해, 우리 둘이 함께, 우리의 이름이 함께 인간의 기억에 새겨지도록. 그 여잔 나를 믿었어. 그리고 나도 그 여잘 믿었지. 실수로 가득 찬 인생에 더해진 하나의 실수였지.

여자 절대 네가 하지 않은 실수들 말이야?

남자 무슨 말이야?

여자 다른 질문이 있어. 그것은…… 이것과 관련되지.

여자, 가방에서 아름다운 그리스풍 화병을 꺼낸다.

남자 그게 뭐지?

여자 이걸 몰라보겠어? 네 엄마가 아끼던 꽃병인데? 네가 깨뜨리고는 할머니 탓으로 돌렸다고 말했던 그 꽃병이잖아.

남자 아, 그 꽃병.

여자 여기. 그 사건에 대한 너의 진술을 읽어봐.

남자 읽을 필요 없어. 우리는 여느 때처럼 점심을 먹고 있었어. 할머니와 나, 단둘이서. 나는 할머니와 지내는 게 싫었어, 엄마가 강제로 나를 그렇게 하는 게 싫었어. 저것 좀 가져다줄래, 이것 좀 집어줄래, 이것 저것 이것 저것 저것. 그저 날 괴롭히려고, 그 늙은 여자에게 내가 관심을 가지게 하려고. 결국 할머니가 나한테 마지막 한가지를 달라고 했지, 그게 뭔지 기억이 안나…… 냅킨, 아니면—

여자 치즈 한조각. 여기 너는 치즈 한 조각이라고 말했어.

남자 뭐였든 간에, 그건 바로 할머니 손 끝에 있었어, 할머니가 일인치, 아니 그보다도 더 짧게 자기 손가락을 움직이면 되는 거였어. 나는 화가 나서, 조금도 참지 못하고, 그걸 집으려고 테이블 너머로 불쑥 손을 뻗었고, 망할 꽃병을 깨뜨린 거야. 그리고 식사가 끝날 무렵 엄마가 들어왔을 때, 나는 할머니 탓을 했어. 나는 할머니가 한 짓이라고 우겼어. 할머니에게 엄마가 "바보 같은 늙은이"라고 외쳤을 때 기분이 좋았어. 바보 같은 늙은이. 몇년 후에 내가 그 여행을 떠나기 전에 마지막으로 할머니 방에 들어갔을 때— 할머니 입에서는 빵 부스러기들이 떨어지고 있었고 할머니 손은 천천히, 아주 천천히 그 빵 부스러기를 집어 떨리는 입으로 가져갔지만 그건 또 떨어졌고 나는 도와드리려 했지만 할머니는 내가 존재하지 않는 듯이 내 뒤쪽을 노려보더군. 나는 할머니가 그 방에서 외톨이로 죽어갈 거라는 걸 알았지. 그 순간 갑작스러운 동정심이 일었어. 그건 내가 나중에 느끼게 된, 지금 내가 할머니를 생각할 때면 느끼는 것의 전조였지, 할머니를 다시는 보지 못했다는 것, 할머니에게 미안하다고 말하지 못했다는 것 말이야.

여자 미안해할 것이 아무것도 없다는 것만 제외하면 똑같네. 네 할머니는 본인이 꽃병을 깼다고 말하고 있어. 여기 그녀 진술의 일부가 있어. "나는 내가 한 일 때문에 그 아이가 벌 받도록 하는 것에 대해 나 자신을 용서할 수가 없었다. 나는 그 아이를 다시 만나면 이 세상에서 돌봐주는 사람 하나 없을 때 나를 지켜주면서 그렇게 고맙게 해준 걸 감사하고 싶다."

남자 그 빌어먹을 것을 깨뜨린 사람은 나야. 그녀가 내 잘못을 감싸주려 한다는 사실이 내가 한 짓을 더 나쁜 짓으로 만드는군.

여자 우리는 그렇게 생각하지 않아. 그녀가 옳다고 생각해. 사실은 그녀가 옳다고 확신해. 너는 자신이 한 좋은 일을 숨겼어, 마치 당혹스러운 일인 것처럼 너의 다정함을 은폐했어. 왜 그런 거야?

남자 내 기억이 그렇다는데, 내게서 무슨 대답을 원하는 거야? 분통이 터져 팔을 테이블 너머로 쑥 뻗고 꽃병이 할머니 발밑에서 산산조각이 나는 게 보여, 내가 냉정하게, 교활하게 할머니 탓으로 돌리겠다고 마음먹는 장면이 눈에 선해.

여자 그래서 어떻게 설명할래……?

남자 어쩌면 내가 그랬을지도 — 내가 그 사건과 다른 사건을 혼동했을지도 모르지. 내가 더 어렸을 때 꽃병을 깨뜨린 걸 기억하고 있어, 혹시 두 꽃병을 혼동했을지도 몰라.

여자, 일어나서 떠날 준비를 하는 것처럼 가방을 연다.

여자   그들에게 네가 협조하길 거부한다고 말할 거야.

남자   잠깐, 어쩌면……

여자   어쩌면?

남자   혹시—— 내가 너를 기쁘게 하려 했던 거였는지도 몰라. 다른 어떤 걸 네가 요구했잖아. 하나만 더. 고기 한조각 더. 맛있는 걸로 하나 더. 우리는 그들을 납득시켜야 해. 나는 뭔가가 더 필요해. 이건 나한테 충격일 수밖에. 난 끝장이구나 생각했어. 나는 내가 끝장났다고 네게 말했어. 그러나 넌 나를 벌레처럼 작게 만들어서 내가 새출발하길, 그리고 넌—— 그 뭐냐, 승진, 보너스, 축하, 또 뭐지? 그런 걸 얻길 원했어. 주목, 주목하세요. 내가 담당한 재소자는 깨끗해. 깨끗해졌어요. 티없고, 씻겨졌고, 박박 때를 밀었어요. 최후의, 최악의, 최악 다음의 모든 마지막 죄, 실수, 소홀함, 부주의, 위반, 그가 밟아 죽인 모든 개미, 그가 밟은 남의 발까지 모두 뉘우쳤어요. 그러니 혹시……

여자   혹시……

남자   나는 몇시간이고 여기 앉아 있거나, 달리기를 하거나 운동을 하면서, 벽을 밀고, 문을 밀고, 마루를 밀고,

점프를 하고 또 하면서, 어떻게 하면 너에게 필요한 걸 줄까 생각하려고 애썼어. 어쩌면 내 안의 뭔가가 깨져서, 무너져내려서, 뭔가가 뚝 부러져서 혹시 내가—— 어느날 내가—— 내가 꾸며내기 시작했는지도 몰라. 그러나 할머니 일은, 그때 한번뿐이었어. 그게 다야. 그때 한번뿐. 그냥 이걸 눈감아주고 넘어갈 수 없어?

여자 한번만이 아니라면? 만약 그게…… 늘 그랬다면. 그들이 의심하는 바대로.

남자 그들이 큰 감명을 받았다고 했잖아. 내가 제일 진도가 빠르다고, 그들이 나를 내보낼 거라고 했잖아.

여자 항상 그렇게 서두르지. 너는 이 퍼즐의 조각 하나를 잊고 있어. 너의 자살 말이야.

남자 그게 내게 유리한 점이라고 생각했어, 이미 뉘우치며 도착한 거였지.

여자 그것은, 그것은 틀림없이 맞아. 그러나 그게 우리를 긴장시키기도 하지. 우리는 그게 어떤 것인지 알고 있어, 네 몸이 자신으로부터 찢어지는 것처럼 벗겨져나가는 순간의 그 쥐어짜는 광기 말이야. 너는 끝나고 있다고 생각했겠지, 네가 그 목소리들, 네 아들들의 저 비명소리, 저 마녀의 눈을 자신에게서 제거하는 순간이라고 생각했겠지.

남자 그래. 그게 내가 간절히 기도했던 거야.

여자 그러나 넌 그러지 못했어. 끝내는 것 말이야. 눈을 뜨니 너 자신은 여기 있었지, 이 방에, 너의 쪼그라든 자아와 함께 영원히, 기분전환할 것이라고는 전혀 없이. 더이상 탐색이나 모험도 없고, 더이상 술이나 음악도 없어. 너 자신과 몇몇 못생긴 경비원과 나만 있지. 그리고 바로 그때 네가 실수한 거야. 너는 내게 바로 굴복했지.

남자 바로는 아냐. 두번째 시간. 하룻밤 생각한 끝에 나는——

여자 너무 빨랐어. 언제나 그래. 첫날, 너는 저항하지, 겉으로는 자신의 상처받은 자존심을 유지하지, 자신이 어떤 일을 했다는 것을 부정하지. 그러면 나는 떠나고 너는 홀로 남아. 하룻밤이 지나가고 또 하룻밤이 지나가도 나는 돌아오지 않지. 그리고 너는 세번째 불면의 밤의 어느 싯점에서 스스로 생각하지, 어쨌든 조만간 고백하게 되어 있다, 그들이 카드를 다 쥐고 있어, 왜 당장 하지 않지, 다른 사람들보다 앞서 고백하고, 내 고통을 덜지 않지? 실제로 이렇게 된 일 아니야?

남자 아니야.

여자 실제로 이렇게 된 일 아니야? 너는 모든 걸 계획했어. 그게 너다운 것 아냐, 행동하는 인간형 말이야, 일단 어떻게 적을 물리칠지 구상하고 나면 전략을 짜고 그걸 고수하는 거지. 항상 너는, 똑같은 너는, 너 자신의 절벽 끝에서 춤추면서 떨어지지 않을 거라고 확신하지. 네 생각에 네가 지닌 여러 존재 중에서 필요한 것

을 잘 구사하면서 말이야. 우리를 속이려 하지 않았
어? 나를 속이지 않았어? 지름길을 택하자, 모든 일
을 다 하진 말자, 그러지 않았어? 말해봐. 계속해서
거짓말하는 데 물리지도 않아?

사이.

여자 이걸 끝내고 싶어?

남자 널 속이길 원했어. 그게 나란 사람이야, 과거의 나였
어, 조급하고, 언제나 어딘가로 가는 중인 사람. 그러
나 그렇다고 그게 진실이 아니라는 말이 되는 건 아
냐. 내 자신의 깊은 늪 속으로의 여행, 그게 시간이 지
나면서 뭔가 진실한 것임이 밝혀지지 않는다는 뜻은
아니야. 남자가 복수를 택할 때 그는 무덤 두 개를 파
지. 네가 그 말을 해줬어. 그리고 난 아내를 생각했어.
내가 아내에게 더 가까이 다가가면서 나는 그녀를 그
리워하기 시작했어. 어쩌면 우리의 다음 생에서, 비록
내가 알아보지도 깨닫지도 못할지라도, 비록 내가 여
자로 돌아갈지라도, 그녀가 내게 다시 다가와 내 자신
의 내밀한 생각을 말해주기를 바랐어. 똑같은 바람 아
래서 우리가 자신의 공포를 몰아내는 두 그루 나무와
같았던 그 순간 말이야. 어쩌면 그녀 옆에서 한번 더
잠들기 충분할 만큼, 다시 그녀 때문에 밤에 깨어날
만큼.

여자 그 여자도 악몽을 꾸었지.

남자 아냐. 나를 깨운 것은 악몽이 아니었어. 그 여자는 가볍게 코를 골 뿐이었어, 내가 이걸 너에게 얘기한 적은 없는 것 같은데?

여자 한마디도 안했지.

남자 나는 움직이려 하지 않았어, 조용히 그녀 옆에 머물렀지, 그녀의 비밀스러운 꿈, 그녀가 꿈속에서 행하는 마법을 상상하면서. 먼저 어둠속에서 귀 기울이면, 날이 밝아옴에 따라 그녀의 입술이 검은 밀밭의 미풍처럼 살짝 움직이는 것이 보이지, 위아래로, 포도알들을 간질이면서, 그것들이 포도주가 되도록 준비하면서, 숨소리가 그녀의 몸에서 들락날락하지. 나는 그녀를 지키는 그림자처럼, 내 양손을 그녀의 몸 위에서 나부끼게 했어. 이 사랑은 영원하다고 생각하면서. 그녀의 몸이 내 몸에서 결코 떨어질 수 없다고 생각하면서. 다른 어떤 사람이 내 가까이에서 은밀히 함께 숨쉬는 것을 원하게 되리라고는 결코 생각하지 않으면서. 나는 그녀를 다시 찾아서, 그녀가 치유되는 것을 도울 준비가 되어 있어, 이 이상 더 준비가 되어 있을 수는 없어.

여자 너 자신에 관한 마지막 환상을 없앴고, 이제 혼자서 갈 수 있는 데까지 네가 왔으니……

여자, 문으로 간다.

여자　다음 단계가 너를 기다리고 있어.

　　　사이.

여자　문 저편에, 빛 저편에 뭐가 있는지 알아? 저 밖에 뭐
　　　가 있는지 알아?

남자　새로운 탄생. 네가 말했듯이 아무도 밟지 않은, 창조
　　　의 첫날처럼 깨끗한 해변 같은 삶.

여자　아니야. 다른 어떤 거야.

남자　다른 무엇이 있을 수 있지?

여자　'무엇'이 아냐. '누구'지. 그 여자가 거기 있어. 방에.
　　　이것과 똑같은. 사실은 바로 옆방에. 그녀가 널 기다
　　　리고 있는 곳. 다음 단계야.

남자　그 여자—— 그 여자가 몇년 동안 날 기다리고 있었다
　　　고?

여자　그녀에게 시간은 흘러가지 않았어. 여기서는 사정이
　　　이렇지. 너의 아내에게는, 네가 저 문, 그녀의 문을 통
　　　해 걸어들어가면, 그녀에 관한 한, 그녀는 어제, 엊그
　　　제 죽은 거야.

남자　그러니까 그 여자는 돌아갈 준비가 되어 있지 않다고?

여자　그녀는 신참이야, 막 시작하는 중이지. 죽었을 때처럼
　　　화가 나 있고 무자비한 상태야.

남자　내가 뭘 해야 하지?

여자 네가 아냐. 그 여자지. 그녀는 뉘우쳐야만 해.

남자 그리고 나는 그녀를 거기 보내야 하는구나.

여자 내가 너에게 했던 것처럼.

남자 그리고 그 여자는 내가 누구인지 전혀 모를 테지?

여자 네가 말해서는 안돼. 결코 안돼. 네가 힌트라도 주는 순간, 너는 도로 여기 돌아와 나 같은 사람과 함께 있게 될 거야. 처음부터 몽땅 다시 시작하게 되는 거지. 모조리 새로 하게 되는 거야.

남자 당신들은—— 당신들은, 너는—— 너는 그저 날 가지고 노는 거야. 게임, 모든 게 게임이야—— 뭘 위한 거지? 너의 즐거움을 위해? 아니면 그들의 즐거움을 위해?

여자 게임이 아냐. 날 믿어, 그건 결코 아니야——

남자 넌 나한테 거짓말을 했어. 처음부터. 네가 말했을 때, 네가 바로 그 말을 한 사람이야—— 따라하지 않는 것이 최고의 복수라고, 넌 말했어. 거짓말. 너희들은 복수를 추구하고 있는 거야.

여자 복수가 아냐. 구원의 기회지. 네가 자신을 치유하는 가운데 그 여자를 치유하는 거지.

남자 난 할 수 없어!

여자 나도 배운 거야. 모두가 그렇게 해. 그걸 또다른 탐구라고 생각하도록 해. 모든 탐구 중에서도 최고의 것.

남자 난 못해!

남자, 격렬하게 몸을 돌리며 우연히 꽃병을 친다. 꽃병은 떨어져 산산조각 난다.

남자 미안해, 나는——

여자 아냐, 그건 내 잘못이야, 내가 그걸 거기다 두지 말았
어야 해. 이럴 땐——

남자, 손과 무릎으로 주저앉아 조각들을 줍기 시작한다.

여자 그건 일단 네가 가고 나면 치워질 거야, 일단 네가——

여자, 손과 무릎으로 주저앉아 그가 조각들을 줍는 것을 돕는
다. 그들은 조각들을 가방 안에 넣는다. 그들은 일어선다.

남자 그건…… 오랜 시간이 걸릴 거야. 그녀를…… 협력
하게 만드는 건.

여자 알아.

남자 영원의 시간이 걸릴 거야.

여자 그래. 그러나 그게, 어쨌든, 현재로서는, 네가 할 일
이야.

남자, 문을 연다. 그는 멈춰서서, 여자를 바라본다.

남자 딱 하나 알고 싶은 게 있어. 윤회는 끝이 날까?

여자 네가 그녀를 치유할 수 있다면, 그럴 거야.

남자, 나가서 등 뒤로 문을 닫는다. 여자, 혼자 남는다. 그녀는
방의 공허함과 자신의 고독을 눈여겨 본다.

여자 네가 그녀를 치유할 수 있다면, 그래.

암전. 남자의 목소리가 들린다.

남자 멀리서 이제 내가 알고 싶은 것은, 무엇이 최악이었느냐
야. 그게 바로 네가 나에게 말해줬으면 하는 거야. 네
가 언제나 말하기를 거부해온 것 말이야.

조명이 들어오면, 우리는 바로 앞의 암전이 있기 몇분 전에 심
문이 시작되었던 장소와 시간으로 돌아와 있다. 남자와 여자는
이전처럼 같은 자리에 위치하고 있다. 남자는 흰 가운과 안경
을 쓴 치료사로, 여자는 재소자로 다시 등장한다. 심문 장면이
다시 반복된다.

남자 네가 첫 핏방울을 봤을 때, 네가 시작한 짓을 돌이킬
수 없다는 것을 알았을 때였나……? 그때였어?
여자 아니야. 그건 최악의 것이 아니었어.
남자 말해.
여자 나는 내 노예들한테 방에서 나가라고 지시하고 문을
잠갔어 —— 이것 참 어렵군.

남자 아마 큰애가 한 말 때문이었을지도 모르지. 그 애가, 첫애, 네가 처음으로 낳은 애가 너에게 한 말이 뭐였지? 그 애가 첫번째 순서였지, 맞지? 내 추측이 맞지?

여자 그래.

남자 왜 그랬지?

여자 그 애가 동생보다 힘이 셌어. 그 애를 잡는 것은 힘들었을 거야. 그 애는 달아났을 거야. 그 애가 나를 본다면, 큰애 말이야— 그 애가 나를 지켜봤더라면……

남자 뭘 지켜봤다는 거야?

여자 내가 한 짓…… 그걸 하는 것.

남자 한다고 하지 말고. 말해. 말을 해.

여자 죽이기.

남자 아냐. 말해.

여자 살해하기.

남자 좋아. 다시 말해.

여자 큰애가 내가 자기 남동생을 살해하는 걸 봤다면, 똑같은 일을 하긴 더 어려웠을 거야.

남자 말해. 단어들을 사용해.

여자 내가 큰애를 나중에 살해하기는 더 어려웠을 거야.

남자, 경악하지만 침착하게 자제한다.

남자 그런 계산을 했군. 너는 미친 게 아니었어. 네가 계속 말해온 것처럼 네 남편이 너를 미치게 만든 게 아니었어. 너는 잘 알고 있었어. 아이들이 태어났을 때부터 그 가능성을 두고 계획하고 있었던 거야.

여자 태어났을 때부터. 태어나기도 전에. 그때부터. 우리가 태어나기 전부터였는지도 모르지. 그 누구도 태어나기 전에.

남자 다른 사람은 잊어버려. 나한테 그 순간에 대해 말해. 네가 주의깊게, 단계마다 생각한 범죄. 너는 큰애를 먼저 골랐어, 그러고 나면 작은애는 꼼짝도 못할 테니까 그런 거지? 큰아들은 저항했겠지만 그 애는 무력했지? 너는 자신이 뭘 하는지를 정확히 알고 있었어. 그게 네가 나에게 하려는 말이지?

여자 너는 최악의 대목을 물었어. 바로 그거였어.

남자 계획했지, 계획했지?

여자 아니야. 그 애의 얼굴 표정, 내 아이의 눈에 담긴 표정, 작은애 말이야. 그 애가 내가 자기 형에게 하는 짓을 봤을 때, 첫번째 피가 내 손과 얼굴에 튀었을 때 그 표정, 그 애는 그게 게임이 아니라는 걸 눈치챘어. 그 애는 깨달았던 거야.

남자 그 애가 눈치챘다니, 뭘?

여자 자기가 다음 차례라는 걸. 내가 자기 형을 끝내고 나면 자기를 시작하리라는 걸. 똑같은 칼로. 자기가 깨끗한 칼로 죽지조차 못하리라는 걸. 오분 걸렸지. 큰애가 죽는데 오분이 걸렸어. 그리고 작은애는 바라보고 있었어, 나를—

남자 그 애 이름을 말해.

여자 아냐! 그 애 이름은 안돼. 너에게 그 애 이름은 결코 말하지 않을 거야. 그 애는 나를 지켜봤어, 작은애는, 형이 죽는 동안. 그게 내가 스스로를 용서할 수 없는 이유야.

남자 좋아. 좋아.

여자 그 애가 알아챈 그 오분을 용서할 수 없어.

남자 애가 너에게 뭐라고 말했나? 애가 달아나려고 했나? 작은애 말이야.

여자 그 애는 그냥 거기 서 있었어. 바라보면서. 그리고 내가 끝장을 냈을 때, 죽은 형에게 마지막으로 키스를 하고 땅에 조심스럽게 내려놓았을 때, 마치 침대에 눕히는 것처럼 그 애를 마지막으로 팔에서 내려놓았을 때, 내가 그 애에게 돌아섰을 때, 방 저쪽에서 나를 뚫어지게 바라보던 그 작은애에게 돌아섰을 때, 밖에서는 사람들이 소리를 지르고 있었고, 그들이 문을 부수려고 하고 있었고, 남편이 그들에게 서둘러라, 서둘러라 고함을 치고 있었을 때—

남자 그래서 그의 고함소리를 즐겼나?

여자 그런 것 같아. 그게 내가 그때 원했던 거야. 그의 비명을 듣고 싶었어, 그가 자기 아들의 비명을, 누가 먼저 죽는지조차 알지 못하는데도 듣기를 바랐어. 이제 그이에게 미안해, 내 남편에게.

남자 그는 자신이 그 비명을 듣는 걸 멈추게 할 길이 없지.

여자　그래. 마음속에서. 그 비명들을, 거듭 거듭. 그는 사람
이란 자신이 행한 짓의 댓가를 치른다는 걸 알고 있
지. 사람이 다른 이들에게 약속하고 상처를 주고 착취
하면서 계속 살아갈 수는 없다는 걸. 그러나— 이제
그만.

남자　너는 그가 충분히 고통받았다고 생각하는군. 그를 용
서할 준비가 되었군.

여자　중요한 건 그가 아냐. 네가 진실을 알고 싶다면 말이
야, 그때 나는 그에게 귀기울이지 않고 있었어. 나는
내 아이를 향해 돌아서 있었지. 아이는 내게 다가왔
어. 그 애는 달아나지 않았어. 그 애는 내게 다가와 빈
손을 잡았어. 그 손은 피로 물들어 있었지만, 그 애는
그 손을 어쨌든 잡았어, 양손으로. 그는 자기 형을 내
려다보고, 그리고 나를 올려다봤어. 그리고 말을 했
어. 갑자기 조용해졌지. 밖의 두드리는 소리, 고함소
리가 멈췄어. 내 남편도 귀를 기울이는 듯했지.

남자　그래서 그 작은애가, 뭐라고 하던가?

여자　엄마. 제발, 엄마. 이렇게. 속삭이는 목소리로. 그 말
만. 엄마. 제발, 엄마. 나는 그 앨 놓아주고 싶었어. 형
을 다시 살려낼 수 있었다면, 나는 그렇게 했을 거야.
그러나 너무 늦었어. 내가 처녀였던 때, 내가 할 수 있
었던 때가 있었…… 그러나 그때는 너무 늦었던 거
야. 나는 내 힘을 잃었던 거야. 나는 바다를 건넌 거
고, 서쪽으로 왔던 거고, 더이상 내가 그 안에서 태어

난 언어를 사용하지 않았던 거고, 내 힘은 이미……
그리고 남편은 문을 다시 부수기 시작했어. 그래서 했
던 거야.

남자   넌 눈을 뜨고 있었나?

여자   난 그에게 빚을 졌어. 내 둘째, 내 아기. 아버지를 꼭
닮은 애였지. 그 애가 내 눈을 똑바로 바라보고 겁을
덜 먹고 있었다니, 내가 그 짓을 할 때— 정말 미안
하다, 정말 미안……

남자   무릎을 꿇어. 무릎을 꿇고 해.

여자, 천천히 한 무릎으로 앉는다.

남자   두 무릎으로. 좋아. 이제 계속하지. 기억해. 내가 그
야. 내가 너의 남편이야. 내게 그걸 말해. 나를 보면
서. 나를 보라고 말했어.

여자   거의 들리지 않게 난 그를 원해…… 나는 그이가 날 용서
하길 원해.

남자   나는 네 목소리를 들어야 해. 우리 둘 다 들어야 해.

여자   나는 그이가 나를 용서하길 원해. 그가 나를 용서할
수 있도록 그를 한번만 더 보길 원해.

남자   좋아. 그래야지. 그 여자는 어떻게 하지?

여자   그 여자?

남자   나를 봐. 좋아. 그래, 네 눈을 보고 싶어. 다른 여자,
남편이 너를 버리고 택한 젊고 사랑스럽고 순진한 그

처녀는 어떻게 하지? 그녀에게도 미안한가? 네가 그
녀의 목숨을 뺏은 것, 피부를 불질러 망가뜨리고 갈보
인 양 죽음으로 둘둘 말아 뼈까지 몽땅 태워버린 것,
자신이 죽는다는 걸 알고는 너의 작은애 눈빛과 마찬
가지인 눈빛이 그 여자 눈에도 떠올랐지. 그녀에게 미
안한가?

여자 그래.

남자 말해. 나를 봐. 말해.

여자 나는 그런 짓을 하지 말았어야 해. 나는 질투로 미쳐
있었어.

남자 미친 게 아냐. 너는 자신이 하는 짓을 알고 있었어.

여자 분노했지. 분노, 버림받는다는 것, 내가 바다 위에서
집을 찾으며 밤을 보내야 한다는 것, 구토를 하면서,
그 여자가 내 남자와 쎅스를 하는 동안, 내 남자를 쾌
락으로 신음하게 만드는 동안. 아, 그건 여전히 나를
아프게 해. 그는 여전히 날 아프게 해.

남자 여전히 그를 사랑하나?

여자 아냐.

남자 진실을 말해. 나는 너의 남자야. 너의 남편. 내게 그걸
말해야 해. 여전히 나를 사랑하나?

그녀는 망설이다. 끝내, 고통스럽게, 답한다.

여자 그래.

남자 좋아. 이제 우리는 준비가 된 거야. 이제 너는 용서를 구할 수 있어. 내게 용서를 구해, 시작해.

여자 우리 애들을 죽여서 미안해.

남자 아니. 그녀에게. 그녀에 관해 너를 용서해달라고 내게 말해. 나의 신부. 너보다 언제나 훨씬 다정하던 연인을 죽인 것에 대해. 너보다 젊었고. 나처럼 흰 피부를 가진. 나의 언어를 말하고. 너처럼 외국인이 아닌.

여자, 일어선다.

여자 그런 말 하지 마.

남자 너처럼 야만인이 아니고. 읽고, 쓰고, 음악을 연주할 줄 알았던 사람. 네가 아무리 애써도 될 수 없었던 더 나은 여자.

여자 그런 말 하지 마. 그건 하지 마. 그는 그런 말을 결코 하지 않았을 거야.

남자 어떻게 알지? 그게 네 남편이 생각하고 있었던 거라면, 지금도 생각하는 거라면, 마음속 깊이, 이 건물 어디선가 길을 잃고 생각하고 있는 거라면? 너는 그래도 그를 용서할 수 있어? 그럴 만큼 남편을 사랑해? 말해, 말해. 우리는 너를 치유하려고 해, 기억하지? 너를 시험하는 거야, 기억하지? 그 불쌍한 처녀, 너의 애들에게 더 나은 엄마가 되었을 것이고, 그 애들을 해칠 생각은 결코 하지 않았을 여자를 죽인 데 대해 그에게 용서를 빌어. 네가 그를 용서한다고 말하고, 그의 용서를 빌어. 내게 빌어.

여자 싫어.

둘 다 그렇게 잠시, 말없이 있다.

남자 아이들은 어때? 아이들에 대해선 미안해? 아니면 그것도 속임수야?

여자 나는 다시 그렇게 할 거야. 그는 애들을 내게서 떼어놓고, 애들이 마녀를 증오하도록 키우고, 내가 빵 한조각을 달라고 손을 내밀며 절름발이로 문 앞에 오면 늙은 나를 비웃도록 키울 거야. 그는 내 아이들에게 뜻하지 않게 자기들을 낳은 형편없는 여자에 대해 떠들어대겠지, 자기 아버지와 조국을 배신했기 때문에 믿을 수 없는 화냥년이라고, 남편 나라의 언어를 결코 완전하게 배우지 못한 야만적인 화냥년이라고 하겠지, 내가 무엇을 할 수 있었겠어? 그들이 항상 다 가져가는 거야? 그들이 항상 이기는 거야? 그의 이야기만 말해지지, 마치 귀에 울리는 메아리처럼, 이방인들의 알파벳처럼. 먼저 그가 바다를 건너와서 대지의 두 다리를 그에게 벌릴 비결과 지도와 숨겨진 단어 들을 내게서 구했지. 그를 위해 대지의 두 다리를 벌리도록 강제할. 그 남자와 같은 전사, 용들을 죽이는 남자를 누가 책망하겠어? 대지를 약탈하고, 도시를 황폐하게 만들고, 도시들을 불태워 무너뜨리고 그리고 조각상과 전설 속에서 기억되고 땅의 이름을 지어주는 남자. 영웅. 이야기를 독점하고 모닥불 곁에서 여자들이 그의 눈만을 위해 옷을 벗는 동안 기쁨에 뽐내는 사람. 그리고 나는? 나는 뭐야? 나도 기억되겠지, 영원히, 추방자, 바보, 우롱당한 연인, 신들이 버리고 자기 남자에게서 버림받은, 주술사, 화냥년, 반역자, 적에게 문을 열어준 여자라고.

남자 주술사, 화냥년, 반역자—— 그게 네가 기억될 만한 이름이지. 자기 아이들을 죽이고 그들의 아버지가 작별 인사를 하지 못하게 하고, 그에게 매장할 시체조차 넘겨주지 않은 여자.

여자 나는 그 애들에게 생명을 주었어.

남자 생명?!

여자 나는 내 몸을 쪼개서 그들에게 생명을 주었어. 나는 그들을 길렀어. 나의 여성. 그리고 나의 몸. 내 젖가슴. 내 것. 내 젖. 오 내 아기들, 내 아기들. 오, 내 어머니가 내게 생명을 준 그날로 돌아갈 수 있다면, 내 아버지와 어머니가—— 그 침대를 불태우고 나를 낳기 전에 어머니를 칼로 찌를 수 있다면, 모든 것의 시초로 돌아갈 수 있다면, 모든 것을 불태워 무너뜨릴 수 있다면, 아무도 태어나기 전으로.

남자 그게 너의 대답이야? 파괴하고 죽이고 불태운다? ……너는 내가 뭘 하려고 하는지 알지? 나는 그들이 너를 돌려보내도록 할 작정이야. 지금 네 모습 그대로. 너를 돌려보내…… 그 여자의 몸 속으로.

여자   그 여자의 몸 속으로?

남자   그래, 너의 마음을 그 여자의 몸에다가. 그 처녀. 네가 불태운 신부, 그래서 결코 네 남자가 널 만졌듯이 만질 수 없도록 만들어버리고, 밤에 똑같은 말을 속삭일 수 없도록 만든 여자. 그녀에게 미안하지 않아? 손톱만큼도?

여자   더 오래 시간을 끌지 않은 게 유감일 뿐이야. 그 여잔 너무 빨리 죽었어, 그게 유일한 후회거리야.

남자   그러니 그 여자를 내부에서부터 아는 것이 네게 이로울 거야. 그를 너에게서 훔쳐간 그 젊은 여자. 그게 네가 제일 두려워하는 것 아닌가? 그게 네가 가장 필요로 하는 것 아니냐구— 자신을 좀 길들이고, 유순하게 만들고, 부드럽게 해서, 다음 번에 이 방에 들어올 때는 머리를 숙이고, 굴복하고 정말로 자신을 치유하기를 갈구하게끔 말이야. 그래, 그래, 그게 내가 그들이 너에게 하도록 권고할 일이야.

여자   나한테 그렇게 할 거야?

남자   그리고 한 순간 한 순간을 즐길 거야. 여기서 너를 지켜보면서, 네가 다른 여자의 몸 안에서 너의 남자와 사랑을 하고, 너를 뼛속까지 태울 불을 기다리고, 너를 정화해서 네가 이해할 수 있도록…… 그러니 너는 다시 시작해야 해…… 오, 난 그걸 즐길 거야.

여자, 격렬하게 반응하며 남자를 문 쪽으로 밀어낸다. 남자, 여자의 분노에 저항한다.

여자 나가, 나가, 나가버려. 나가, 이 후레자식아.

남자, 여자를 침대에 밀어붙여서 꼼짝 못하게 한다.

남자 떠날 거야. 난 내가 원할 때, 내가 기분좋고 준비되었을 때 떠날 거야. 내키는 대로 가고 올 거야. 그리고 너를 내 마음대로 할 수 있지. 우리는 너를 소유하고 있어. 네가 고백하곤 했듯이 노예들처럼.

여자 너는 나를 소유하지 못해. 내가 너에게 원하는 걸 주기 전까지는. 내가 뉘우치기 전까지는. 그러나 한가지는 말해주지. 후회한다면 그건 내가 아냐. 나는 나 자신이기를 멈추게 될 거야. 내일 아니면 다음날 아니면 지금부터 백만년 뒤에 뉘우치는 사람이 누구든 그건 내가 아냐, 알아들어? 네가 이걸 기억하면 좋겠어. 어이. 거기 너. 멍청한 카메라로 이걸 찍고 있는 너희들. 내 말 들어, 나를 너의 눈과 귀에 똑똑히 새겨둬. 그런 말을 하는 여자, 너 너 너 앞에 무릎을 꿇고 그런 말, 미안하다 내 남자를 훔친 갈보를 죽여서 미안하다 말하는 여자, 무릎 꿇고 고백하는 그 여자는 다른 누구일 거야. 내가 아냐. 내일, 그걸 꼭 기억해.

남자 내일? 흠, 내일은 내가 아니게 될 거야. 내가 아냐.

여자 너일 거야. 너, 돌아오게 될걸. 다른 몸으로, 그들이 너를 위해 어떤 몸을 택할지 누가 알겠어. 그러나 여전히 너야, 그 남자의 속에서, 그 여자의 속에서. 너야.

남자 아냐. 내가 아냐.

여자 내가 너를 밀쳤을 때, 너를 저 문 밖으로 밀쳐버리려 했을 때, 너는 저항했어. 너는 여기 머물려고 싸웠어. 너는 여기 머물려고 했어! 너의 몸 근육 전부가 머물려고 애썼어. 나는 너의 담당 사건이야. 너의 유일한 담당 사건이지. 내가 돌아가면, 너도 돌아가는 거야. 내가 지워지면, 그들이 너도 지워버릴 걸. 맞지? 내가 맞지? 그게 너의 임무 아니야?

남자 격정적으로 나는 널 치유하길 원했어. 나는 여전히 널 치유하길 바래.

여자 똑같이 격정적으로 아냐. 뭔가 다른 거야. 왜 너는 포기하지 않지? 나는 진실이 필요해. 바로 내가 너에게 말한 적이 있듯이, 나의 진실. 그게 얼마나 아직도 내게 고통인지. 내가 그를 아직 사랑한다는 것. 한번만, 진실을. 이번 한번만. 내게 말함으로써 네가 모든 것, 모든 것을 걸게 되고, 모든 걸 잃는다 할지라도 말이야. 왜 자꾸 너는 돌아오는 거지?

남자 너. 나는 너 때문에 돌아오는 거야. 네 아들이 지켜볼 때 그 눈에 담겼던 그 표정 때문에. 우리는 그걸 지워버릴 수 있어. 잊을 수 있어. 함께. 그걸 다시는 기억할 필요가 없어. 모조리 다시 시작해. 너와 나 말이야.
평화의 따뜻한 물결. 용서의 따뜻한 물결. 너 자신을
버릴 때의 따뜻한 물결 말이야.

그녀, 그를 깊숙이 들여다본다.

여자 네가 그지. 너지, 그렇지?

긴 침묵.

남자 그래.

남자, 안경을 벗는다. 흰 가운도 벗는다. 그는 이제 그녀와 똑같
다. 둘 다 검은 죄수복 차림이다. 믿을 수 없을 정도로 긴 침묵.

여자 영원의 시간이 걸릴 거야.
남자 나는 갈 곳이 없어.

그들은 서로를 조용히 쳐다보고, 조명은 어두워진다. 남자와
여자를 제외한 모든 것을 배제하는 빛 속에 그들이 감싸인다.
조명이 서서히 어두워지면서 그들이 어둠속에 벌거벗은 듯 빛
나는 채로 남는다.

「연옥」은 내가 쓴 다른 희곡이나 소설 중 많은 작품이 그러했듯이 하나의 이미지에서 시작되었는데, 그것은 내게 사전경고 없이 찾아와서는 끈질기게 붙어 떨어지려 하지 않았다.

그 이미지가 찾아온 곳은 그럴 듯하게도 아내와 내가 한달 동안 은신처로 삼은 까딸루니아의 해변마을 까다께(Cadaqués)였다. 어느 아침, 우리가 체류하던 마지막 날에, 달리(S. Dalí)와 갈라(Gala)가 사랑을 찾았고 로르까(G. Lorca)와 엘뤼아르(P. Eluard), 미로(J. Miró)와 부누엘(L. Buñuel)과 마그리뜨(R. Magritte)의 영혼이 여전히 배회하는 곳으로부터 멀리 떨어지지 않은 곳에서, 그 마지막 아침에, 마치 그 죽은 예술가들이 자신들의 연옥에서 내게 속삭이는 것처럼, 나는 하나의 비전을 얻고 깨어났다.

거기 그들이 있었다. 장식이라곤 없는 방 안에 한 남자와 여자──그곳은 정신병자 수용소일 수도 있고 병원일 수도 있으며, 더 지독한 어떤 곳일 수도 있다──가 있었다. 그리고 여자는 탈출하기를 원하고 남자는 열쇠를 가지고 있으며 그녀를 돕길 원하지만 남자의 속에는 또한 분노로 가득 찬 무엇이, 그가 숨기고 있는 무엇이 있다.

물론 나는 그들이 누구인지 몰랐다. 그리고 알아낼 방법은 내 상상력 속에 그들을 풀어놓는 것, 그들로 하여금 이야기하고 서로를 찔러대다 마침내 자신들을 드러내지 않을 수 없도록 하는 것뿐이었다. 한동안 변죽만 울린 뒤에야 그들이 살고 있는 공간이 어떤 곳인지에 대한 생각이 내게 떠올랐다. 그 남자와 여자는 저승의 거주자들이었던 것이다. 죽은 자들에게 어떤 일이 일어나고 그들이 우리에게 어떻게 말을 걸어올 것인지는 내가 어린 시절부터 언제나 지녀왔던 집착 중 하나였다.[*]

나는 자동적으로 그 장소를 연옥이라고 불렀지만, 나중에 내가 저승을 기독교적이라기보다는 불교적으로, 즉 질서있는 단떼(Dante)적 천계(天界)가 아니라 정상적인 시공간 바깥에 있으며 어떤 일이든지 벌어질 수 있는 폐소공포증적인 몽상의 공간으로 설정했다는 것을 뒤늦게 깨달았다.

그런데 그들, 그 남자, 그 여자는 누구였나? 그들은 서로에게서 무엇을 원했나?

오랫동안 나는 우리 인간들이 서로에게 저지르는 끔찍한 일들에 대해 생각해왔고, 일종의 배상, 미미한 구원이라도 그게 어떻게 가능한지, 실로 가능하기나 한지에 대해 생각해왔다. 물론 이러한 주제들을 다른 희곡 작

---

[*] 이것은 「연옥」을 완성한 몇년 뒤에도 여전히 나를 사로잡고 있는 집착이다. 최근 내 시 네 편은 콜럼버스(C. Columbus), 삐까쏘(P. Picasso), 윌리엄 블레이크(William Blake), 함무라비(Hammurabi), 이들의 목소리로 되어 있는데, 마치 무덤 저편에서 내게 구술작업을 시키는 듯하고, 내 혀를 빌려 독자들에게 오늘날 우리의 맹목, 잔인성, 잘못에 대해 경고하는 듯하다.

품들, 즉 「죽음과 소녀」 「과부들」 「독자」 등에서 탐구해왔지만, 좀 덜 정치적인 영역에서 이 쟁점들을 파고들고 싶었고, 국가의 하수인이 희생자들을 처형하거나 고문하거나 검열하거나 그들의 시체를 숨기는 상황이 아니라, 서로를 돌이킬 수 없게 해친 한 여자와 한 남자를 무대에 올리면 어떤 일이 일어날지를 보고 싶었다. 사건은 언제나 한 인간이 다른 한 인간과 직면하면서 생겨난다, 항상 거기서 시작된다, 일대일의 상황, 연극이든 인생이든, 항상 거기서 시작되는 법이다.

핵심적인 것은 한 주인공을 선한 사람, 다른 이를 악한 사람으로 하는 일을 삼가는 것, 알기 쉬운 답을 내놓으려는 유혹을 피하는 것이었다. 나는 두 인물이 서로 동시에 심문하고 치료하기를, 상대방의 해방을 위한 치료사가 되면서 또한 저주의 수단이 될 가능성이 있기를, 둘 다 동시에 천국과 지옥의 수호자이기를 원했다. 예술적 도전은 정해진 공연 시간에 어떻게 솜씨를 발휘해서 그같은 정체성의 전환이 작위적으로 느껴지지 않도록 하는 동시에, 두 주인공이 상대방을 다루는 과정에서 그에게서, 그녀에게서, 자기자신에게서 뭔가를 숨기는 방식과 똑같이 내가 관객들을 다룰 수 있느냐 하는 것이었다. 맨처음부터 나는 이들 두 사람이 상대방에게 연극을 한다는 것을 알고 있었다. 어떤 의미에서 나는 그들이 (아니면 둘 중 하나가) 연극의 가면 너머로까지 가서 상대방의 영혼을 깊숙이 들여다볼 수 있느냐, 단지 상대방을 위한 연기가 아닌 것을 찾을 수 있느냐를 알고 싶었다. 이중적인 (다중적인) 심문/재판은 연기를 하는 자들의 인격을 붕괴시키고 그들의 자아를 가린 베일을 찢어버리는 방법이다. 우리의 인간됨을 끝까지 기록하는, 어쩌면 끝까지 시험하는 우회적인 방법으로서의 술래잡기 놀이를 우리 모두가 하는 셈인 것이다.

놀이의 성격은 내가 무대에 올리는 딜레마의 크기에 의해 좀더 긴박해진다. 「연옥」은 사실 정서적, 지적으로 「죽음과 소녀」의 후속편으로 볼 수 있는데, 그 작품에서 빠울리나 쌀라스가 제기한 문제들 중 몇가지를 더 탐구하고, 그 문제들을 넘어서려고 하는 것이다. 그 문제들은 이런 것들이다. 우리가 흉악한 일을 저질렀다면 용서와 화해가 있을 수 있는가? 우리가 자신의 정체성, 즉 자기 과거의 기반, 우리를 오늘의 우리로 만들어준 어제의 바로 그 행동들을 파괴하지 않고 어떻게 그런 행위들을 뉘우치리라고 기대할 수 있는가? 그리고 뉘우침이 충분하지 않다면? 요컨대 우리는 어떤 사람이 정말 죄값을 치를 준비가 되어 있는지 아니면 겉으로 위장하고 있는지를 알 수 있는가? 그리고 만약 내 구원의 열쇠를 쥐고 있는 사람이 내가 이 세상에서 가장 상처를 준 사람이라면 어쩔 것인가?

내가 가장 탐구하고 싶은 것은 바로 이 마지막 질문이었다. 왜냐하면 그것이 인물들의 정체성에 대한 열쇠를 제공할 것이기 때문이었다. 내가 그 남자와 그 여자의 여행길에 동행하기 시작하면서, 나는 왜 그들이 자신의 과거를 상대방뿐 아니라 나에게도 숨기고 있는가, 그들이 무슨 용서할 수 없는 범죄를 서로에게 저질렀는가를 곰곰이 생각했다. 한 여자가 한 남자에게 저지를 수 있는 더 심한 일이 무엇일까? 그리고 한 남자가 한 여자에게 저지를 수 있는 더 심한 일은?

그리고 그들이 가진 회한의 비밀을 하나씩 뽑아내면서, 그들이 살아 있을 때 어떤 사람이었을지, 지금 그들은 어떤 사람인지가 떠올랐다. 나는 스스로 말했다, 이아손(Iason)과 메데이아(Medeia), 그들이다. 연옥에 갇혀, 서로가 상대방에게 망각의 약속, 구원의 약속, 영원한 고통과 심문의 위협을 내미는 것이다. 그러나 내가 사냥꾼처럼 수십년 동안 그 주위를 빙빙 돌던 두 신화적 인물만은 아니었다. 우리 시대에 맞게 고전을 혁신적으로, 아마도 생산적으로 활용하는 방법만은 아니었다. 그 이야기는 또한 항상 용감하게 정복 여행을 나선 다른 전사들과 먼 나라의 해변에서 그들을 기다렸던 원주민 여성들의 울림을 지니고 있었다. 그래서 나는 꼬르떼스 (H. Cortés)같은 정복자와 그의 연인이자 통역이었던 라 말린체(La Malinche)를 떠올렸다. 나는 복합적인 육체적이고 지적인 만남들을 불러 일으키길 원했다. 교활함과 쎅스와 이국적인 외국인에게 매혹되는 일로 가득 찬 그 만남들은 역사를 다양한 인물들로 채워왔고, 땅에서 솟아난 용의 이빨들처럼, 우리가 사는 이 세계의 어린이들을 탄생시켰던 것이다.

그래서 나는 내 주인공들이 서로 찢어발기면서 파고들도록 내버려두었고, 그들이 화해를 시도하고, 그들이 저지른 그 큰 죄를 어떻게 용서할 것인가를 가늠하며, 어쩌면 해결책이 없다는 것, 미로를 벗어날 길이 없다는 것, 이것이 우리 시대의 비극임을 발견하도록 내버려두었다.

왜냐하면, 마침내, 「연옥」이 수천년 전에 살아 있는 인물로 창조된 한 남자와 한 여자를 다룬다고 할지라도, 그것은 무엇보다도 우리 시대의 이야기이고, 더 특정하게는, 9·11 사태의 후유증으로 물든 이야기이기 때문이다(또 정치가 뒷문을 통해 무대로 기어들어온다!). 이 희곡은 우리가 참을 수 없는 공격으로 황폐화되었을 때 어떻게 반응하게 되는지를 우리에게 물으며, 우리가 현실에 대해 가진 전제들을 심문하도록 하며, 희생자에서 고발자로, 희생자에서 침략자로, 공격자에서 희생자로 바뀌는 것이 얼마나 쉬운가를 드러낸다. 그리고 내가 희망한 바는, 우리의 지구와 우리의 생물종이 범죄와 학살이라는 엄청난 문제에 직면한 때, 어제 우리에게 가해진 경악할 일들이 우리가 내일 다른 사람에게 저지르는 공포를 불러오는 이때, 내가 희망한 바는 적어도 이 희곡이 비난과 분노의 순환을 감히 어떻게 깨고 넘어설 것인가 하는 문제를 제기하는 것이었다.

그러한 구원이 현실적으로 가능한지는 나의 희망이나 계획, 심지어 내

재능에도 달려 있지 않음을 나는 잘 알고 있었다. 그것은 그 방의 그 남자와 그 여자에게 달려 있었고, 그들은 개별 극장의 좀더 큰, 똑같은 방에서 그들을 지켜보는 남자들과 여자들에게 달려 있었다. 바로 그들이 우리가 저주받을지 구원받을지를 결정할 사람들인 것이다.

우리가 언젠가 증오와 복수의 순환을 끊을 수 있는지를 가늠해보라. 왜냐하면 「연옥」은 궁극적으로 신뢰에 관한 것이기 때문이다. 서로를 신뢰하는 길을 찾는 것, 절대로 적이 될 것 같지 않은 적, 우리에게 상처를 준 사랑하는 사람, 우리가 상처를 준 사랑하는 사람을 믿는 길을 찾는 것, 이보다 더 긴급한 일이 있을까. 폭력과 공포와 배신으로 오염된 우리 세계에서 이보다 더 긴급한 것이 있을까?

2006년 8월

　아리엘 도르프만이 이제까지 쓴 많은 작품 중에서 이 책에 수록
된 네 편의 희곡은 독자가 그의 작품세계를 이해하고 즐기기에 긴
요할 뿐 아니라 오늘의 한국문학이 마땅히 지녀야 할 활력을 위해
서도 뜻있는 자극이 되리라고 감히 말하고 싶다. 그것이 내가 희곡
문학과 연극의 실정에 밝지 못함에도 공역자의 한 사람으로서 출판
사의 번역 제안을 받아들인 이유이기도 하다. 이 작품들을 연극 대
본 특유의 생동감 넘치는 언어로 형상화하는 데에는 공역자인 김엘
리사 씨가 애써주었다.

　도르프만이 작품에 부치는 말에서 밝히고 있듯이 「경계선 너머」
는 처음부터 한국 공연을 염두에 두고 쓴 작품이다. 한반도의 분단
상황을 환기시키면서도 나아가 분열과 갈등을 겪고 있는 공동
체――팔레스타인과 레바논, 내전의 늪에 빠진 이라크, 대량학살을

겪은 르완다를 비롯한 아프리카 나라들, 여러 갈래로 찢긴 발칸반도——라면 어디든 해당할 극적 갈등을 그리고 있다. 물론 우리의 눈으로 볼 때 이미 분단 60년이 가까운 한반도의 독특한 현실을 감당하기에는 아쉬운 점도 없지 않다. 그러나 바로 그러한 아쉬움을 극복하는 문학적 실천——바로 우리의 분단현실과 독자대중이 요구하는 것이다——의 절실한 필요성을 제기한다는 점에서 이 작품은 큰 의미를 지닌다. 한반도의 분단현실을 부당하게 특권화하지 않으면서 어떻게 그 독특한 현실을 제대로 보여줄 것이냐 하는 점은 비단 희곡만이 아니라 모든 예술분야에서 우리의 창조적 예술가들이 당면한 과제인 것이다.

독자는 「경계선 너머」가 다소 깔끔하기만 하다는 느낌을 받을 수도 있지만, 「연옥」에서는 손에 잡히는 해결책이 없을 뿐 아니라 도대체 해결책이라는 것이 가능한지를 회의하게 되는 기막힌 상황과 마주친다. 그러나 구천을 떠도는 중음신(中陰身)의 참혹한 현실을 그리는 가운데에서도 사람과 사람 사이의 신뢰 회복에 대한 불굴의 집념이 작품을 뒷받침하고 있기 때문에 그 극적 갈등의 긴장 유지에 성공하고 있다는 점을 놓치지 말아야 한다.

「죽음과 소녀」는 이 책에 실린 작품 중에서 단연 뛰어나다. 이 작품 또한 손쉬운 해결과 화해를 단호히 배제한다는 특징을 다른 작품과 공유한다. 그리하여 독자는 저자와 함께, 또 저자가 창조한 등장인물들과 함께 절박한 삶의 문제를 있는 그대로——지극히 고통스럽게——탐구하게 되며, 이를 통해 여성 문제를 포함한 인간 삶의 진실을 놓고 벌이는 더할나위없이 정직한 맞대결을 경험하는 동시에 극도로 민감한 정치적 갈등의 한복판에 처하는 고뇌를 맛보게 된다. 저자가 말하듯이 고대 그리스 비극을 떠올리게 하는 동시에 브레히트(B. Brecht)의 서사극과도 흡사한 면이 있는 「과부들」또한 가해자와 피해자로 갈라진 두 진영을 무대 위에 세우지만 평면적인 이분법을 결코 허용하지 않는다. 오직 현실에서 실제로 벌어지고 있으며 또 벌어질 수밖에 없을 복잡한 갈등의 축들을 생략하거나 왜곡하지 않고 소화해냄으로써 마침내 섣부른 낙관주의와 비관주의를 한꺼번에 넘어서는 민중해방의 비전을 엿볼 수 있게 한다.

1998년 봄 도르프만이 민족문학작가회의의 초청으로 한국을 방문했을 때 그를 처음으로 만날 기회가 있었다. 세종문화회관에서 열린 문학행사에서 그가 스페인어로 낭송한 몇편의 시가 뿜어내던 힘찬 기운과 절실한 메씨지는 강렬한 기억으로 남아 있다. 라틴아메리카의 복잡다단하고 역동적인 현실과 그 위에서 꽃핀 문학을 엿보는 기회는 서양문학을 전공한 나에게 매우 신선한 충격이었다. 더구나 도르프만은 그의 회고록 『남을 향하며 북을 바라보다』(한기욱·강미숙 옮김, 창비 2003)에 잘 그려져 있듯이 제1세계인 미국과 제3세계인 칠레 사이를 오가며 성장한 독특한 경험을 지닌 작가라는 점에서 더욱 관심을 끌지 않을 수 없었다. 아니, 아메리카대륙 자체가 세계체제의 심장부인 북미와 그 '뒷마당'이자 주변부인 중남미로 나뉘어진 동시에 서로 떼어놓을 수 없이 얽혀 있는 것이 엄연한 현실이라는 점에서, 그의 경험이 독특하다는 말은 다소 어폐가 있을 것이다.

그날 작가회의 주최의 행사가 끝난 후 한국 작가들과 함께한 뒤풀이에서 70년대 초반 아옌데정권 시절의 경험에 대한 대화를 주고

받다가 도르프만이 갑작스레 표정이 어두워지며 한 발언이 아직도 생생하다. 그는 자신을 포함해 당시 정권에 참여했던 세력들이 군부나 군부를 지지한 배후의 미국 등 안팎의 적대세력을 과소평가하고 자신감에 넘쳤던 편향이 없지 않았으며, 그것이 지금까지도 큰 회한으로 남아 있다고 회고했다. 또 그와 관련하여 자신과 벗들의 문학적 지향이 너무 쉽게 대책과 처방, 정답과 대안을 문학을 통해 제시하려는 쪽으로 치우쳤다는 것이다. 물론 이처럼 뼈아픈 반성이 있었다고 해서 도르프만이 열렬한 현실 참여에서 등을 돌리지는 않았다. 그는 처음부터 지금까지 변함없이 칠레의 민주화를 위해 헌신해온 민주인사이며 양심적이고 전투적인 문학인인 것이다. 「죽음과 소녀」 같은 걸작은 굳어진 이념을 맹종하거나 특정한 정치적 노선에 안주하지 않으면서도 끊임없이 진실을 추구하는 삶과 문학 행위의 치열함과 비타협적인 정치적 자세가 없었다면 도대체 가능하지 않았을 것이다.

삶과 현실을 있는 그대로 일체의 편견과 왜곡을 배제하고 직시한다는 일——우리 문학에서 종종 '리얼리즘'으로 부르는 문학적 자세——은 쉬운 일이 아니다. '있는 그대로' 사물을 보려는 문학행위는 기존의 인식을 부정하고 극복하는 새로운 도전을 뜻할 수밖에 없으며, 따라서 당연히 기법과 형식에 대한——때로 파격적인——실험을 동반한다. 도르프만이 「죽음과 소녀」의 후기에서 지나치게 사실주의적인 접근을 경계하는 것 역시 바로 이러한 취지에서이다. 이때 도르프만이 말하는 사실주의의 한계는 우리의 민족문학운동에서 강조해온 자연주의와 리얼리즘의 차이로 설명되는 것이긴 하지만, 그것만으로 문제가 해결되는 것은 아니다. 사실성에 대한 집

넘과 존중은 문학다운 문학의 기본요건이면서도 종종 진정한 예술적 성취를 가로막는 인습과 관성으로 작용하기 때문이며, 자연주의가 그러했듯이 있는 그대로의 현실을 강조하는 가운데 사실은 작가의 주관적 관념에 깊이 물든 작품을 낳을 염려가 높은 것이다. 그 점에서 「과부들」이 한편의 시에서 소설, 다시 희곡으로 탄생하기까지의 우여곡절을 술회한 작품후기는 우리에게 좋은 교훈과 생각거리를 던져준다. 작가 자신이 창조했지만 "자기자신의 삶을 가진 듯한 그 [늙은] 여인"과의 여러 해에 걸친 갈등과 협동은 일체의 주관적인 관념이나 선입견을 벗어나기 위한 힘겨운 창조적 역정을 생생하게 보여준다. "실제 인간들의 고통에서 나온 것이므로 역사적인 것이지만 동시에 직접적인 역사로부터 자유로울 것을 명하는 재현(representation)의 미학적, 문학적 법칙"을 따르는 것은 그야말로 김수영 시인이 말했듯이 '온몸으로 온몸을 밀고 나가는' 고투를 의미하는 것이다. 어쨌든 도르프만이 설정해온 문학적 과제들과 그와 맞붙어 씨름하는 과정의 고뇌는 우리 문학이 지난 수십년간 겪어온 역정과 너무도 흡사하며, 지구 구석구석의 양심적 문학인들 사이의 튼튼한 연대의 가능성에 대한 믿음을 굳혀준다.

군사독재가 몰락한 지 오래된 지금 그 계기가 된 6월항쟁 20주년을 맞이하는 우리에게 도르프만의 다음 질문은 참으로 절실하다. "우리가 어떻게 과거의 수인이 되지 않고 과거를 살아 있게 할 것인가? 미래에 과거가 되풀이될 위험을 방지하면서 어떻게 과거를 잊을 것인가?"(「죽음과 소녀」 후기) 이 물음은 매우 정치적인 질문이면서도 불완전한 우리 삶의 현실적인 조건이 맞닥뜨리게 되는 난제이다. 그리고 식민지시대와 분단, 전쟁과 독재라는 어두운 기억으로 찢긴 우리 역사의 구체적 맥락에서 이 문제와 예술적으로 대결하는 작업은 우리 문학의 현실응전력을 드높이는 데 피할 수 없는 일일 것이다.

김알리사가 「과부들」과 「경계선 너머」, 김명환이 「죽음과 소녀」와 「연옥」을 각각 번역했고, 각 작품에 딸린 후기 등은 김명환이 번역했으며 전체적인 검토 또한 맡았다. 번역의 판본으로 「죽음과 소녀」는 Ariel Dorfman, *Death and the Maiden* (Harmondsworth: Penguin 1991)을 택했으며, 나머지 작품들은 저자가 직접 보내준 최종본을 번역했다.

2007년 6월 30일

김명환

죽음과 소녀

초판 1쇄 발행 • 2007년 7월 5일
초판 8쇄 발행 • 2024년 4월 26일

지은이 / 아리엘 도르프만
옮긴이 / 김명환 · 김알리사
펴낸이 / 염종선
책임편집 / 정소영
펴낸곳 / (주)창비
등록 / 1986년 8월 5일 제85호
주소 / 10881 경기도 파주시 회동길 184
전화 / 031-955-3333
팩시밀리 / 영업 031-955-3399 · 편집 031-955-3400
홈페이지 / www.changbi.com
전자우편 / lit@changbi.com

한국어판 ⓒ (주)창비 2007
ISBN 978-89-364-7127-9 03840